Enferma tentación

MARY ROJAS

Contenido

PRÓLOGO

♠Violet♠

—Violet —me llamó la señorita Thompson desde el otro lado de la puerta. No estaba gritando, pero por alguna razón sonaba por encima del piano.

—¿Qué sucede? —pregunté al parar de tocar—. Puedes pasar.

Detestaba que interrumpieran mis prácticas, pero jamás diría nada al respecto, mucho menos a la señorita Thompson, que me trataba como a una hija desde mi primer día en este ático.

Ella pasó y me sonrió con ternura mientras se acercaba con paso lento. Yo le sonreí de vuelta, sin imaginar lo que iba a decirme; ella se veía tranquila y maternal como siempre.

—Necesitas darte una ducha y vestirte, cariño —me dijo.

—¿Sucede algo?

—Hoy es tu graduación —me recordó.

—Ah, eso. —Me encogí de hombros—. No pensaba ir.

La señorita Thompson frunció el ceño. No iba a regañarme; ella jamás me había alzado la voz, pero resultaba evidente que estaba molesta y desilusionada. En todos estos años había aprendido a conocerla bien y podía notar sus estados de ánimo. Su voz era siempre la misma, mas no su semblante.

—Te gustaría que fuera, ¿cierto?

—Es que... tienes que ir.

—¿Acaso él...?

No quería ilusionarme. Siempre que prometía venir no lo hacía y solo enviaba regalos.

—Sí, Violet. Él estará presente en tu graduación.

1.

♠Violet♠

No tenía muchas esperanzas de que fuese a ocurrir al fin, pero de todos modos me esmeré en mi arreglo. Estaba preparada para que me fallaran de nuevo, y aunque aquello no rompería mi corazón, no era nada lindo que tu padre te dejara plantada en cada evento al que era invitado.

No tenía muchos recuerdos sobre mi pasado, pero tenía muy presente el momento en que lo vi por primera vez a mis ocho años, cuando me aparecí frente a su auto para pedir limosna. Él me preguntó muchas cosas y a los pocos días ocurrió.

La emoción que sentí cuando volvió para llevarme no se podía comparar con nada que hubiese sentido en mi vida. Me parecía el hombre más apuesto del mundo, un príncipe en toda la extensión de la palabra, y venía por mí, solo por mí. Anhelaba tener por fin un padre que no me golpeara, que no me hiciera trabajar y lo obtuve, pero el costo fue ser encerrada en una jaula de oro y que me ignoraran por completo.

Y a veces la falta de atención dolía más que los golpes.

La última vez que había visto a mi padre en persona fue a los diez años, cuando vino a recoger algo de casa. Me observó durante un rato con expresión indescifrable, frunció el ceño y se acercó para acariciar mi cabeza. Sus palabras parecían un discurso preparado, aunque mi yo de aquel entonces sintió su corazón latir con fuerza ante aquel «sigue siendo una excelente alumna, me enorgulleces. Nos veremos... pronto».

Ese pronto no había llegado. Lo único que sabía de él era por las revistas de farándula o de economía. Adrien Leblanc, a sus cuarenta y dos años, seguía siendo uno de los solteros más codiciados del mundo, pero más codiciado por mí, su abandonada hija.

Todos los días luchaba con mis insanas fantasías hacia él, que comenzaron en mi adolescencia. Era muy consciente de que era mi padre adoptivo, pero eso no me impedía tener sueños eróticos con él de protagonista. Me daba mucha vergüenza sentirme de esa manera, pero con el tiempo había aprendido a dejar las culpas atrás, ya que era un hombre al que nunca vería, solo cuando me tocara verlo morir y reclamar mi herencia para tomar posesión de Lebs.

—Te ves preciosa, querida —me dijo la señorita Thompson cuando salí de mi habitación.

Esta también ya estaba ataviada en uno de sus elegantes vestidos para ocasiones especiales.

—Al igual que tú —respondí con una sonrisa—. Me gustaría no ir, en verdad.

—Lo sé, cariño, pero tu padre...

—No deberías mentirme para convencerme de ir. Él necesita que vaya, ¿cierto? Deben fotografiarme.

—Sí, cariño, pero...

—Pues vamos, nana. No perdamos tiempo. Quiero regresar a casa y pedir una pizza.

—Bien —sonrió de manera incómoda, pero me tomó del brazo y nos dirigimos a la salida.

Las dos fuimos escoltadas como siempre y nos subimos a la camioneta. Siempre que salíamos teníamos que llevar a nuestro séquito de guardaespaldas, y eso hacía que no tuviese muchos amigos. El más valiente de todos era Mario, un chico italiano y con el que estaba comenzando a cruzar la barrera de amigos para ser algo más. No podía decirse que me estaba enamorando de él, pero sí me hacía ilusión intentar algo. Mis guardaespaldas tardaron muchos meses en aceptarlo cerca de mí, pero al final lo hicieron, ya que demostró provenir de una familia muy adinerada. Un matrimonio entre los dos solo podía traer beneficios.

—¿Irás a la graduación? —me preguntó incrédulo cuando le llamé para avisarle—. Pero tú dijiste...

—Sí, sé lo que dije, pero mi padre me hizo venir.

—¿Vendrá? Vaya...

—No lo creo, pero tal vez quiera que me fotografíen ahí, ya sabes...

—Prepararé mi mejor sonrisa, *mia cara* —dijo él con tono alegre—. Me encanta que vengas.

—Me encanta que te podré ver ahí. —Sonreí.

La señorita Thompson suspiró y me observó contenta. Si alguien apoyaba a este chico era ella; siempre me alentaba a ir a más con él. No tenía idea de si mi padre estaba enterado de aquella relación, pero me imaginaba que sí y que lo aprobaba. A menudo me preguntaba si se aparecería para entregarme en el altar si me casaba con Mario o con alguien más.

No, era poco probable. Tal vez mandaría a un amigo como hacía siempre.

Finalmente, llegamos al majestuoso auditorio en donde se celebraría mi graduación. La toga y el birrete me picaban demasiado, pero trataba de no hacer caso y concentrarme en Mario y Bianca, su hermana mayor, que me esperaban en la entrada.

—Hola, cielo —me saludó ella, inclinándose para darme un beso en la mejilla—. Muchas felicidades.

—Gracias, Bianca —respondí.

Ella me observó con un brillo especial en los ojos, pero no pude preguntarle qué le sucedía, puesto que Mario se adelantó a saludarme.

—Te ves preciosa —me susurró al oído mientras me abrazaba.

—No es cierto, parezco una botarga —gruñí y él se rió.

—Una botarga preciosa —contestó mientras me soltaba.

Rodé los ojos, pero también sonreí ante el cumplido. Mario era un hombre demasiado bueno para ser verdad. Ansiaba llegar a amarlo con todo mi corazón, pues tenía la plena confianza de que jamás me lastimaría.

Él me tomó de la mano y juntos nos adentramos al auditorio, el cual ya comenzaba a llenarse de gente. Yo me graduaría con honores, así que no podíamos sentarnos juntos.

Esperé con paciencia a que comenzara la ceremonia, la cual resultó ser tediosa como me lo imaginaba, así que traté de desconectar mi mente del momento y me imaginé regresando a mi piano, mi lugar seguro y de paz.

No me importaba mi graduación, después de todo, nunca había querido estudiar administración, tampoco llevar una educación enfocada a ser la heredera de aquella empresa en vísperas de ser una multinacional. Solo quería ser yo con mi música o con cualquier otra cosa que me hiciera feliz. Sabía

que quejarme era ser malagradecida, y a menudo me sentía culpable por no poder aceptar del todo mi destino afortunado, al menos en lo material. Nunca había vuelto a pasar hambre o frío, tampoco nadie volvió a ponerme una mano encima, sin embargo, siempre me encontré sola, falta de amor parental, el cual me parecía algo básico en todos los seres humanos.

De pronto hubo una mención que me hizo alzar la vista. El último discurso de graduación, por lo que tenía entendido, siempre era dado por personas cuyas contribuciones a la universidad fuesen muy importantes, aunque este año esa persona había sido anónima.

Contuve el aliento y mi pulso se disparó al ver a ese hombre elegante y pulcro caminar hacia el estrado. Las revistas apenas y hacían justicia a su belleza, a aquellos ojos verdes y esa exquisita y voz grave que cautivaba a todo el que lo conocía, o de eso estaba segura, ya que el auditorio quedó en silencio y las personas a mi lado no podían ni respirar.

Y yo menos pude respirar cuando me entregó el diploma. Él me observaba de una forma intensa y se estremeció un poco ante el contacto de nuestras manos.

—Muchas felicidades, hija —me dijo al oído, lo que me hizo cerrar los ojos y reprimir un jadeo—. Me siento orgulloso de ti.

2.

♠Violet♠

La graduación terminó con el típico lanzamiento de birretes, aunque yo estaba tan ensimismada que no lo hice y me perdí de esa oportunidad. De mi aturdimiento solo me sacó Mario, que vino a mi sitio para abrazarme.

—Felicidades, *mia cara* —me dijo al soltarme.

—Felicidades —respondí sonriendo.

—Debemos ir afuera. Mi hermana nos espera para darnos una noticia.

—Está bien —asentí, aunque no pude evitar mirar por encima de su hombro para ver si mi padre se encontraba por ahí.

—Ya sé a quién buscas —se burló Mario—. No se irá, tranquila.

—¿Cómo lo sabes? —inquirí.

—Ya lo verás.

Mario me tomó de la mano y juntos avanzamos hasta la salida, felicitando a algunos compañeros más en el camino. Afuera nos esperaba la señorita Thompson, que me rodeó con sus brazos en cuanto me vio.

—Felicidades, mi niña —dijo con voz entrecortada por el llanto—. Estoy tan orgullosa.

—Gracias, nana —contesté con la piel erizada por la emoción. Al soltarla alcé las manos para limpiarle lágrimas—. Te quiero tanto. Tu apoyo fue vital para lograr esto.

—Y yo te quiero más, mi pequeña. Yo no hice nada, solo…

—No seas modesta, me ayudaste demasiado —repliqué y volví a abrazarla—. Gracias por tanto.

—Oh, mi niña.

Las dos permanecimos así hasta que alguien carraspeó. Detrás de la señorita Thompson estaba Adrien, quien me observaba con una sonrisa avergonzada; a su lado se encontraba Bianca, y esta entrelazaba su brazo con el suyo.

Me separé de mi nana y los observé con el ceño fruncido, sin entender lo que ocurría. En el fondo me imaginaba lo que me dirían, pero quería esperar a que me lo dijeran, no hacerme ideas que intensificasen el ardor estomacal que comencé a sentir.

—Creo que es hora de darle un abrazo a mi hija —mencionó Adrien y la señorita Thompson asintió.

—Desde luego, señor.

Mi padre soltó a Bianca y se acercó con paso lento hacia mí. Cerré los ojos al sentir que me rodeaba, aunque contuve las ganas de llorar. Por fin estaba ocurriendo y no lo creía, ¿de verdad había venido a mi graduación?

El abrazo fue demasiado incómodo, ya que él no sabía dónde tocar, así que terminó por darme unas leves palmaditas en la espalda; sin embargo, disfruté los escasos cinco segundos que duró. Sabía que esta sería la única muestra de afecto que tendría en mi vida, que tal vez ya no volviera a verlo.

Una vez que se separó de mí, me miró a los ojos, como nunca lo había hecho. Mientras lo hacía, se mordió un poco el labio inferior y noté que quería decir algo, mas no lo hizo, solo se limitó a felicitarme de nuevo. Aquello dolió mucho, pues esperaba algo más, aunque no sabía con seguridad el qué.

Bianca sonreía ante la escena como si fuese una dulce madre, lo que acrecentó aquella incomodidad. Adrien retrocedió hasta quedar de nuevo a su lado y la miró con una sonrisa.

Fue entonces que noté el anillo en el dedo de Bianca.

—Estamos comprometidos —dijo Adrien—. En unos meses vamos a casarnos.

Mi corazón se detuvo por un momento y el ardor pasó a ser un dolor agudo en mi abdomen. Una sensación fría me recorrió el cuerpo, pero mantuve la compostura y sonreí. Según Mario, Bianca no podría tener jamás hijos, pero eso no significaba que no podrían adoptar y desplazarme.

¿Me importaba compartir con un hermano lo que algún día sería para mí? Un poco, a decir verdad, era lo natural. Me preocupaba ser desplazada y que mis años de estudio fuesen en vano. Sin embargo, aquel sentimiento no podía compararse con la desilusión de pensar en él compartiendo su vida con alguien más, que a mí me hubiese negado su compañía, mientras que a ella...

—Me alegro por ustedes. Muchas felicidades —dije de manera abrupta, tanto que sonó un poco falso.

Bianca notó aquello y me observó avergonzada.

—Cariño, sé que puedes estar algo molesta, y lo entiendo. Si no te lo dijimos antes fue porque...

—No, no, Bianca, por Dios, es solo que estoy sorprendida. —Solté una risita. Adrien apretó la mandíbula, pero siguió tranquilo—. Creo que mi padre no pudo elegir mejor mujer que tú.

—Así es —opinó Mario, quien estaba a una distancia prudente de mí—. Hacen una excelente pareja.

La señorita Thompson me dedicó una triste sonrisa antes de que los periodistas nos rodearan. Todos parecían más interesados en su compromiso que en la graduación de su hija, así que fue sencillo permanecer ahí sin hacer o decir nada. El tema de mi adopción ya había pasado de moda, ahora todos querían saber sobre la mujer que le robó el corazón al magnate más famoso del país y que lo hizo romper su polémico: «No creo en el matrimonio».

«No debí venir, él no debió venir», pensé con tristeza. Habría sido menos amargo estar encerrada y recibir la noticia en casa; habría podido llorar y no tener un enorme nudo en la garganta por el llanto reprimido.

No conforme con ser invadida por toda la prensa en mi día, tenía que acompañarlos a aquel restaurante donde pretendían celebrar mi graduación.

—Vamos a quitarnos estas porquerías —dijo Mario antes de quitarse la toga.

Entre él y la señorita Thompson me ayudaron a quitarme la toga y quedó a la vista mi ajustado vestido negro. Bianca no tardó en elogiar mi imagen, pero mi padre se quedó con los labios entreabiertos y parpadeó varias veces muy rápido. Seguro que pensaba que yo seguía siendo la misma niña que se encontró la última vez que nos vimos.

Ese fue un micro momento de satisfacción.

Para mi desgracia, Bianca volvió a captar su atención y ya no volvió a mirarme, incluso se fue con ella en un auto aparte. Por unos momentos me imaginé que terminaría por no asistir a la celebración, pero lo hizo, lo encontramos en el restaurante. Sus ojos no tardaron en posarse en mi mano entrelazada con la de Mario, que cada día lo hacía con más naturalidad.

Intentó levantarse para apartar mi silla, pero mi amigo se adelantó y lo hizo.

—Gracias, cariño —le respondí y acaricié su rostro antes de sentarme.

Mario sonrió ante mi gesto, ya que nunca antes lo había llamado de aquella forma ni me había comportado como su novia. Lamentaba utilizarlo así, pero de algún modo debía disimular que me moría de los nervios de tener a Adrien observando cada uno de mis movimientos.

Si él tenía pareja, yo también debía tenerla. Tenía que olvidarme de todas esas enfermas ideas y aterrizar en la realidad: Adrien era mi padre, tal vez no de sangre, pero ante la ley lo era y nunca podría dejar de serlo, ya que las adopciones eran irrevocables.

Estábamos en medio de una deliciosa y silenciosa cena cuando Mario pidió permiso para hablar. Parte de mí ya sabía lo que iba a hacer, así que sentí mi corazón acelerarse. Aunque no quisiera, me importaba la opinión de mi padre, que dejó sus cubiertos y lo observó con los ojos entornados.

Aparté la vista de él y me centré en Mario que, más que nervioso, lucía eufórico.

—Quiero decir que me encuentro muy feliz esta noche por la culminación de nuestros estudios —comenzó, y me miró con tanta ternura que tuve ganas de lanzarme a sus brazos para refugiarme—. Y estaba esperando a esta noche especial para por fin confesar mis sentimientos. Violet, creo que ya imaginas lo que te diré.

—Sí —admití con una risita temblorosa, que él interpretó que era a causa de su declaración.

—Te quiero demasiado, *mia cara* —dijo de manera segura—. Me gustaría preguntarte si quieres estar conmigo formalmente.

Todos en la mesa nos quedamos en silencio y, aunque no podía ver a Adrien, sentía el peso de su mirada sobre nosotros. No era correcto aceptar bajo presión, pero no me quedaba otra alternativa; de igual manera, esto era algo que iba a ocurrir con o sin mi padre presente. Siempre tuve claro que le diría que sí sin dudarlo, no había otro chico al que quisiera más que a él.

—Bien, pero nos casaremos en las Vegas —bromeé y él se rio antes de intentar besarme.

—¿No se están precipitando? —intervino Adrien, lo cual nos hizo separarnos y que lo miráramos con consternación.

La frialdad de su mirada me congeló la sangre y me dejó en estado de confusión. Bianca y la señorita Thompson lo miraron extrañadas, pero guardaron silencio.

—¿A qué te refieres, Adrien? —preguntó Mario, alejándose un poco de mí.

—Nunca hablaste conmigo, jamás dijiste que querías algo con... mi hija —respondió el aludido con una calma aterradora.

¿Qué le sucedía? ¿Por qué de repente jugaba al padre celoso? ¿Acaso le causaba conflicto que fuese también su cuñado?

—Bueno, pero seremos familia —replicó Mario sin inmutarse demasiado. Si algo me gustaba de él es que no era cobarde—. ¿Acaso tiene algo de malo que yo quiera...?

—Sí, Violet no puede por ahora tener pareja —aseveró Adrien—. Ella es mi heredera, tiene mucho trabajo a partir de ahora.

—Mi amor, ¿qué te pasa? —preguntó Bianca—. Mi hermano es una buena persona, y si piensas que...

—No me importa la falta de tiempo —dijo Mario—. Estoy dispuesto a esperar lo que sea por Violet. Yo también tendré trabajo, pero encontraremos la manera de hacer que funcione.

—Estoy de acuerdo con ello, padre —intervine, y entonces Adrien fijó sus ojos furiosos sobre mí—. Mario y yo estamos acostumbrados a una relación a distancia. Nos queremos así.

—He dicho que no. Se acabó la discusión —me respondió y todos nos quedamos callados—. No quiero que te involucres con mi familia.

Aquellas palabras me dejaron boquiabierta y sin aire. De todas las cosas dolorosas que me pudo haber dicho, había elegido la peor. Él nunca me había considerado una hija, lo sabía, pero confirmarlo era como una bofetada más fuerte que las patadas que me propinaba mi padre biológico, o el que creía mi padre biológico, dado que eso siempre estuvo en duda.

—Está bien, Adrien —contesté, lo cual hizo que él me mirara de una manera más dura—. Si yo no soy tu familia, entonces no tengo por qué seguir viviendo en tu casa, tampoco tengo que ser tu heredera. Puedes meterte todo lo que me diste por el maldito trasero.

3.

♠Adrien♠

—Te sobrepasaste —me dijo Bianca, enfadada.

Mario me observó con la misma furia y fue a perseguir a Violet, que se dirigía de manera apresurada a la salida. La muy ingenua creía que podría renunciar a todo solo si se le daba la gana, pero las cosas no le resultarían tan fáciles, por no decir que le serían imposibles.

—No puede ir a ningún lado, los guardaespaldas se lo impedirán —contesté sin apartar la mirada de la silueta de Violet.

Sabía que me encontraría con una mujer adulta al regresar, que era imposible que una mujer de veintidós años luciera como aquella niña con sobrepeso y con apenas gracia que vi por última vez, pero nunca imaginé la belleza en la que se convertiría.

¿Ella era la hija que había dejado? ¿Se había hecho cirugía sin mi consentimiento? No había nada que indicara que algo así hubiese pasado, pero seguía con aquella maldita pulsación en la entrepierna, causada por su aroma femenino.

«Es tu hija. Tu hija. Tu hija», me recordé.

—Debes ir a buscarla —me instó Bianca, preocupada—. Por favor, lo que le dijiste fue horrible. Tienes que pedirle una disculpa, no quiero que... nos odie.

«No me pidas eso, no me pienso acercar», le respondí por dentro.

—El que habló fui yo, no tú —repuse con una tranquilidad falsa—. Además, ahora mismo regresa, la detendrán y se dará cuenta de que lo que dijo es una estupidez.

—No la conoce, señor Leblanc —intervino la señorita Thompson, quien hablaba entre dientes y tenía los ojos llorosos—. Ella es orgullosa y no soporta que la insulten de esa manera.

Ella intentó levantarse, pero le indiqué con la mano que no lo hiciera, ya que iba a hacerlo yo. Tenía que soportar lo que sea que me pasara e ir a detenerla.

Como supuse, Violet fue retenida por sus guardaespaldas en la salida, pero también por mi futuro cuñado, quien la sujetaba del rostro.

—Calma, Violet —le pidió.

—Me quiero largar —farfulló ella.

—No, no te vas a ir —intervine, sintiendo que la sangre me hervía—. Mario, déjame a solas con Violet.

—No, Mario, no te vayas —rebatió ella, mirándome con odio—. No quiero hablar más con este señor.

—Vete, Mario —ordené, pero él negó con la cabeza.

—No, Adrien, no me voy. Me da igual que no aceptes esto, Violet es una mujer adulta y no puedes prohibir que estemos juntos.

La determinación en los ojos de aquel chico me fastidio sobremanera. El muy infeliz estaba dispuesto a enfrentarme para estar al lado de mi hija, que parecía bastante acostumbrada a su presencia.

«Debí limitar sus interacciones con hombres», me lamenté.

—Nosotros hablaremos después, necesito hablar con Violet, a no ser que quieras que te saque a patadas de aquí.

—Quiero ver cómo lo intentas —me retó.

Sin pensarlo, di un paso hacia él para cumplir mi cometido. Sabía exactamente lo que tenía que hacer para inmovilizarlo y lanzarlo lejos de aquí.

—No, no, no hagas nada —pidió Violet, interponiéndose entre los dos. Sus pequeñas y delicadas manos se posaron sobre mi pecho, y esa maldita pulsación volvió.

Ella se mordió los labios y me observó suplicante. Mi mente pensó en todos los escenarios posibles en los que podría mirarme de esa forma, y ninguno era adecuado para nuestra relación, así que la tomé de los brazos para tratar de apartarla de mi pecho.

—Vuelve a la mesa, Violet —dije molesto—. No hagas un escándalo.

—No soy tu...

—Eres mi hija —la interrumpí—. Lamento lo que dije, no era mi intención lastimarte.

—No me ves como tu hija, esa es la realidad.

«No, no lo hago. Me encantaría empotrarte contra una pared ahora mismo».

—Lo hago —le mentí y ella apretó la mandíbula—. Deja este comportamiento poco digno.

—No llevo tu sangre, me recogiste de la calle —dijo burlona y se apartó por completo de mí—. Estás esperando demasiado de mí.

—No me colmes la paciencia.

—No te comportes como el padre abnegado que no eres —replicó con los ojos llenos de lágrimas. Verla así me ocasionó una incomodidad espantosa y no sabía qué hacer para arreglar la situación. Lo único que sí sabía era que Mario sobraba aquí.

«Maldito imbécil, lárgate», pensé mirando a Mario, quien frunció el ceño, mas no se movió.

Volví mi atención hacia Violet, que retuvo las lágrimas hasta que las controló. Sus ojos parecían marrones todo el tiempo, pero en ese momento se habían tornado de un color verde bastante llamativo y cautivador.

—Abnegado o no, soy tu padre —le recordé con dureza—. Y tú tienes mucho trabajo que hacer para ser digna de ser mi heredera.

—No quiero...

—No me importa que no quieras —la atajé—. Vas a serlo y fin del tema.

—Ojalá no vuelvas a aparecerte en mi vida —espetó furiosa—. Te odio. Vete de nuevo.

—Lo lamento, cariño —dije con una sonrisa y me volví a acercar a ella para levantarle el mentón.

Hacerlo fue una mala idea, ya que su respiración se detuvo, luego de un suave jadeo. En ese momento deseé olvidarme de todo y sucumbir al jodido calor que se extendió por mis venas. ¿Cómo sería estar dentro de esos carnosos labios pintados de rojo?, me pregunté.

—Vine para quedarme —añadí y ella abrió más los ojos—. Ya estás lista para comenzar a trabajar a mi lado.

4.

♠Violet♠

Mantener la calma en este tipo de momentos no era mi especialidad, pero por Mario iba a intentar hacerlo.

Bianca se mostró contenta de que hubiese regresado e intentó levantar los ánimos, mas no lo logró. Tanto Adrien como yo seguíamos enfadados el uno con el otro y no volvimos a mirarnos durante el resto de la cena.

Solo quería tomar mis cosas e irme, sin embargo, eso le causaría un fuerte dolor a la señorita Thompson, y tampoco iba a perder mi buena vida solo por ese estúpido hombre. Si me había adoptado para ser su heredera, eso sería y aprendería muy bien para no necesitarlo. Cuando estuviese viejo lo abandonaría en un asilo y disfrutaría de mi vida.

En el fondo sabía que no sería capaz de hacer tal cosa, pero me reí al pensarlo de camino a casa.

—¿Pasa algo, cariño? —me preguntó la señorita Thompson—. ¿Estás mejor?

—Sí, nana, recordé algo.

—Me alegra que recapacitaras y volvieras a la mesa. No aplaudo para nada lo que dijo el señor Leblanc, pero dudo mucho que fuera en serio.

—Yo creo que lo decía en serio. —Me encogí de hombros—. Él no me considera su familia, nunca vino a verme hasta el día de hoy, y solo lo hizo para informarme sobre su boda.

—No es así, Violet, él...

—Es la realidad —suspiré—. No intentes defender lo indefendible.

La señorita Thompson se quedó en silencio y bajó la vista. No podía decir más al respecto, pues sabía que era verdad: Adrien no me quería.

Cuando estuvimos de regreso en casa, fui a mi habitación y me quité las zapatillas. A mí no me gustaba lanzar mis cosas, pero esta vez me di el lujo de hacerlo y las dejé en cualquier sitio.

Ya no tenía ganas de llorar, aunque mi corazón seguía con aquel vacío que me había costado mucho tiempo ignorar. Adrien solo se había aparecido para recordarme todo lo que le debía y todo lo que me negaba. Si bien estaba rodeada de lujos y de una amorosa mujer que me quería, no era lo mismo a sentirte en el seno de un hogar.

Mis ilusiones de llegar a tener algo con Mario y quizás en un futuro formar una linda familia a su lado también se habían destruido. No podía evitar sentirme herida porque él jamás me mencionó que convivía con Adrien.

—Lo veías más que yo —dije con una risa irónica mientras me desmaquillaba.

En ese momento mi celular sonó en alguna parte de mi habitación. Sabía de sobra que era Mario, no obstante, decidí ignorar la llamada. Lo único que quería era ponerme el pijama y meterme en la cama. Lo más inteligente habría sido vestirme y salir a cualquier lado, pero no tenía energías.

—Mañana será otro día —susurré, luego de terminar de desmaquillarme.

Me deshice de mi vestido y también lo lancé. Mi pijama estaba sobre la cama y me lo puse antes de acostarme. El celular siguió sonando varias veces y no lo atendí. Quien fuera que fuese no podía necesitarme tanto.

Poco a poco me fui quedando dormida y Adrien asaltó mis sueños, aunque esta vez no de manera erótica. Esta vez me rechazó de una forma terrible y se rio en mi cara.

Cuando me desperté no lo hice gritando, pero sí llorando. Me dolía mucho que las cosas fueran así, no saber lo que era que tus padres te amaran, no recibir un abrazo sincero de felicitación.

Me limpié las lágrimas y decidí salir a tocar el piano. Aquel instrumento era mi consuelo y mi mejor amigo; él no tenía que someterse a las órdenes de mi padre y tampoco me mentía. Nada podía ser más perfecto.

Entré y me dirigí ansiosa hasta él. La señorita Thompson tenía el sueño profundo y no se molestaba de que tocara en la noche. Podría tocar canciones alegres para levantarme el ánimo.

Sin embargo, lo que mi mente y mis dedos reprodujeron fue una canción bastante melancólica y que me provocó más lágrimas. Sabía que tenía que detenerme, pero no podía, necesitaba descargar mi frustración y mi dolor.

—Muy hermoso —dijo Adrien desde algún punto de la habitación cuando terminé.

Por el susto salté y presioné varias teclas, lo que formó un sonido desafinado. Giré mi rostro hacia la puerta y de entre la penumbra salió él.

La escasa luz que entraba por el ventanal lo iluminó cuando llegó a sentarse a mi lado. Me quedé quieta, sintiendo que mi piel ardía por tenerlo a escasos centímetros.

—¿Qué estás haciendo aquí? —pregunté nerviosa.

—Es mi casa, Violet —contestó con tranquilidad—. Y tuya.

—No, no es mía —rebatí y miré hacia las teclas. No soportaba mirarlo a los ojos.

—Lamento lo que dije —se disculpó—. No hablaba en serio.

—No me mientas, por favor —dije enojada—. Ellos son tu familia, yo...

—Si no te considerara mi familia, no te estaría preparando para que seas mi sucesora, ¿no lo crees? —gruñó y yo me alejé un poco más de él.

—Convengamos que me estás diciendo la verdad, ¿por qué decirme eso? ¿En qué te afecta que Mario y yo salgamos?

Adrien se quedó callado durante unos minutos, aunque pude sentir que tensó el cuerpo.

—¿Lo quieres?

—Sí, Adrien, lo quiero —contesté sin dudar.

—¿Te enamoraste?

Ahora fue mi turno de quedarme callada. Sabía que quería a Mario con todo mi corazón y me entusiasmaba la idea de pasar a ser algo más, pero decir que estaba enamorada y lo amaba con pasión desmedida era algo muy fuerte, algo que todavía no sentía.

—Violet —insistió y mi corazón se aceleró más—. ¿Estás enamorada de él?

—S-Supongo que sí —tartamudeé—. Así como tú de Bianca.

—Bien —suspiró, lo que me rompió el alma—. Entonces creo que no puedo impedirlo.

—No tendrías por qué —farfullé—. Es mi vida.

—De acuerdo.

Adrien se levantó del banco y se dispuso a irse. Al llegar a la puerta, se volvió hacia mí.

—No puedes descuidar el trabajo, Violet. Es lo único que te pido.

—No lo haré —respondí segura—. Aunque, si te soy honesta, no creo aceptarlo, me mintió. Convivía contigo y no me lo dijo.

—Queríamos que fuese una sorpresa.

—Igual no es justo. ¿Por qué, papá? ¿Por qué nunca viniste? —le reproché con la voz rota—. ¿Para qué adoptarme si no ibas a quererme?

—Te he querido, a mi manera, pero...

—El abandono no es amor —rebatí—. Compensar tu ausencia con lujos no es amor.

De nuevo el silencio se instaló en la habitación. Ninguno de los dos podía decir palabra alguna ante una verdad tan grande.

—Lamento haberte abandonado —contestó.

—Ya no importa, haré mi vida a partir de este momento y no necesito que estés en ella.

—Violet...

—Me ganaré mi salario y alquilaré algo en cuanto pueda. Se acabaron los guardaespaldas y todas esas cosas que usas para suplir tu ausencia —contesté—. Si no quieres ser mi padre, no lo seas.

—Quiero serlo —dijo con voz débil.

—No, no quieres.

—No vas a dejar de ser custodiada, menos ahora —replicó con tono duro y volvió a acercarse a mí.

Comencé a respirar de manera entrecortada cuando me tomó del brazo e hizo que me pusiera de pie. El banco nos separaba, pero podía sentir su respiración en la nuca.

—¿Por qué?

—Porque no dejaré que ningún malnacido vividor se te acerque. Eres... mi hija.

Sin que él se diera cuenta, apreté un poco las piernas y noté la humedad que había entre ellas. Tenerlo tan cerca alteraba todos mis sentidos.

—No quiero guardaespaldas —protesté.

—No está a discusión, tampoco el que te vayas —susurró—. Vamos a convivir como la familia que somos de ahora en adelante.

5.

♠Violet♠

Tanto como en vacaciones como en período escolar, mis días solían empezar de la misma manera: me levantaba, me ponía encima el albornoz y salía a buscar mi desayuno hecho por la señorita Thompson, aunque también los fines de semana le ayudaba y la pasábamos muy bien escuchando música. Sin embargo, lo que me encontré al bajar a la cocina me dejó estupefacta.

—Buenos días, Violet —me saludó Adrien, quien estaba preparando unos huevos revueltos y también tocino.

Su imagen de él con un traje y un delantal puesto no pegaban para nada y tuve que reprimir la risa.

—Buenos días —contesté, tratando de que la voz no me delatara, pero fallé y se notó que quería reírme.

—Me veo fatal, ¿cierto?

—No, es solo que es raro. ¿Dónde está mi nana? —pregunté mientras me acercaba.

—Fue a hacer unas compras, ahora viene —respondió mientras apagaba la estufa.

Ignorando mis nervios, me senté en uno de los taburetes y lo miré. Adrien me sonrió de vuelta, pero sus ojos se fueron hacia mi escote, el cual me cubrí al percatarme de que estaba muy abierto.

—Oh, lo siento —me disculpé con las mejillas sonrojadas y sintiendo una palpitación constante en mi sexo.

«Dios mío, por favor, dame un cerebro normal», imploré.

—Son... —Adrien sacudió la cabeza y volvió a enfocar su vista—. El desayuno está casi listo. Debemos darnos prisa hoy, te llevaré a la empresa.

—¿Tan rápido? —cuestioné perpleja.

—Sí.

—¿Estás por morir? —bromeé y él sonrió.

—No, estoy por casarme —contestó con tono bromista, pero dejó de sonreír al ver mi seriedad—. Eso es casi como morir.

—Qué buen concepto tienes del matrimonio —masculié mientras me servía un poco de jugo de naranja de la jarra.

—¿Y el tuyo es muy bueno?

—No lo sé, no estoy casada ni próxima a casarme —contesté sin mirarlo. Si lo volteaba a ver, mis latidos se acelerarían más—. Por ahora.

—Eres muy joven —repuso con tono sombrío y se quitó el delantal.

—Sí, tal vez tengas razón. Debo tener experiencias —dije de manera inocente, pero ver uno de sus puños apretados me hizo tomar conciencia de que parecía que me refería a otras cosas.

Por suerte para mí, la señorita Thompson hizo acto de presencia en ese momento y me salvó de una conversación incómoda con Adrien.

—Esto huele delicioso, señor Leblanc —lo felicito y él se encogió de hombros.

—No fue nada. Espero que le guste a Violet.

—Soy alérgica al tocino —bromeé con tono serio. Él alzó ambas cejas y su boca se abrió un poco.

—¿Qué?

Me eché a reír y la señorita Thompson hizo lo mismo, solo que de manera más discreta.

—No es en serio —confesé y Adrien suspiró.

—Trabajar juntos les servirá para conocerse mejor —intervino mi nana, lo cual me hizo sentir demasiado incómoda sin saber por qué.

«Es mi padre, es lógico que debo conocerlo mejor», pensé para tratar de controlar mis inapropiadas imágenes mentales.

Detestaba los pensamientos intrusivos. Había leído sobre estos, aunque no me proporcionaban alivio en lo absoluto; prefería miles de veces imaginarme haciendo una masacre que ser cogida por Adrien en su escritorio.

—Confío en ello —respondió Adrien.

No necesité alzar la vista para saber que me miraba. Él tal vez estuviese preocupado tan solo por nuestra relación de padre e hija, aunque eso no me quitaba de encima los nervios de tener que trabajar con él y que fuese mi mentor. Pasar demasiado tiempo juntos podía derivar en que de verdad lo viese como un padre o que mis enfermas fantasías me hicieran cometer alguna tontería. Solía ser buena para controlarme cuando debía hacerlo, pero no tratándose de él; Adrien era un punto débil en mi vida y sabía que debía tratarlo y sanarlo en algún momento.

No sería pronto, al parecer. Él se caracterizaba por ser estricto y dudaba que fuese a tener tiempo para acudir a terapia sin que él se enterara.

Adrien se sentó a mi lado para desayunar y me preguntó todo el tiempo si me gustaba lo que había preparado para mí. Tener aquella atención de pronto era abrumador, pero no dije nada, ya que la señorita Thompson nos observaba con satisfacción.

Había muchas cosas que quería gritarle a Adrien, pero ambos habíamos acordado que trataríamos de ser una «familia». Al menos yo estaba dispuesta a comportarme bien hasta que se casara y por fin tuviera que dejar de verlo.

La señorita Thompson se dio cuenta de que su mirada era pesada y decidió marcharse. Por un momento quise pedirle que se quedara, mas no me atreví y me quedé a solas con Adrien, quien apenas había tocado su comida. Yo, por el contrario, me la había terminado toda por culpa de los nervios.

—¿Quieres lo mío? —me ofreció, empujando un poco el plato hacia mí.

—No, gracias —respondí antes de intentar levantarme, pero él me tomó del brazo.

—Violet, espera —me pidió.

De manera silenciosa respiré profundo y asentí. Él me soltó y comenzó a hablar.

—De verdad quiero que nos llevemos bien —comenzó—. Ayer me di cuenta de muchas cosas y creo que nos hará bien pasar tiempo juntos como lo que somos.

—Padre e hija —completé por él.

Adrien tensó la mandíbula y asintió.

—Sí, eso es lo que somos, así es como debemos vernos.

Fruncí el ceño ante el tono extraño de su voz. Tal vez fuesen ideas mías, pero sonaba como si intentara convencerse, como si sintiera lo mismo que yo o de verdad luchara para no verme solo como una niña que recogió de las calles.

—Así te veo —le mentí.

—No, no lo haces —rebatió—. Me ves como...

—Como un padre ausente, claro. —Entorné los ojos.

—No, me miras como tu enemigo.

—Exageras, papá, no eres mi enemigo —gruñí—. Si te digo papá es porque...

—Está bien, hija. —Sonrió, aunque aquello se sintió bastante forzado.

—Iré a vestirme.

Me levanté con rapidez antes de que pudiera atraparme de nuevo y subí a toda prisa a mi habitación. Mi corazón latía como loco y no solo por haber corrido, sino por haber estado tan cerca de él, por esa extraña tensión que quería creer que solo se debía a mí, a la enfermedad mental que estaba segura de que tenía.

Me dirigí al baño y utilicé el agua fría para bajar todas aquellas sensaciones y organizar mis pensamientos. Me consolaba un poco pensar que con el pasar de los días lo vería de aquella forma que él proponía, que pronto me olvidaría de aquellas estupideces de adolescente pervertida. Yo no era ninguna adolescente, no obstante, apenas empezaría a vivir la vida y me faltaba madurar.

Una vez que salí de la ducha, me dirigí a mi clóset y saqué un pantalón formal, una camisa de botones y un blazer. Todo aquello lo complementé con unas zapatillas cerradas de tacón bajo y maquillaje ligero.

Estaba lista para ir a mi primer día de trabajo. Solo esperaba sobrevivir a él.

Al bajar las escaleras, esperaba encontrarme con Adrien mirándome con orgullo, pero en lugar de ello lo encontré besándose de manera apasionada con Bianca en la sala.

Mi estómago se encogió y mi corazón comenzó a latir de una forma más lenta, como si le costara seguir bombeando sangre. Luego de eso, una sensación fría se extendió por mi cuerpo.

—Buenos días —saludé y los dos voltearon a verme. Adrien permaneció serio, pero Bianca me sonrió de una forma tan hermosa y maternal que la odié.

—Buenos días, cariño —me respondió ella—. ¿Estás lista para el primer día de trabajo?

—Sí, Bianca —asentí—. Estoy más que lista.

6.

♠Violet♠

Yo no tenía en mente estar a solas con Adrien en el auto, aunque tampoco me imaginé que Bianca estuviese incluida en el plan. A decir verdad, estaba decepcionada, con una pesadez muy molesta en el estómago.

Bianca no me dejó tomar el asiento de atrás e insistió demasiado para que tomara el de adelante. Adrien le agradeció aquel gesto de «generosidad» con un beso casi igual de apasionado que el anterior, pero con el que ya no me detuve en seco; directamente entré al auto para no tener que verlos más.

—Luces muy guapa, Violet —me elogió ella durante el camino hacia la empresa.

Adrien apretó de manera momentánea el volante con ambas manos y yo miré mi atuendo por si algo le hubiese molestado. No encontraba nada feo pero tampoco provocativo.

—Gracias, Bianca —respondí, intentando sonar como de costumbre—. Espero hacer las cosas bien.

—Desde luego que lo harás. Y perdona que haya venido, no quería perderme este momento —dijo avergonzada—. Espero que no te incomode.

—No, Bianca, muchas gracias por esto —contesté con un poco de sinceridad.

Ahora me sentía bastante culpable por la irritación que me causaba su presencia. Ella no tenía culpa alguna de mi depravación, de mis deseos de disfrutar de un padre o de lo que sea que estuviese causando mis celos.

Adrien no emitió opinión alguna al respecto y dejó que su prometida llevara la voz cantante durante el resto del camino, el cual sentí que abría aún más la brecha entre Adrien y yo.

Me asomé un poco por la ventana cuando mis ojos vislumbraron el enorme edificio de Lebs. Todos los días lo observaba desde el ventanal de la sala de estar, pero ya que lo volvía a ver de cerca se me revolvía el estómago; no me sentía nada lista para ser la heredera de una empresa de telecomunicaciones. Conocía muy bien cada cosa que se realizaba y la responsabilidad tan enorme que pondrían en mis manos, también era consciente de que no llegaría a un puesto directivo, sino que empezaría desde abajo, como mensajera. Adrien no me lo había dicho, pero la señorita Thompson había tenido la enorme gentileza de informármelo.

—Bueno, creo que los dejo a solas, cariño, solo quería venir con ustedes —dijo Bianca cuando entramos a la empresa, luego de que Adrien le entregara el auto al valet parking para que lo llevara al estacionamiento subterráneo.

—Cuídate —le dijo Adrien a Bianca antes de darle un beso.

—Igual tú, cielo —respondió ella y luego vino hacia mí para darme un beso en la mejilla—. Por cierto, Mario me dijo que estuvo llamando y no contestaste.

—Oh, no he visto mi celular —dije avergonzada.

Adrien volteó un poco el rostro para disimular su sonrisa, pero casi al instante volvió a estar serio.

—Le diré que estás bien, está preocupado. Intenta comunicarte con él cuando tengas tiempo —me pidió Bianca y yo asentí.

—Sí, claro.

Mi futura madrastra se despidió de nosotros y se fue con ese andar tan elegante que la caracterizaba. Adrien y yo la observamos hasta que la vimos ingresar a un Uber.

—Ella es una buena mujer —comenté mientras regresaba mi vista hacia él.

—Sí, sé que será una buena esposa. —Suspiró y me sonrió un poco—. ¿Vamos, Violet?

—Está bien.

Adrien señaló hacia adelante con un brazo y yo comencé a avanzar hacia los validadores que todos los empleados usaban para identificarse con sus credenciales. Por un momento me preocupó no tener la mía, pero mi padre la sacó de su bolsillo y me la entregó.

—Espera, ¿soy tu auxiliar? —pregunté al verla.

—Sí, bueno, en realidad serás auxiliar de mi asistente, que se retirará en unos meses —dijo sonriendo—. ¿Tienes problemas con ello?

—No, pero pensé que iba a empezar como mensajera —confesé.

—¿Cómo?

—Bueno, mi nana me lo dijo.

—Dios. —Se echó a reír y yo me mordí los labios. El sonido de su risa y ver su dentadura perfecta causaba demasiadas cosas en mí—. Ella te contó lo que mi padre me hizo a mí, pero yo no lo haré, descuida.

—No me molestaría, así aprendo.

—Quiero que te concentres en cosas más importantes que servir el café, cosa que ya sabes hacer por lo que sé.

—Sí, supongo —dije sonrojada y bajando la cabeza.

Mi padre colocó dos dedos bajo mi barbilla y me alzó el rostro para que lo mirara al igual que en el restaurante. Aquel inocente gesto hizo que lo observara con intensidad y sintiendo que el corazón se me salía del pecho, además de una agradable palpitación en mi sexo.

El gesto de Adrien cambió en ese momento y noté sus ojos oscurecerse y su respiración acelerarse. Con su pulgar acarició suavemente mis labios y casi lo introdujo en mi boca.

De pronto pareció reaccionar y se apartó, aturdido por lo que acababa de pasar. Yo también me aparté y dejé de mirarlo; sentía mucha vergüenza por haberlo mirado como una mujer y no como una hija, ¿qué iba a pensar de mí?

—Vamos, Violet —dijo con un tono muy cortante y que me dejó en claro que esto no se iba a repetir jamás.

—Sí, vamos.

Los dos utilizamos nuestras tarjetas para entrar y nos dirigimos a los ascensores. Para mi buena suerte, había más personas en el ascensor con las que él hablaba con familiaridad y a las cuales me presentó. Aquello solo hizo que me diera cuenta de que tan oculta me tenía, aunque intenté no sentirme mal.

Al llegar al piso nueve, los dos salimos y nos encontramos con la asistente y la secretaria. La asistente era una guapa mujer mayor y de afable sonrisa; la secretaria, en cambio, parecía estar llegando a los veinticinco y llevaba el uniforme más ajustado de lo que debía estar.

Una escena de ella y Adrien teniendo sexo desenfrenado en la oficina cruzó por mi mente, sin embargo, ni siquiera llegué a sentirme celosa, dado que noté la mirada de esa chica hacia mí cuando me la presentaron.

Vivian era lesbiana.

Me habría gustado haber podido sentir algo, por más mínimo que fuese, pero al parecer mi cuerpo y mi cerebro se inclinaban hacia la única persona en la que no debía posar mis ojos.

«Es mi padre, es mi padre, papá, no un hombre», pensé mientras lo miraba hablar con su asistente. Él volteó a verme en ese momento y sus palabras me hicieron salir de mi mente.

—¿Estás lista, Violet? —me preguntó con una paternal sonrisa.

Sí. Él era mi padre.

7.

♠Adrien♠

En todos mis años al mando de esta compañía había tenido situaciones muy difíciles. Cuando mi padre murió y yo pasé a ser el dueño, tuve que enfrentarme a la caída de la credibilidad de Lebs, las graves fallas técnicas, lidiar con miles de quejas de usuarios y competencias muy fuertes que se aprovechaban de nuestra situación para tratar de ofrecer algo mejor al mercado de las telecomunicaciones.

Yo era muy joven para enfrentar algo así, y mi única experiencia hasta esa fecha eran mis estudios y servir cafés. Mi padre no contempló que su adicción al tabaco se lo llevaría antes de que pudiera enseñarme a ser el dueño de todo esto. Aun así, salí adelante con la cabeza en alto y logré posicionar

—a base de ensayo y error —a Lebs como la compañía preferida en el país.

Pero nada de lo que había hecho me preparó para que una jovencita de veintidós años me tentara con tan solo mirarme fijamente a los ojos, mucho menos para que esta fuese mi propia hija, una que pudo ser sangre de mi sangre. A pesar de que al final no lo fue, decidí sacarla de aquella vida tan deplorable y había hecho bien, solo que no sabía cómo demonios lidiar con todo lo que me causaba ahora.

Mi asistente, luego de regresar con Violet, nos dejó a solas. Ella se sentó en el sofá que estaba frente al mío y me dedicó una pequeña sonrisa mientras me miraba de una forma tierna, cosa que me ayudó un poco a centrarme.

—¿Y bien? ¿Qué te han parecido las instalaciones? —le pregunté para romper el silencio.

— Hermosas e impecables —respondió, aunque apretó los labios y supe que se callaba algo.

—¿Por qué siento que hay algo que no me estás diciendo? — Entorné los ojos

—Te diría que me conoces muy bien, pero evidentemente eso no es cierto. —Se rio—. Digamos que eres intuitivo.

—Un poco, sí —admití avergonzado—. ¿Qué sucede? Puedes decírmelo.

—Okey —suspiró, y cruzó las piernas para ponerse más cómoda. A pesar de que llevaba un pantalón puesto, no pude evitar darme cuenta de lo bien que se ajustaban a sus muslos—. Me sigo preguntando por qué no me hiciste empezar como mensajera. Sé que me lo has explicado, pero...

—Mi padre murió sin haberme instruido para saber manejar esta empresa —le contesté. Ella alzó las dos cejas y abrió más los ojos—. Fue un completo desastre y yo perdí mi tiempo en aprender cosas que no me servirían a la hora de estar al frente. Desde luego que fui aprendiendo y logré tener todo bajo control, pero no hay necesidad de que tú hagas eso.

—Pero me parece importante conocer cada área —rebatió y yo asentí, fascinado de tener esta conversación con ella.

—Desde luego, Violet, sin embargo, no es necesario hacer el trabajo de otros para valorarlo. En casa puedes hacer todo eso.

—Interesante manera de ver las cosas —dijo en voz más baja y su mirada se perdió en la mesa de cristal que nos separaba—. Es extraño, pero lo respeto, y entiendo que quieras que no empiece desde abajo. Solo dime algo. No estás enfermo, ¿cierto?

—No —contesté riéndome—. Al menos no es lo que me dijo mi médico hace menos de tres semanas. Todavía no me voy a morir, aunque, desde luego, siempre puede pasar algo. Los accidentes...

—Trata de cuidarte, no fastidies a las aseguradoras —bromeó.

Mi sonrisa se volvió más amplia y la observé con fascinación. Ni siquiera había dicho algo demasiado ingenioso, pero me estaba gustando hablar con ella, conocerla más.

—De acuerdo, me voy a cuidar —prometí. Ella sonrió en respuesta y se mordió los labios.

Violet se dio cuenta de que mis ojos se posaron en su boca y dejó de hacerlo. Sus mejillas volvieron a sonrojarse, y ahora fui yo quien tuvo que cruzar las piernas para tratar de disminuir el efecto que eso tuvo en mi entrepierna.

«Es mi hija, mi hija», pensé para poder calmarme. Tenía que aprender a verla de esa forma y esperaba lograrlo, si no, las cosas serían demasiado complicadas.

—Iré a buscar a Elizabeth —avisó mientras se levantaba. De inmediato hice lo mismo y me acomodé el saco.

—Muy bien —contesté—. Traigan mi agenda, tengo algunas cosas que voy a reprogramar y la necesito.

—Muy bien, jefe —dijo, recuperando ese tono bromista que me estaba gustando más de la cuenta, pero no por aquel sentimiento tan extraño y morboso que despertaba en mí, sino porque me gustaba la idea de ganarme su confianza como hija—. Espero que sepas perdonarme si cometo errores. Yo...

—No te preocupes, mientras no me tires el café encima, todo estará bien.

—¡Pero dijiste que no tenía que hacer cafés! —gruñó, pero luego se echó a reír.

—Tal vez quiera probarte alguna vez —solté y una extraña vibra se sintió entre los dos, la cual me aceleró el pulso. Ella sonrió incómoda y se rascó la parte posterior de la cabeza—. Sí, me gustaría probar tu habilidad para preparar café —añadí para corregir mi maldito tropiezo. Tal parecía que mi capacidad de pensar antes de hablar se atrofiaba cuando la tenía cerca.

—Sí, eso —contestó nerviosa—. Bueno, me voy. Ahora vengo con Elizabeth.

—De acuerdo.

Ella se dio media vuelta y caminó hacia la salida. Por una milésima de segundo pude ver aquel firme y redondo trasero, pero me volteé hacia el ventanal antes de que mis pensamientos me llevaran a otro sitio.

«Mi hija, mi hija. Es mi hija», me repetí por dentro y cerré los ojos para respirar profundo.

Sí, podría con esto. Violet y yo seríamos una familia y pronto nos veríamos con naturalidad.

Alguien tocó a la puerta en ese momento y me giré para recibir a Violet y a mi asistente. Esta última tenía mi agenda en las manos, pero se la entregó a mi hija.

—Creo que es buena idea que le expliquemos juntos todos los códigos y colores que usa, señor Leblanc —dijo Elizabeth—. Claro, si usted está de acuerdo.

—Desde luego —asentí y miré a Violet—. Esa agenda contiene básicamente mi vida laboral y cosas que son muy importantes recordar. Te acostumbrarás, desde luego, pero me gustaría que expresaras cualquier duda.

—Estoy lista —dijo con entusiasmo.

—Hablo en serio, Violet. Es muy importante —advertí—. No quiero presionarte, pero debes aprenderlo todo muy bien. Habrá momentos en que me ausente y dependeré de ti para ir de un lado a otro, también tú deberás aprenderlos porque me cubrirás en algunos compromisos durante mi luna de miel. No me gusta llevar mis compromisos anotados en ningún dispositivo, tampoco mencionarlos por teléfono, por tanto, tú debes aprenderlo.

Violet silbó y su entrecejo se frunció. Ya no parecía tan entusiasmada como antes.

—Tranquila — le dije para que no se agobiara—. No es nada que no puedas aprender. Imagínalo como si fueran las partituras del piano. Si has podido con ellas, podrás con mis códigos.

Mi hija sonrió ante esa idea y sentí una ternura sin igual invadirme. Tal vez era cuestión de tiempo para verla como lo que era y debía ser, tal vez solo tenía que adaptarme e insensibilizarme.

En ese momento, aún tenía esperanzas de evitar lo que se convertiría en un amor y deseo tan intensos que rebasarían mi cordura.

Violet sería mi verdadera perdición.

8.

♠Violet♠

En un primer momento, ver tantos códigos y colores me voló la cabeza. El hombre tenía contempladas un sinfín de situaciones que iban desde las más comunes en cualquier empresa hasta las más específicas y extrañas, incluso había un código para informar sobre una invasión extraterrestre.

—Esto es una broma, ¿verdad? —le pregunté a Elizabeth, que estaba seria.

—No, siempre cabe la posibilidad de que los extraterrestres nos invadan —me contestó con calma.

—Bueno, pero en caso de que eso ocurra, ¿qué más da el código?

—Bueno, el señor Leblanc podría venir a negociar con ellos. —Se encogió de hombros y yo me tapé la boca para no soltar una carcajada.

Mi mente reprodujo muy claramente la imagen de Adrien intentando persuadir a un ser verde, pero hasta en aquella fantasía él terminaba siendo abducido, así que no pude contener mucho tiempo la risa, lo cual hizo que Elizabeth saliera de aquel papel lleno de seriedad.

—Claro que es una broma, señorita —dijo entre risas—. Creímos que esto la relajaría un poco.

—Pues vaya que sí lo han conseguido. Está genial —contesté—. En fin, trataré de aprenderlo todo, aunque no puedo prometer que sea de la noche a la mañana.

—Descuida, no te presiones demasiado, lo irá aprendiendo. Al menos intente con los más básicos.

—Muy bien.

Elizabeth me señaló su asiento en el escritorio y se marchó, dejándome a solas con aquella agenda tan extraña. En las hojas no estaban anotados los compromisos como tal, sino que todo tenía códigos, cosa que me mareaba, pero al cabo de un rato comencé a comprenderlo y a memorizar algunos.

—De acuerdo, puedo con esto —susurré.

—¿Muy difícil? —Vivian colocó un vaso de café en el escritorio.

—¿Es para mí? —pregunté sorprendida y sonreí. Ella asintió.

—Sí, espero que no te moleste, yo...

—No, no, me encanta —la interrumpí—. Bueno, no sé cómo te quedó el café, pero gracias por eso.

—No es nada, preciosa —me respondió y se fue a su asiento, en donde se acomodó la falda de una manera en que sus bonitas piernas quedaron más descubiertas.

«Mierda», pensé mientras regresaba la vista hacia la agenda. Me incomodaba mucho la idea de que ella se hiciera ideas sobre mí que no eran. Por más que había intentado que me gustasen las chicas, nunca conseguí sentir atracción sexual hacia ellas. El cuerpo femenino me parecía lindo y digno de ser admirado, pero no despertaba en mí lo mismo que los masculinos.

O el cuerpo de Adrien en sí.

Me mordí los labios para contener el resoplido que quise soltar ante aquella frustración. La vida podía ser más complicada cuando solo te sentías enganchada por una persona, y más cuando ya tomabas conciencia de aquello. «Necesito salir con alguien más, de verdad necesito eso».

Decidí cerrar la agenda y hacerla a un lado para tomar el café, el cual me sorprendió con su sabor tan dulce y rico. Volteé a ver a Vivían, que me observaba con los ojos brillantes y una sonrisa, y a pesar de lo incómoda que me sentía, expresé mi gusto por aquel café.

—¿De verdad te gustó? —cuestionó.

—Sí, es... delicioso.

—Genial, es el favorito del señor Leblanc. Me agrada que también sea el tuyo.

—Vaya, conque es su favorito. —Sonreí como tonta y ella frunció el ceño.

—¿No lo sabías?

Traté de articular alguna excusa, pero no lo conseguí de inmediato. Vivian enarcó una ceja.

—Eh... Sí, quiero decir que no sabía que lo tomaba aquí en la oficina. —Me reí.

—Me da la impresión de que me estás mintiendo.

—Mi hija no es ninguna mentirosa —me defendió Adrien, saliendo de la oficina. Ella se puso pálida y se puso de pie.

—Eh... señor Leblanc, discul...

—No es nada, papá —intervine y volteé a verlo—. Solo estaba bromeando, le dije que soy adicta al cigarrillo y no me cree. Y no, no fumo.

Adrien tensó la mandíbula y sus ojos se entornaron un poco. Parecía poco convencido de mi patética excusa, sin embargo, terminó por suspirar y relajarse.

—Tengo una reunión extraordinaria de accionistas ahora. Más tarde vendré a buscarte para que almorcemos. Puedes descansar un poco, cariño.

Mi corazón rompió a latir con mucha fuerza y apenas logré asentir. Él sonrió y se me acercó para darme un beso en la frente, el cual me dejó peor de afectada; el muy infeliz quería mostrarse como un padre amoroso frente a los demás y lo estaba consiguiendo.

Incluso me empezaba a convencer a mí.

No obstante, no me permití albergar ningún tipo de esperanza. Seguramente él terminaría por llamar a Bianca y yo sería un horrible mal tercio.

Una vez que Adrien y su asistente se fueron, revisé por fin mi celular y vi todo lo que Mario me había escrito en seis mensajes un poco largos, también las veces que me había llamado, que habían sido diez. Eran más llamadas y mensajes de lo usual, pero nada que pudiera asustarme. Mario era una persona racional que sabía respetar mis tiempos y mi espacio.

—¿Hablando con tu novio? —preguntó Vivian, un poco asomada en lo que yo hacía.

—Sí —contesté para que se olvidara de cualquier idea con respecto a mí.

Ella sonrió de una manera extraña y masculló una mala palabra. Decidí dejarlo pasar por alto y escribí a Mario para decirle que habláramos luego, ya que saliera de trabajar.

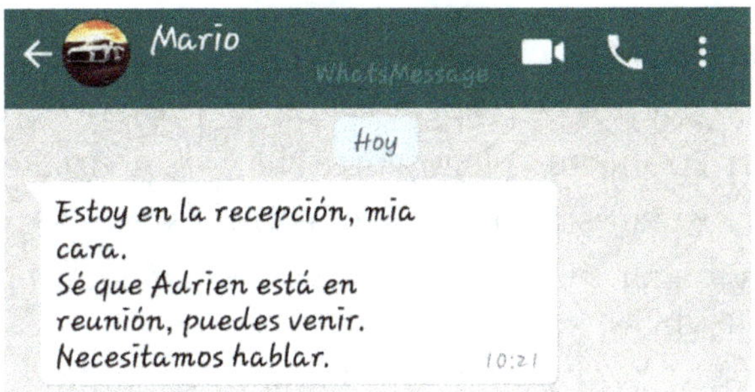

Ahogué un grito y guardé mi celular en el bolsillo del pantalón. No estaba demasiado nerviosa por ver a Mario, sino por lo que diría Adrien de la visita. «No, no debería preocuparte. Tengo derecho a tener un novio», pensé mientras me soltaba el cabello.

—¿Irás a verlo? —me preguntó Vivian.

—Sí, no me tardó —dije mientras caminaba rápido hacia el ascensor, al cual me metí.

Ella trató de decirme algo, pero por fortuna las puertas se cerraron a tiempo. Una vez a solas, suspiré con fuerza y me tallé los brazos para deshacerme de la sensación de carne de gallina. Me parecía muy extraña la manera en que Vivian actuaba conmigo; no estaba acostumbrada a los evidentes coqueteos, sino a cosas muy sutiles y, desde luego, solo de chicos. Si le había gustado a alguna mujer, jamás me había percatado.

El ascensor no paró en ningún piso y llegué pronto a la planta baja. Cuando me bajé, pude ver a Mario detrás de los validadores. Este me sonrió emocionado y yo no correspondí como era mi costumbre; seguía bastante molesta con él.

—Estaba preocupado —dijo cuando me saludó de beso.

—Haces bien, estoy molesta. Adrien, Bianca y tú me ocultaron que convivían. Mario, tú sabías que yo poco sabía sobre él.

—Quise decírtelo, te lo juro que sí, pero para mi hermana era importante respetar los deseos de Adrien.

—O sea que lo que tu hermana quiera es más importante que lo que yo siento —respondí y me alejé un poco de él—. Y no, no quiero ponerte a elegir entre ella y yo, no malinterpretes, pero me habría gustado que fueras honesto, que me dejaras decidir qué hacer. ¿Cómo creíste que me gustaría recibir esa noticia el día de mi graduación?

—Perdóname, no vi el problema porque faltaban pocas semanas. Creí que sería lindo que fuera una sorpresa su aparición, no esperaba que te anunciaran su compromiso como tal. —Suspiró.

—Nuestra relación no puede ir a ningún lado si inicia con mentiras —dije muy seria y él se mordió el labio inferior como siempre hacía al estar nervioso.

—Violet, no, no digas que me dejas —pidió mientras se acercaba—. En todos estos años que llevamos conociéndonos, nunca te he fallado, nunca te he mentido. Y sé que estuvo muy mal lo que hice, esperaba que pudieras darme una oportunidad.

Lo observé con mucha tristeza y fruncí los labios. Mario juntó sus manos e hizo un pequeño puchero que me enterneció demasiado. En sus ojos veía la total honestidad y el sufrimiento al que lo sometía con mi enfado.

—Violet, por favor, por favor. No te compré un ramo de rosas, te compraré la malteada de Oreo que tanto te gusta.

—Mmm... Me estás ganando —admití con una sonrisa y él se acercó para tomarme de la mano.

—Te juro que no volveré a fallarte. Aprendí la lección.

—Muéstrame tu celular y sabremos si no eres un mentiroso —bromeé, pero él asintió sin dudar.

—Sí, está bien. —Me soltó para sacar su celular y yo me eché a reír.

—Dios, era una broma —me burlé y se lo regresé—. No tienes que hacer eso. Te daré una oportunidad, pero es la última.

—Gracias, *mia cara.*

Mario me rodeó por la cintura y me besó. Sus labios se movían despacio sobre los míos y me hicieron soltar un suspiro. No sabía si sentir dulzura era amor, pero me gustaba, aunque mi cuerpo no ardiera como cada vez que Adrien...

Mario dejó de besarme y me sonrió justo a tiempo para que yo no imaginara las peores cosas.

—Vamos al cine hoy, ¿qué te parece? —me preguntó y yo asentí.

—Bien —sonreí—. Nos vemos más tarde.

—Perfecto, *mia cara* —respondió. Me dio un beso más en los labios y los dos nos despedimos.

De regreso al ascensor me sentí un poco mal conmigo misma por haberlo perdonado tan rápido, pero recordé que, de los tres, él era el que más se lo merecía. A Adrien y a Bianca les hablé con normalidad, así que ya no veía motivo para seguir molesta con Mario, que nunca me había fallado, que siempre estaba cuando lo necesitaba.

—Hice bien —susurré mientras presionaba el botón para llamar al ascensor.

Cuando llegué al piso que me correspondía, Vivian estaba tratando de explicarle algo a Adrien. Los dos parecían nerviosos, aunque a él lo noté furioso al volverse hacia mí.

—¿En dónde estabas? —me preguntó—. Te dije que podías descansar, pero jamás hablé de largarte.

—Mario vino a verme. Solo bajé a hablar con él.

En ese mismo instante me arrepentí de habérselo dicho, dado que su expresión se tornó más feroz.

—Este no es lugar para visitas amistosas —dijo entre dientes.

—No es mi amigo — le aclaré.

— ¿Entonces él y tú...?

—Decidí darles una oportunidad a todos y empezar de cero, Adrien —lo interrumpí—. Así que sí, Mario y yo somos novios.

9.

♠Adrien♠

Un dolor agudo se instaló en mi pecho ante la respuesta de Violet, que sabía que tenía razón. Si me había perdonado a mí y a Bianca era lógico que también debía perdonar a Mario, aunque en el fondo esperaba que no lo hiciera, mucho menos que retomara aquella idea de comenzar una relación.

Regresé a mi reunión con el sinsabor de haber hecho enfadar a mi hija y con la duda de si era una buena idea que almorzáramos juntos y a solas. Antes de entrar a la reunión llamé a Bianca para que nos acompañara, pero esta rechazó mi invitación, alegando que Violet y yo debíamos pasar tiempo juntos como padre e hija, que ella necesitaba eso de mí y que no podía negárselo.

Con mucho menos ánimo que antes, regresé a concluir la reunión, la cual solo trataba del adelanto de la junta de fin de mes, dado que posiblemente viajaría con Bianca a visitar a su familia. Mario no estaba en aquel plan, por lo que se quedaría a solas con Violet y podían suceder demasiadas cosas.

Imaginar aquello solo empeoró mi humor y al parecer la junto lo notó, pues todos me miraban extrañados ante mis respuestas escuetas. Nunca había sido especialmente amigable con ellos, no me interesaba, pero tampoco respondía con agresividad como lo estaba haciendo.

Al final tuve que acabar con la reunión y antes de salir pedí disculpas. Por suerte nadie se me acercó para estrechar las manos y pude irme con rapidez.

Violet apenas y alzó la vista de la agenda cuando llegué de regreso al piso. Mi secretaria y mi asistente se apresuraron a preguntarme si necesitaba algo, a lo que me negué y decidí pasar a la oficina. El azote que le di a la puerta debió advertirles que no era buena idea buscarme, ya que no lo hicieron hasta que fue la hora de almorzar.

Salí a toda prisa de la oficina cuando Elizabeth me avisó que saldría junto con Vivian. Violet estaba guardando su celular en el bolso y parecía prepararse para irse.

—Vamos, Violet —le dije y ella frunció el ceño al voltear a verme.

—Creí que ya no querrías...

—No, no estoy molesto —le mentí—. Lo siento, no debí comportarme de esa forma, es solo que no sé cómo ser... *padre.*

Ella me observó en silencio y terminó por sonreír un poco. Aquel pequeño gesto fue para mí como una ofrenda de paz, así que me acerqué y la tomé de la mano, la cual me seguía impresionando por lo suave que era. Tenía que hacerme inmune a lo que causaba en mí, así que lo hice con decisión.

Sin embargo, cuando ella soltó un pequeño jadeo, sentí otra maldita punzada en la entrepierna.

—Espero que podamos llevarnos bien —dije mirando aquellos ojos tan hermosos que tenía.

Cuando menos me di cuenta, estaba inclinado hacia ella, a escasos centímetros de sus labios. Violet respiraba con dificultad y pude notar como sus pupilas se dilataban. Decidí no propasarme y solo besar su mejilla, pero terminé haciéndolo casi en la comisura de sus labios.

—Vamos a almorzar —susurré, aunque en realidad no deseaba moverme de donde estaba y de separarme de aquel adictivo aroma.

—Sí, papá —contestó mientras retrocedía de forma brusca.

Aquella palabra volvió a retumbar en mi mente y me hizo entrar en realidad. Las cosas que pensaba eran una completa locura, algo muy fuera de la realidad, además, debía respetar a Bianca, ella no se merecía que hiciera algo tan horrible, sobre todo cuando estaba depositando su confianza en que seríamos padre e hija.

Violet y yo caminamos un poco alejados y no volteamos a vernos mientras bajábamos por el ascensor. No dejé crecer las ideas que comenzaron a formarse en esos escasos segundos y tuve que obligarme a recordar el menú del restaurante al que pretendía llevarla a comer.

—¿Te gustan las ensaladas? —le pregunté al salir.

—Las detesto —contestó con tanta franqueza que fue imposible no sonreír—. Es decir, yo...

—También las odio —la interrumpí—. ¿Qué es lo que quieres comer? Pensaba en llevarte a *Ritual*, me lo recomendó Bianca, es un...

—Es un restaurante español, lo conozco —dijo sonriendo.

—Vaya, ¿tu nana te ha...?

—Sí, he ido con ella, pero más con Mario. Nos encanta el gazpacho que hacen allí, también las empanadas galle...

—Entonces sería mejor ir a otro sitio —la atajé—. El punto de esto es que...

—Prefiero ir a *Ritual*. No necesitas sobre esforzarte y crear nuevos recuerdos conmigo. Ya no soy una niña —se burló.

En su tono no distinguía ironía o reproche, aun así, comencé a sentir oprimido el pecho por la culpa. No me arrepentía de no haber deseado ser padre, pero sí de abandonar a una niña que esperaba que lo fuera. Solo pensé en mí, en lo que me convenía y creí que la señorita Thompson sería aquella figura que me reemplazaría.

Qué equivocado estaba.

El valet parking trajo el auto al lugar de siempre y me apresuré a abrirle la puerta a mi hija, que rozó su mano con la mía al subirse. Ella se dio cuenta y murmuró un «disculpa» antes de que cerrara. Traté de ignorar esas molestas pulsaciones y le indiqué al hombre que podía retirarse. Él me entregó las llaves, se inclinó un poco y por fin se fue.

Entonces tuve que darme a la difícil tarea de estar a solas con ella en un auto.

—Nos vamos —le dije cuando estuvimos los dos adentro.

—Vamos —asintió sin mirarme.

—Debes ponerte el cinturón —le indiqué y traté de moverme hacia ella para que lo hiciera, pero se apresuró a ponérselo y al voltearse volvimos a quedar demasiado cerca otra vez. Esta vez ella no permitió que duráramos demasiado y se alejó mientras carraspeaba.

—Vámonos —susurré y me enderecé para encender el auto.

—¿Puedo poner algo de música? —preguntó de repente.

—Claro, mientras no sean esas canciones ruidosas que los adolescentes... Perdón, sueno como un viejo, pero odio...

—Estás hablando como un padre —dijo burlona y se echó a reír—. A mí tampoco me gusta demasiado la música ruidosa, me molesta. Prefiero las baladas o la música clásica.

—También yo, también me gusta tocar guitarra —le conté, un poco más animado.

—¿Tocas? —Abrió los ojos de par en par y me observó con más atención.

—Sí, tal vez después toque un poco para ti.

—Me encantaría, Adrien, digo, papá. —Se rio nerviosa.

—Puedes llamarme como prefieras —contesté—. Si te sientes mejor llamándome Adrien...

—De acuerdo, pero no frente a Bianca, sería raro.

—Está bien, frente a ella puedes decirme así.

A pesar de que el acuerdo no tenía nada de malo, parte de mí lo sintió como un secreto muy fuerte entre los dos. No era correcta aquella complicidad y debía frenarla, pero no lo hice, me dejé llevar por el placer de compartir algo y que nadie más lo supiera, solo nosotros.

Aquel secreto tan solo sería el primero de todos los que tendríamos.

10.

♠Violet♠

Pese a todos los incómodos momentos entre los dos, el almuerzo transcurrió de una manera bastante agradable. Ver comer a Adrien en una situación amena fue todo un placer visual, ya que lo hizo con una elegancia magistral y a su vez se notó que disfrutaba. Yo no era capaz de ser las dos cosas al mismo tiempo, así que opté por ser lo más propia que pude para no causarle la impresión de que invirtió mal su dinero en mí.

Podía ser mi padre, pero no había tanta confianza y familiaridad como para comer a mis anchas.

El camino de regreso a la empresa no tuvo nada de especial. Adrien se mantuvo a una distancia prudente de mí e incluso respondió una llamada de Bianca, quien preguntó cómo había ido todo. En esta ocasión agradecí su intervención, dado que por momentos sentía que las cosas se estaban poniendo raras entre él y yo; cada vez que teníamos contacto cercano comenzaba a crecer una tensión sexual intensa. Ignoraba si él notaba lo mismo, pero todas las reacciones de su cuerpo me indicaban que sí, que él no me veía del todo como una hija, aunque sí se esforzaba por hacerlo.

—¿Todo bien, señor Leblanc? —preguntó Elizabeth cuando entramos de nuevo al piso

—Todo bien —contestó Adrien.

—Quería comentarle que Vivian tuvo que retirarse debido a que se sintió un poco indispuesta.

—Oh, ¿ella está bien? — inquirí con preocupación.

—Cosas de chicas, señorita Leblanc —me respondió Elizabeth con tono cariñoso.

—Ya, entiendo —asintió Adrien—. Otro periodo muy doloroso.

—Sí, señor, me da pena la pobrecilla. Casi siempre termina en cama.

—No es normal que los periodos duelan tanto, debería visitar a un médico —intervine, y los dos me miraron atentos, lo que me hizo sonrojar—. S-Se lo trataré de decir y si lo necesita la acompañaré.

—Qué considerado de su parte, señorita. —Elizabeth me sonrió—. Vivian no se equivocó en su percepción sobre usted, es una muy buena persona.

—Tengo una hija maravillosa —expresó Adrien con orgullo.

La emoción que me embargó fue tanta que mi pecho casi explotó en ese momento, sin embargo, también una fuerte decepción se le unió casi de inmediato. Mi corazón de hija abandonada estaba luchando contra mis instintos de mujer, lo que me impidió disfrutar enteramente de su aprobación.

—Gracias, papá —respondí sin poder decir lo mismo de él, aunque este no pareció notarlo o no le importaba.

Elizabeth solo nos observaba enternecida. Ella no podía notar nuestros sentimientos, incluso debía imaginarse que él me había criado, que había estado conmigo en cada etapa de mi vida.

Adrien regresó a su oficina a hacer unas llamadas. Como ya no había demasiado que hacer, le escribí a Mario para que viniera a recogerme en cuanto le dijera. Ya había tenido mi dosis de tiempo con Adrien y tampoco le iba a complicar la vida.

—Vamos a casa —me dijo Adrien cuando salió de la oficina, luego de recoger sus cosas. Elizabeth ya se había marchado, por lo que podíamos hablar de nuestra situación sin temer a que sospecharan que apenas y nos conocíamos.

—Eh... Yo llegaré más tarde. Voy al cine con Mario —contesté intentando sonar alegre.

Adrien se puso muy serio y entornó los ojos.

—¿No se supone que debemos convivir?

—Adrien, te lo dije antes: no es necesario que te sobre esfuerces. De verdad valoro todo lo que estás intentando hacer. No es necesario que pasemos todo el día juntos. Esto está bien para mí.

Mi padre se quedó en silencio, sopesando mis palabras y seguramente intentaba percibir la veracidad en ellas.

—No regreses demasiado tarde —me pidió resignado—. Espero que te diviertas.

—Gracias, Adrien —contesté sonriendo e intenté ignorar la punzada de dolor en mi pecho.

Algo dentro de mí me decía que estaba equivocada, pero la lógica siempre ganaba la partida en mí, y esta me dictaba que mantener claro mi rol en su vida era primordial, que no debía sobrepasar aquello y que necesitaba dejar de verlo como un hombre para comenzar a verlo como padre.

Él me dejó ir primero en el ascensor, y al salir me encontré con Mario, que llevaba en las manos mi malteada. Sonreí feliz y reconfortada por ese lindo gesto y empecé a tomarla.

—Estás más que perdonado —dije riéndome mientras caminábamos hacia la salida.

—¿Qué tal te fue con Adrien hoy? —me preguntó con interés—. Perdón, yo...

—Todo fue muy bien, me enseñó las cosas básicas, fuimos a almorzar a *Ritual.*

—Me voy a poner celoso —refunfuñó—. Ese lugar es nuestro.

—Pero...

—Estoy bromeando, *mia cara.* —Se echó a reír—. Me da mucho gusto que hayas pasado un buen día. Admito que estaba un tanto nervioso.

—¿Por qué? ¿No confías en mí? —pregunté mientras me metía a su auto. Él negó con la cabeza.

—No, en él —dijo con seriedad—. Es decir, me da la impresión de que no tiene ni la más mínima idea de lo que son los hijos.

—No, no la tiene, pero no es tan malo —lo defendí—. Lo intenta de verdad.

—Eso no puedo discutirlo, te estás expresando bien de él. —Sonrió con alivio—. Aprenderemos todos sobre la marcha a ser una familia, supongo.

—Sí, desde luego —susurré.

—Bueno, vamos al cine, se nos hará tarde para la película. —Mario cerró la puerta del auto y corrió para subirse él.

Una vez que arrancamos no pude evitar pensar en lo diferente que se sentía estar con uno o con otro. Con Mario estaba muy relajada y en confianza; con Adrien, en cambio, me hacía sentir claustrofóbica en mi propio cuerpo. Mis ansias de hacer algo indebido se comprimían dentro de mí y me dañaban.

¿Podía ser que con la convivencia se me pasara aquello? Esperaba que sí.

Mi novio y yo disfrutamos de una buena película de acción; comimos muchas palomitas y yo bebí refresco hasta hartarme, tanto que tuve que ir al baño varias veces durante la función. Después de ese lugar decidimos ir por unos helados y hablamos durante bastante rato para ponernos al día sobre cuestiones académicas, ya que en semanas anteriores no habíamos tenido tiempo para ello.

Estar con Mario era demasiado bueno y me hacía olvidar mis problemas durante unas horas. En ciertos sitios había leído que el amor verdadero era aquel en donde la persona te hacía sentir paz, pero aunque yo me sentía distraída con él, no podía llegar a decir que estaba en completa paz.

«Con el tiempo lo amarás y vas a sentir eso», pensé mientras lo miraba de camino a casa. Él era un hombre atractivo, encantador y sin ninguna malicia; estaba segura de que en cualquier momento me sentiría perdida por él. Ahora teníamos más tiempo libre para vernos, para podernos conocer por completo e incluso tener intimidad. En mis planes no estaba perder la virginidad con otro que no fuera Mario, pues sabía que este me daría una inolvidable noche, la cual recordaría para siempre.

—Me encantaría ir a otro sitio contigo —me dijo cuando estuvimos en el ascensor de mi edificio. Me tenía acorralada contra una esquina y no podía evitar reírme un poco como tonta—. Te deseo, Violet.

—Te diría que vas rápido, pero creo que sería mentir —contesté antes de besarlo en los labios—. Aun así, preferiría esperar unos cuantos...

—No hay prisa, Violet —dijo sonriente y me colocó un mechón suelto detrás de la oreja—. Te voy a esperar siempre, iremos a tu ritmo.

—También el tuyo importa —repliqué.

—Los dos nos conocemos bien. Cuando llegue el momento lo sabremos —contestó y yo asentí.

—Tienes toda la razón.

El ascensor finalmente se abrió, y los dos nos separamos para salir de él. Caminé hasta la puerta e ingresé la llave, pensando en que iba a encontrarme con la señorita Thompson preguntando qué tal había ido todo, sin embargo, no fue así, al ingresar vi unos tacones tirados en el suelo, los cuales le pertenecían a Bianca, que en ese momento estaba siendo cogida por Adrien en la cocina. Ninguno de los dos estaba desnudo, solo Adrien estaba sin camisa, pero era bastante obvio lo que hacían.

—Oh, por Dios —dije asqueada y ellos pararon.

Aquella escena me estaba rompiendo por dentro, y no podía respirar con normalidad. No solo era el hecho de lo que sentía por Adrien, sino que estuviesen cogiendo en la que era mi casa.

—V-Violet —tartamudeó ella y se enderezó para que Adrien saliera de ella—. Pensé que ustedes...

—¿De verdad no pudieron irse a un hotel? —les reclamé furibunda. Adrien me observó furioso.

—Es mi casa, Violet —dijo él—. Puedo hacer lo que quiera en ella.

—Adrien, no, no digas eso —le pidió Bianca—. Ella tiene...

—Mejor cállate —le espeté y ella jadeó—. Ninguno... Ninguno tiene vergüenza.

—*Mia cara*, calma, por favor —me pidió Mario, tomándome por los hombros.

—No, no me calmaré. Es... ¡Tú tienes miles de casas! —vociferé y Adrien tensó la mandíbula—. ¿Por qué carajo aquí?

—Ve a tu habitación —me ordenó con tono frío—. No voy a permitir que hagas sentir mal a Bianca, fui yo quien se lo pidió. Creí que tú estarías con Mario, seguro que ustedes vienen de hacer lo mismo. ¿Cuál es tu molestia?

—No lo entiendes, increíble —negué con la cabeza—. Eres un maldito idiota.

—¡No me hables así, soy tu padre! —exigió.

—No puedo verte como uno —le solté y él frunció el ceño—. N-No cuando no respetas mi espacio.

—Nosotros solo venimos del cine y de tomar helados. No estamos listos para dar tal paso en nuestra relación —intervino Mario, y sonó tan sincero que a Adrien se le desencajó la expresión.

—Cariño, perdóname —me suplicó Bianca, que derramaba lágrimas—. No vuelve a suceder.

—No, discúlpame tú a mí —pedí sin poder controlar tampoco el llanto—. Al final este no es mi hogar, otra vez me queda claro.

—Violet, no digas eso —dijo Adrien, quien soltó a Bianca para venir hacia mí.

—Preferiría que no me toques —contesté cuando esté intentó acercarse, luego de rodear la barra—. Me iré a un hotel, yo...

—No, no lo voy a permitir —me interrumpió.

—Mario, creo que es mejor que nos vayamos, deben hablar —dijo Bianca.

—No, no creo que sea lo mejor —respondió Mario—. Esto...

—Vayan —les pidió Adrien—. Tengo que arreglar esto con Violet.

—No quiero nada, Adrien —dije enojada y me limpié las lágrimas de manera brusca—. Ya entendí que soy insignificante para ti, que no me tienes el más mínimo respeto.

—De verdad, salgamos de aquí.

Bianca corrió hacia su hermano y lo tomó del brazo, luego de recoger sus zapatillas. Por un instante pensé en detenerla, pero no podía despegar la vista de mi padre adoptivo, que tampoco dejaba de mirarme a mí.

Mario protestó para no irse, sin embargo, terminó por hacerlo y por fin nos dejaron a solas.

—¿No hiciste nada con Mario? —preguntó y yo fruncí el ceño.

—¿A qué viene eso? —exigí saber—. ¿Qué diablos te pasa?

Adrien volvió a intentar acercarse y yo a retroceder. Cuando mi espalda tocó a la puerta, ya no tuve a dónde más huir, él me tenía acorralada.

—Necesito saberlo.

—No, no hice nada con él. Yo todavía no... —Volteé mi rostro hacia otro lado, enrojecida por la vergüenza—. Olvídalo, yo no dije eso.

Adrien me tomó del mentón y me lo sostuvo, causando que comenzara a temblar. Su torso estaba bastante bien trabajado y era mejor que el de cualquier hombre de mi edad; tenerlo tan cerca solo disparaba emociones intensas dentro de mí.

«Se estaba cogiendo a otra», pensé para salir de aquel encanto. Y funcionó.

—Aléjate, Adrien, quiero irme a mi cuarto. Necesito empacar.

—No te vas a ir —aseveró con un tono que me removió por dentro, aunque no de una forma agradable. Realmente sonaba aterrador.

—Esta es tu casa.

—Y tuya.

—No es mía, no quiero una casa en donde tú...

—No volverá a pasar, no volveré a hacer eso con Bianca —prometió y por un momento imaginé que prometía no volver a tocarla en general—. Vas a quedarte y aprenderemos a lidiar con lo que nos pasa.

—¿Y qué nos pasa? —susurré.

Adrien acercó más su rostro al mío y noté como se oscurecían sus ojos. Su pulgar de nuevo acarició mi labio inferior y me estremecí de pies a cabeza.

—No estamos viéndonos como lo que somos. Ahora mismo te veo como a una mujer a la que podría hacerle algo mejor que a ella, a la que tuve que imaginarme hace unos momentos —confesó—. Y eso debe cambiar.

11.

♠Violet♠

Horas después de lo ocurrido, todavía mi corazón latía frenéticamente. Si bien fantaseaba con Adrien o sentía cosas extrañas en algunas de nuestras interacciones, nunca pensé de verdad que él se sintiera así, que tuviera que luchar contra lo mismo que yo luchaba.

Los dos queríamos ser padre e hija, eso estaba muy claro y no había duda, pero la atracción mutua estaba interponiéndose en nuestro camino. Lo peor de todo era que no sabría cómo podría mirarlo a la cara después de eso, cómo me podría sacar de la mente la imagen de él y Bianca cogiendo en la cocina que yo utilizaba todos los días y en donde siempre compartí inocentes charlas con mi nana.

Parte de mí quería que se fuera y se casara de una vez; sin embargo, aquella oscuridad en mi interior ardía de celos ante la idea de perderlo. Mis celos no solo eran los de una mujer despechada, sino los de una hija que deseaba solo más tiempo junto a su padre.

Varias veces me planteé salir de mi habitación para ir a cenar, pero no tuve la valentía de hacerlo. Cada vez que me acercaba a la puerta sentía que el estómago se me volteaba, y retrocedía para esconderme debajo de las sábanas. Ni siquiera ir a tocar el piano era opción, ya que eso implicaba el riesgo de encontrarme con mi padre y no estaba lista para algo así.

La única distracción disponible era Mario, que estaba preocupado por mí por lo que había presenciado. Por un momento me planteé decirle toda la verdad, sin embargo, me abstuve. Odiaba las mentiras, pero no podía decirle lo que le ocurría a Adrien conmigo, mucho menos lo que me ocurría a mí con él.

—Soy una egoísta —susurré mientras miraba la pantalla.

Además de la señorita Thompson, Mario era la única persona que tenía en el mundo. Perderlo significaba quedarme sola y, aunque sabía que era horrible, me negaba a dejarlo ir. Adrien era tan solo un espejismo, algo que nunca podría ser, de modo que debía mantener a raya mis instintos sexuales y asumir mi rol como su heredera. No era justo dejar de vivir mi vida por un amor imposible.

El ruido que hicieron al tocarme la puerta me hizo levantarme de golpe de la cama y me llevé las manos al pecho para tratar de calmarme.

—Violet, cariño, ¿estás bien? —me preguntó la señorita Thompson desde afuera y yo respiré tranquila—. Acabo de regresar y el señor Leblanc me comentó que no cenaste.

—Estoy por dormir —contesté en voz alta—. Fui al cine con Mario y comí a reventar.

—Oh, ya entiendo —se rio. También parecía aliviada—. Me alegra que todo esté bien.

—Excelente.

—Buenas noches, mi niña.

—Buenas noches, nana.

Una vez que escuché sus pasos alejarse, gemí de angustia. Le temía demasiado a la llegada del nuevo día, uno en donde tendría que acompañar de nuevo a Adrien, en donde tendríamos que estar a solas en algún momento.

¿Tal vez había llegado el momento de pedir mi propio auto? No me agradaba esa idea, puesto que yo jamás había sido una persona que pidiera caprichos, pero esta ocasión lo ameritaba.

El calor de mi cuerpo aún no se iba y no lograría dormir hasta que se fuera, así que me despojé de mi ropa y me recosté sobre la cama, luego de sacar mi vibrador. Una de mis manos se pasó por mis pechos, mientras que el juguete hacía su delicioso trabajo.

Por suerte no tardé demasiado en tener un orgasmo que me hizo retorcerme en la cama y gemir un poco fuerte. Tan solo me hizo falta a imaginar las grandes manos de mi padre adoptivo sobre mi cuerpo y esos ojos verdes mirándome con intensidad para explotar. No quería siquiera imaginarme lo que podría llegar a sentir si mis deseos más sucios se hicieran reales.

Cuando se me pasó la euforia del orgasmo, caí en la cuenta de lo mal que había hecho. El masturbarme para calmarme no era lo malo, sino el hecho de pensar en Adrien mientras lo hacía.

¿Cómo se suponía que iba a verlo como mi padre si me tocaba pensando en él? No tenía ningún sentido, él debía dejar de ser un objeto de fijación sexual para mí, debía inspirarme en otras cosas o decirle a Mario que me hiciera suya. Debía hacer cualquier cosa antes que dejar que esto nos arrastrara.

Me dirigí al baño a limpiar mi juguete y lo guardé en su bolsa de tela. Al mirarme en el espejo, lo hice con desagrado a pesar de tener en las mejillas el bonito rubor del orgasmo.

—No vas a caer, no vas a caer.

Aquel mantra lo repetí como una loca mientras me duchaba, y lo seguí haciendo hasta que me tiré a la cama, me tapé y me dormí. Por suerte no soñé nada anormal y pude descansar un poco, aunque los nervios de volver a ver a Adrien me invadieron en cuanto abrí los ojos a la mañana siguiente.

Alargué el brazo y apagué mi alarma antes de quedarme algunos segundos con la mirada perdida en la puerta de mi baño. La luz matutina ya se asomaba a través de mis cortinas y me decía que esto era inevitable, así que al final me levanté y me arreglé de un modo parecido al del día anterior, solo que esta vez me coloqué un pantalón blanco y un blazer rosado; también dejé mi cabello suelto y me apliqué maquillaje ligero.

Me tomó demasiados minutos poder girar el picaporte, pero gracias al cielo encontré la valentía suficiente para hacerlo. Yo no había expuesto del todo mis sentimientos, así que aún conservaba un poco de mi dignidad.

El olor a tortitas me hizo sonreír y me motivó más a bajar. Sin embargo, a la mitad de las escaleras coincidí con Adrien, que me estaba bloqueando el paso y me miraba expectante.

«Es mi padre, es mi padre», pensé.

—Buenos días… *papá* —saludé y él esbozó una sonrisa triste.

—Buenos días… *hija*.

12.

♠Adrien♠

Mi confesión solo había abierto más la brecha entre Violet y yo, pero ya no podía fingir ante ella que solo la veía como a una hija. El primer paso para acabar con todo esto era aceptarlo, ocuparnos del problema lo más pronto posible y, finalmente, superarlo. Ella no me había dicho que le ocurría lo mismo, pero era más que obvio que los dos nos gustábamos, que en cualquier momento pudimos correr el peligro de traspasar los límites.

Durante el resto de la tarde la pasé caminando como un idiota por la casa hasta que llegó la señorita Thompson y me preguntó por Violet. No quise mencionarle nada sobre el asunto, aunque sí le expuse que tal vez no había cenado. Por la cabeza se me había pasado varias veces la idea de llevarle algo, no obstante, que estuviera encerrada y no saliera era señal de que no quería verme, que necesitaba su espacio para asimilar el hecho de que su propio padre la deseaba y que había pensado en ella al tener sexo con su prometida. Por más que ella sintiera lo mismo, podía comprender la perturbación que le causé con mis palabras.

Al final la señorita Thompson no consiguió que Violet saliera a cenar, pero sí le aseguró estar bien, que no cenaría porque había comido demasiado con Mario, a quien tuve ganas de matar durante todo el día por tocar a Violet.

Imaginarlo disfrutar de ella me hacía hervir la sangre, aunque no podía definir qué tipo de celos predominaba en mí. Por una parte, quería proteger a Violet y que no la lastimaran; por el otro, detestaba la idea de él tocándola, haciendo lo que yo en el fondo deseaba.

Luego de que me aseguré de que la señorita Thompson se había ido a dormir, me acerqué lentamente a la puerta de Violet para ver cómo estaba y escuché una vibración suave y jadeos que me endurecieron al instante.

¿Acaso estaba masturbándose? Hacer eso era normal durante la juventud, pero el saber que ella lo hacía me generaba un morbo que nunca había sentido. Lo único que quería hacer era entrar y comprobarlo por mí mismo, sin embargo, me limité a escuchar esos excitantes sonidos y llevé la mano a mi erección. No quería controlarlo, necesitaba correrme y que mi cabeza se despejara.

Al regresar a mi habitación me dirigí al baño y no pude parar. En mi mente, Violet estaba abierta de piernas, metiendo y sacando un enorme juguete mientras decía mi nombre. La imagen era tan real y tan detallada que miles de sensaciones se propagaron por mi cuerpo y derivaron en una eyaculación tan satisfactoria que durante unos minutos me costó volver a la realidad.

Cuando lo hice, la culpa cayó sobre mí como una pesada roca. Acababa de masturbarme con la imagen de mi propia hija, de aquella a la que quería ver como tal.

—Maldita sea —masculié al ver todo mi desastre, el cual tuve que limpiar antes de meterme a la ducha, en donde puse el agua más fría que pude para calmar mis emociones.

Aquello solo sirvió un poco para pensar las cosas con frialdad y de manera objetiva. Si Violet y yo nos veíamos de esa manera era por mi culpa, por haberme alejado tantos años y no estar al tanto de su crecimiento, de que algo no estaba bien. El problema que se había generado era muy grande, pero estábamos muy a tiempo de controlarlo; la convivencia y establecer límites nos ayudaría.

O eso le rogaba al cielo. Mi vida personal a estas alturas no me importaba tanto como antes; yo ya no era ningún jovencito empezando a vivir como lo era Violet, que no se merecía quedar arruinada por esta tentación que representábamos el uno para el otro, porque eso era Violet para mí, una muy enferma tentación.

Al acostarme en la cama para intentar dormir, pensé de nuevo en lo incrédulo que estaba por haberme tocado en su nombre. Nunca había tenido la necesidad de hacerlo en nombre de una persona a la que conociera y no lo había hecho desde la pubertad.

Poco a poco me fui quedando dormido, pero no tuve descanso alguno, ya que Violet invadió mi cabeza, así que no me quedó más remedio que levantarme antes de la cama y preparar un desayuno que pudiera ser una especie de borrón y cuenta nueva. La señorita Thompson se mostró encantada y me dio indicaciones sobre qué hacer.

—Ella no tarda en bajar, pero ¿por qué no va a buscarla? Yo termino con esto —me dijo ella y yo asentí.

No estaba bien ir a buscarla y propiciar a qué sucedieran más cosas, pero mi impulso ganó y fui. Ella estaba bajando por las escaleras y de nuevo ese maldito calor me invadió al verla con su larga cabellera suelta y con la luz pegando en su rostro. Ella exudaba elegancia y sensualidad a pesar de no mostrar nada con su atuendo.

No pude evitar bloquearle el paso y observarla ansioso. Tenía que admitir que en el fondo esperaba mandar todo al diablo y dar rienda suelta a todo esto, pero también quería hacer lo correcto. Lo quería todo, todo de ella.

«Es mi hija, es mi hija», pensé para olvidarme de la primera idea.

—Buenos días... *papá* —me saludó y yo sonreí con decepción. Ella me había respondido por fin, y no me vería nunca como un hombre.

Eso estaba bien, pero no se sentía bien.

—Buenos días... *hija*.

13.

♠Violet♠

Tan solo habían pasado dos semanas desde que Adrien y yo decidimos poner límites a lo que nos estaba sucediendo, y él parecía que lo estaba llevando de una manera increíble, no me había vuelto a insinuar absolutamente nada, ni siquiera en los almuerzos. Lo más sano habría sido que yo me sintiera aliviada por esto, pero tal parecía que algo no estaba bien en mi cerebro.

¿Acaso mis padres consumían drogas cuando me concibieron? ¿Me dejaron caer al nacer? ¿Sufrí abuso sexual? No recuerdo lo último, solo maltrato físico cuando mi madre no podía evitarlo, pero jamás ningún hombre me tocó de forma indebida. Sin embargo, las dos primeras opciones me parecían factibles; solo eso justificaba mi decepción ante que mi propio padre dejara de verme como mujer.

Mi relación con Mario seguía siendo muy buena y no me cansaba de estar a su lado. Él siempre hacía lo posible por verme sonreír, para que me la pasara bien en todos los sitios a los que íbamos. Adrien ni siquiera me preguntaba ya en dónde estábamos, simplemente me preguntaba cómo me la había pasado, sin indagar en más detalles.

Con respecto al trabajo, ya había podido acompañar a mi padre a algunas reuniones, en las cuales yo no desempeñaba un papel demasiado crítico, pero él procuraba que estuviera cómoda y no me hacía sentarme al lado de ningún hombre. Siendo sincera, no esperaba que fuesen una empresa tan comprometida con las telecomunicaciones y que el tema fuera tan apasionante, mucho menos la logística que empleaban. Estaban tan bien organizados que los índices de bajas de los clientes eran mínimas, los problemas técnicos tampoco resultaban ser un escándalo. Adrien mantenía el personal suficiente para cubrir casi todo el país.

Saber todo eso hacía que valorara más la empresa que algún día pasaría a mis manos. Me causaba un poco de alivio el que estuviera tan bien consolidada, que las buenas opiniones de conocidos y demás fueran reales y no solo para agradarme, aun así, la presión de mantener todo en el mismo nivel se hacía más fuerte. ¿Sería capaz de hacer que me respetaran de la misma manera en que lo hacían con el actual dueño? Esas y muchas cuestiones más se pasaban por mi mente cuando asistía a alguna reunión. En realidad, Adrien no tenía necesidad alguna de venir, sin embargo, amaba de verdad a su empresa y, aunque no era demasiado cercano con los demás, se podía sentir el entusiasmo, las ganas de trabajar.

Era mi ejemplo a seguir.

Mi admiración por él crecía a la par que mi deseo. Verlo como padre era mi pan de cada día, pero cada vez que se ponía al frente y exudaba autoridad, miles de pensamientos incorrectos e indecorosos se adueñaban de mi mente. Mi novio me llegaba a parecer un adolescente a comparación con ese hombre tan elegante, seguro de sí mismo y con una mirada demasiado penetrante. Muchas veces me descubría apretando las piernas cuando él me miraba fijamente por algunos instantes.

Trataba de no pensar demasiado en ello, aunque el peso de la culpa siempre regresaba en cuanto volvía a ver a Mario y a Bianca, que lucía muy enamorada y que me quería mucho. Yo también la quería mucho y no deseaba que eso se perdiera; no podía arruinar la convivencia de esta incipiente familia que formaríamos.

—¿Cómo sigues? —le pregunté a Vivian cuando Adrien se metió a la oficina, luego de venir de la reunión de hoy—. El doctor dijo que...

—Estoy mejor, preciosa. —Me guiñó un ojo—. Te agradezco mucho que me hayas acompañado y pagado por mi cirugía. En un par de días yo te...

—No, de eso nada —la interrumpí—. No me debes nada, lo hice con gusto.

— Eres muy buena conmigo, lástima que no eres de las mías —resopló—. Me sigues gustando. Mucho.

Yo solo sonreí ante su respuesta. Ya no me sentía tan incómoda de lo que le pasaba a Vivian conmigo, ya que esta había sido clara y directa para decírmelo. Yo le había dejado claro que estaba 100% segura de ser heterosexual y ella tuvo que rendirse, aunque a veces solía lamentarse de que no pudiera ser lesbiana.

A menudo yo también lo lamentaba. Habría preferido mil veces tener conflictos con mis preferencias que con una sola persona, con mi propio padre. Mi capacidad para actuar que lo veía como un padre cada vez iba mejorando, pero seguía siendo muy duro porque Adrien me seducía solo con estar presente, con el exquisito sonido de su voz y esas manos que movía de forma elegante al hablar o enfatizar cosas. No poderlo contar a nadie me convertía poco a poco en una bomba de tiempo. No solo me preocupaba dañarme a mí, sino los daños colaterales de dejarme llevar por mis fantasías.

Para mi buena suerte, Adrien estaba por viajar con Bianca, lo que nos dejaría solos a Mario y a mí. Mis toqueteos con él cada día aumentaban de intensidad e incluso me había masturbado en su auto. Ninguno de los dos quería esperar tanto, era más que obvio que los dos nos deseábamos, bueno, él me deseaba a mí y yo necesitaba tener sexo. Tal vez así mis pensamientos por Adrien desaparecerían o al menos disminuirían.

—Lo siento, no debo decir esas cosas —se disculpó Vivian al ver que no respondía nada—. Pero es que me gusta ser honesta, y creo que siéndolo superaré más rápido esto.

—En realidad te agradezco la honestidad —repuse mientras me sentaba en la silla de Elizabeth—. Pienso lo mismo.

—Gracias por no dejar de ser mi amiga —contestó sonriendo—. Muchas personas no soportan mi manera de ser. Les incomoda que sea tan directa con lo que quiero y deseo.

—¿Incluso aunque sea algo moralmente cuestionable? —pregunté sin pensar y ella elevó ambas cejas y se rio—. Eh... Olvídalo, yo...

—Oh, no, amiga, ya lo has dicho, suelta la sopa. ¿Te gusta un cura?

—Estás loca —negué con la cabeza, y mi sonrisa se hizo más amplia.

—¿Quieres tener sexo anal? ¿Comerte a un tío?

—El sexo anal no es moralmente cuestionable, creo que eso es algo normal —opiné y ella asintió.

—Entonces quieres copular con un familiar. Un tío o primo.

—¿Qué? ¿De qué...?

—El sexo anal lo desechaste con facilidad, así que...

—Dios mío, Vivian, ahora entiendo por qué no te soportan —dije con tono socarrón y ella estalló en carcajadas.

—Lo siento, lo siento, disfruto de molestar a mis amigos. Solo bromeo, acostúmbrate.

—Tranquila, está bien.

—Pero hablando en serio...

Cerré la agenda y la miré con atención. No la conocía mucho, pero su expresión seria me decía que estaba por decir algo importante.

—La vida solo se vive una vez, así que no deberías preocuparte demasiado, solo sé feliz —dijo—. Obviamente, no puedes ir por la vida lastimando a los demás, pero mientras sea posible, ve por lo que es tuyo.

—A veces ese es el problema, que lo que uno desea puede lastimar a los demás —repliqué, sintiendo que el pecho se me hundía. Esta era la señal que necesitaba para alejarme más de Adrien.

—No si no se enteran —susurró, colocándose la mano a un lado de la boca. Yo la observé estupefacta—. He visto cómo miras al señor Leblanc y cómo te mira a ti. Soy un poco estúpida, pero sé leer el lenguaje corporal.

—¿Qué carajo estás insinuando? —siseé, mirando hacia la puerta para asegurarme de que ni él ni Elizabeth nos escucharan—. ¿Te volviste loca? ¡Es mi padre!

—Adoptivo, querida —me recordó—. Y no te estoy diciendo que te lo comas, bueno, sí, pero no tienes que hacerme caso. Solo te digo que, si no se alejan, eso va a estallar en algún momento.

Me quedé callada y clavé la vista en el escritorio. Vivian sacó una lima y comenzó a revisarse las uñas, luciendo tan despreocupada como siempre. ¿Cómo podía no horrorizarle la situación?

Mi cabeza en ese momento se volvió un caos y mi estómago no cooperaba, me había comenzado a doler. Mis sentimientos eran una maraña que me estaba costando mucho desentrañar; no había nada concreto, no había nada que deseara que sucediera, porque todo conducía a lo mismo: a mi culpabilidad. Sin embargo, el camino más seguro era mantenerme como hasta ahora, ya que al menos mi imagen y mi moral seguirían intactas ante mis seres queridos.

—Solo dices estupideces —mascullé, enojada—. Tienes una mente retorcida.

—Sí, tal vez, pero creo que hasta un niño de preescolar se daría cuenta de que aquí no existe una relación padre e hija —refutó y siguió limándose las uñas—. Ay, maldita uña, se quebró.

—Karma —musité, pero ella me escuchó.

—Si algo confirma lo que estoy diciendo es lo furiosa que estás ahora. Todos lo hacemos, nos enfurecemos cuando nos vemos acorralados, cuando somos descubiertos.

—Deja de hablar del tema, no quiero... que pienses cosas que no son.

—No lo pienso, lo sé, y si vas a odiarme por decir la verdad, pues ódiame, mi amor —dijo alegremente—. Eso sí, no creo que encuentres a nadie más que lo acepte con una sonrisa. Soy tu mejor opción.

Estuve a punto de responderle, pero en ese momento salieron Elizabeth y Adrien de la oficina, quienes me miraron extrañados.

—¿Estás bien, Violet? —inquirió mi padre, que se acercó a mí para tocarme las mejillas—. Estás roja y caliente.

«Caliente por ti, imbécil», pensé con angustia.

—Eh, yo...

—Debe estar resfriada, señor Leblanc, debería irse a casa —intervino Vivian. Quise voltear a verla para matarla con los ojos, pero Adrien me tenía aún sujeta.

—Eso iba a decir, que nos fuésemos temprano porque debo empacar, aunque tal vez deba quedar...

—No, papá, no debes quedarte —lo interrumpí mientras me apartaba—. Están exagerando.

—¿Segura? —Frunció el ceño—. Bueno, pero vamos a casa. La señorita Thompson te preparará alguna sopa o algo.

—De acuerdo —susurré.

—Espero que se encuentre mejor, señorita Leblanc —me dijo Elizabeth—. Debe cuidarse.

—Lo haré, muchas gracias —contesté.

Adrien seguía mirándome con preocupación para cuando nos adentramos al ascensor. Vivian me había dirigido una mirada de insistencia y el corazón me latía a mil por segundo.

¿Acaso debía hacerle caso y confesarme? Solo eso, no llegar a algo más. Quizás solo debía hacerle saber que no era buena idea estar tan cerca. La idea del auto todavía no se la había planteado, no obstante, era buen momento.

—¿Te pasa algo? —preguntó—. Te noto extraña, ¿Vivian te hizo sentir incómoda?

—No —mentí—. Es solo que... Es solo que...

—Habla, habla claro —me pidió.

—Quiero un auto —espeté, cerrando los ojos.

—Claro, pero ¿por qué te pones así? ¿Crees que voy a enojarme?

—No me entiendes —dije mientras abría los ojos para mirarlo otra vez—. Esto no está funcionando, yo...

—Hablemos en el auto —me cortó con voz fría antes de que se abrieran las puertas del ascensor en el piso cuatro. Un señor mayor entró y nos saludó de manera educada.

Cuando el hombre se volteó, Adrien me tomó de la mano y lo vi pasar saliva. Aquel gesto, aunque era señal de nerviosismo, lucía extremadamente sensual en él, me hacía imaginarme cosas que no debían pasar.

Al llegar a la planta baja, Adrien y yo nos apresuramos a salir. Nadie dijo nada al vernos así, puesto que no era extraño que un padre tomara de la mano a su hija, además, él mantenía cierta distancia, parecía llevarme a toda prisa a algún lado.

—Ahora estamos solos, ¿me puedes decir qué sucede? —preguntó sin dejar de recorrer mi rostro con la mirada. A pesar de tener los vidrios polarizados, estábamos a unas cuantas calles de la empresa para que nadie pudiera vernos.

«Es tan hermoso», pensé al tiempo en que lo miraba de vuelta.

—No funciona —dije jadeando un poco—. Esto no funciona.

Adrien no respondió al instante, lo que me confirmó que sabía a qué me refería.

—¿Qué es lo que sientes?

—Hay días en que todo es tan fácil, que puedo verte como mi padre, pero otros en que..., Dios, no me hagas decirlo porque...

—Me pasa lo mismo —contestó mientras me acariciaba la mejilla—. Esto es duro.

—Por eso es mejor de dejar de estar a solas en el auto —contesté sin apartarlo—. Menos mal que vas a viajar, tal vez...

—No creo poder deshacerme de lo que me pasa.

Adrien se acercó más a mí y las palabras de Vivian resonaron en mi mente, pero solo las que quería escuchar, aquellas que me decían que me dejara llevar.

—Odio que salgas con él, odio que te toque —susurró muy cerca de mis labios. Su aliento delicioso invadía mi boca y solté un pequeño gemido—. Los vigilo, Violet, los he seguido todos estos días.

—¿Qué?

—Me vuelvo loco al pensar en que te acuestes con él.

—P-Pero...

—¿Sería muy inadecuado pedirte que me dejes ser el primero? —soltó de forma casi agresiva y pude notar la dilatación de sus pupilas—. Y tal vez el único.

—Muy inadecuado —respondí, casi sin poder respirar—. ¿Qué estamos diciendo, Adrien?

—No lo sé, maldita sea, no lo sé —admitió—. Solo sé que estoy al límite, que voy a besarte si no te apartas.

Lo moralmente correcto era apartar el rostro, sin embargo, yo también ya estaba cansada de sufrir de esta forma. Mi cuerpo quemaba cada vez que lo tenía cerca, cada que lo olía y lo escuchaba hablar.

Nuestras bocas se encontraron de manera tímida, o al menos eso fue de mi parte, ya que él al segundo uno tomó el mando y metió su lengua a mi boca, dándome el beso más espectacular de toda mi vida. Sus labios eran voraces, posesivos y no solo los quería en mi boca, sino por todo mi cuerpo.

El celular de Adrien comenzó a sonar y él se separó de mí. Por un momento creí que se terminaría y que nos disculparíamos, pero me sorprendí cuando solo colgó la llamada y volvió a besarme. Si mi cuerpo antes estaba ardiendo, ahora se encontraba en llamas, y mi sexo palpitaba por la excitación y la intensidad del momento.

—Adrien, para, para —le pedí mientras colocaba las manos sobre su pecho—. ¿Qué hicimos?

—Tal vez solo debamos...

—¿Qué cosa? —inquirí jadeante.

Mi padre abrió la boca para responder, pero el sonido de su celular volvió a interrumpir. Él pareció tomar conciencia de lo que acababa de pasar y vi el arrepentimiento en su mirada.

Aun así, se inclinó para besarme de nuevo.

—Guardemos este secreto —propuso mientras me acariciaba el labio con su pulgar, gesto que presentía que sería solo nuestro—. No nos queda otro camino.

—Bien —contesté antes de besarlo yo a él y causarle una sonrisa hermosa—. No digamos nada.

14.

♠Adrien♠

Violet todavía seguía nerviosa para cuando llegamos al edificio. En realidad yo también lo estaba, la euforia que me recorría el cuerpo era muy extraña. Habernos besado y romper la tensión no había mejorado las cosas, por el contrario, quería más y más, por tanto, la acorralé en el ascensor.

—¿No deberíamos detenernos ya? —susurró antes de que la besara un poco más.

—Lo siento.

—Debes limpiarte los labios, Adrien, ¿qué pasará si Bianca está en casa?

—¿Por qué tendría que estarlo? No tiene la llave, Violet.

—La señorita Thompson le puede abrir —gruñó.

—Tranquila, no estará allí. Ahora voy a llamarle para saber qué es lo que necesita.

—Tampoco pensé en Mario. No saldríamos hoy, pero...

Las puertas del ascensor se abrieron en ese momento y tuve que jalarla un poco del brazo para que pudiera salir. Me causaba un poco de gracia verla tan nerviosa y a su vez me resultaba ardiente. Que fuese aún tan inocente me calentaba la sangre, me hacía pensar en todo lo que podía enseñarle. No tenía idea de si todos mis deseos se materializarían, pero por el momento ya no quería renunciar a esos exquisitos labios, los cuales me respondían de forma suave e inexperta; su cuerpo temblaba tanto como el mío cuando estábamos juntos.

Para alivio de Violet —y también del mío, lo admito—, Bianca no estaba en casa. Quien nos recibió fue la señorita Thompson, que se mostró preocupada por las mejillas enrojecidas de Violet.

—Estoy bien, es solo que tal vez me comencé a resfriar —mintió, pero sonó tan convincente que de inmediato su nana se puso a preparar un caldo.

—¿Por qué no vas a recostarte, cariño? —le sugirió la buena mujer a mi hija, quien negó con la cabeza.

—No, nana, me quedaré un rato en la sala, veré una película o algo así.

—Ahora vuelvo, tengo que hacer llamadas —les dije y ambas asintieron.

Con el nerviosismo invadiéndome, me quité el saco y me dirigí a las escaleras. Una vez que estuve en mi habitación saqué mi celular para devolverle la llamada a Bianca, que no me había vuelto a insistir; solo me mandó un mensaje en donde me decía que le regresará la llamada en cuanto pudiera hacerlo.

—*Hola, mi amor* —dijo con voz ronca cuando me respondió—. *Perdóname, tal vez te interrumpí en algo. Gracias por llamar.*

—Lo siento, estaba hablando con Violet. Era importante, así que tuve que colgar —contesté—. ¿Pasa algo? Te escuchas extraña.

—*Mi papá se ha caído y se fracturó la cadera* —me contó llorando—. *Las vacaciones se fueron a la mierda, Adrien.*

—Oh, demonios, ¿él está bien? —inquirí con preocupación. Mi suegro era un buen hombre al que le tenía mucho cariño—. ¿Puedo ayudar en algo?

—*Mi amor, yo sé que los dos queríamos ir de vacaciones, p-pero Mario también quiere ir, está angustiado, ¿no podrías cederle tu boleto? Es que...*

—Tranquila, claro que sí —contesté sin dudar y sin poder contener una sonrisa. Me sentía una mierda de persona por desear quedarme a solas con Violet, pero lo hacía.

—*Podrías alcanzarnos después, aunque creo que sería aburrido para ti. Quiero de verdad estar con mi papá.* —Suspiró—. *Perdóname, mi amor.*

—Tranquila, cariño, no pasa nada. Lo importante es que estés a su lado.

—*Eres el mejor, Adrien. Prometo compensarte por esto.*

—No estoy molesto, sé cuán importante es él para ti —repuse con comprensión—. Me comunicaré con él en cuanto pueda para darle mi apoyo.

—*Gracias.*

Ella de verdad parecía bastante afectada, y confirmé lo que decía cuando envié un mensaje a mi suegra y esta me envió una foto de cómo estaba Francesco. El pobre hombre estaba que se volaba los sesos por la culpa de «arruinar» nuestras vacaciones.

—No voy a viajar —anuncié mientras bajaba las escaleras y me doblaba las mangas de la camisa.

Violet, que estaba acurrucada en el sofá, se giró para mirarme confundida. La señorita Thompson dejó el cuenco de sopa en la mesa de centro y frunció el ceño.

—¿Pasó algo, señor Leblanc?

—Mi suegro se quebró la cadera, así que Bianca viajará con Mario. Le cedí mi boleto.

—Mario no me dijo... —Violet revisó su celular—. ¡Mierda, me llamó! Tengo que...

—Primero la sopa, Violet —ordené, sintiendo que el enojo me embargaba. No era racional enfurecer por ello, sin embargo, lo hacía, quería que terminara todo entre ellos.

«Ojalá conozca a alguien más en Italia y que no regrese», pensé.

—No, papá, lo haré rápido. Ahora vuelvo.

Violet se levantó del sofá y de inmediato noté que tenía abiertos algunos botones de su camisa. Ver el inicio de sus exquisitos pechos causó un temblor a cierta parte de mi cuerpo que reaccionaba siempre a cualquier cosa provocativa que hiciera.

Ella no se percató de mi mirada y salió corriendo hacia el piso de arriba. La señorita Thompson me estaba mirando apenada para cuando fijé mi vista en ella.

—¿El señor Ferreti está bien?

—Sí, tranquila —contesté—. Claro, está rabiando, por supuesto, pero está bien.

—Mario habla mucho sobre él, así que le tengo aprecio.

Apreté los puños, y mi cuerpo se tensó al escuchar aquello, pero rápidamente traté de relajarme y mantuve mi sonrisa. Si no lograba disimular mi aversión hacia Mario, todos iban a darse cuenta de que no lo quería cerca de Violet por razones que iban más allá de un padre cuidando de su hija.

—¿Podrías servir sopa para mí? —pregunté para cambiar de tema—. Me gustaría quedarme con Violet si no te importa.

—¡Desde luego, señor! —exclamó contenta—. Ya mismo se la traigo.

La señorita Thompson se dio media vuelta y corrió hacia la cocina; al parecer ella estaba ansiosa de verme prestarle atención a Violet. Pues bien, cumpliría sus deseos.

Violet bajó y se había cambiado de ropa, reemplazando su atuendo de oficina por aquel pijama rosa que últimamente usaba por las tardes y que no revelaba nada de su cuerpo, pero que me causaba una ternura difícil de resistir. Ella sabía seducirme de diferentes maneras y no me importaba que diablos usara, se veía perfecta.

—Me quedaré a ver la película contigo —le dije mientras me sentaba a comer la sopa que la señorita Thompson me había servido. Violet volteó un poco hacia el pasillo en donde estaba la cocina y luego a mí. Sus mejillas estaban enrojecidas al igual que sus orejas.

—¿Qué?

—Señor Leblanc, estaré en mi cuarto, quiero terminar de tejer un suéter para mi hermana —me informó la señorita Thompson—. Si necesitan algo, no duden en llamarme.

—Genial, ve —contesté sonriendo. Violet pasó saliva, pero se sentó para que su nana no viera su expresión de angustia.

—¿Qué quieres ver? —le pregunté, disfrutando de sus nervios. Se había sentado muy alejada de mí y subió sus pies descalzos al sofá. La posición en la que estaba la hacía parecer mucho menor de lo que era, cosa que me resultaba hilarante—. Te dejo elegir.

—Lo que quieras —contestó mientras se inclinaba para tomar el cuenco. Luego volvió a su posición anterior, solo que ahora tenía cuidado de no quemarse.

—Si lo dejas a mi elección, no veremos películas —le solté y ella casi escupió la sopa que se había llevado a la boca—. Prefiero los juegos de mesa.

«Me encantaría cogerte sobre la mesa», pensé mientras miraba hacia sus pies. No tenía fetiche por esa clase de cosas, pero los suyos eran demasiado hermosos, pequeños, y me los imaginé masturbándome.

—Eh... Tengo el Monopoly por algún lado —dijo titubeante—. Pero creo que terminaremos peleados. ¿Sabías que la realeza británica no puede jugar eso?

—Lo sé. Ese juego saca lo peor de las personas —musité, aunque ella me escuchó y posó sus ojos en mí.

—Eh... La sopa está buena —mencionó cuando me acerqué un poco más—. ¿No quieres comer?

—Prefiero otras cosas antes que la sopa.

—Adrien, contrólate —masculló—. La señorita Thompson...

—Vamos a la cocina —dije levantándome.

—¿Qué?

—A la cocina —ordené y pasé por su lado para dirigirme a ella.

Sonreí cuando escuché sus pasos seguirme y me giré hacia ella cuando llegamos a la barra. Violet quiso retroceder, pero la tomé por la cintura y la acerqué a mi cuerpo, causando que a ambos nos latiera el corazón de forma desbocada por la adrenalina; lo podía sentir en su pecho, que estaba pegado al mío.

—Adrien...

Los dos suspiramos cuando me atreví a besarla de nuevo. Esta vez no pude controlar mi erección como lo había hecho en el ascensor y la apreté contra su cuerpo, luego de sujetarla por una de las nalgas. Su trasero se sentía mucho más grande que en apariencia, cosa que me sorprendió de una grata manera. Nadie tenía por qué notar lo que ahora sentía tan mío.

Esta vez Violet se dejó llevar y me correspondió de una forma tan sensual que me sentí un poco mareado por la sorpresa. Su aliento era dulce y delicioso, pese a que había comido poco antes; el olor de su cabello no hacía más que excitarme. ¿Por qué las demás mujeres no olían de esta forma? Violet olía a tentación, sensualidad y deseo, una mezcla exquisita que no había encontrado en nadie más.

—No, no, no podemos, Adrien. —Violet me empujó y se apartó de mí—. No le puedo hacer esto a Mario y tú no puedes hacerle esto a Bianca.

—Violet, no...

—Padre e hija, padre e hija a partir de ahora y...

La tomé por el rostro, nada dispuesto a que huyera de esto. Ella se removió, pero conseguí que se quedara quieta.

—No, Violet, esto solo irá a peor si nos contenemos —susurré—. No quiero parar.

—Puedes volver a tu otra casa, yo...

—No voy a dejarte, no más —continué.

—Yo necesitaba un padre, no un... amante, o lo que sea que seas —me recriminó.

Ver el reproche en sus ojos me causó una punzada de culpabilidad que casi hizo que me retractara, sin embargo, aquella obsesión que acababa de nacer en mí, me frenó.

—Seré lo que quieras que sea —declaré con firmeza—. Pero tú y yo, Violet, tú y yo ya no podemos ignorarnos.

—Adrien...

—Nadie va a tocarte —susurré en su oído y ella se estremeció—. Solo yo puedo hacerlo.

—¿Por qué...?

—Porque soy tu padre y yo lo ordeno.

15.

♠Violet♠

La reacción más inteligente de mi parte fue encerrarme en mi habitación en cuanto pude. Tenía muchísimo miedo de pensar en todas las consecuencias de dejarme llevar por el deseo tan inmenso que sentía por Adrien. Este no me había venido a buscar, y esperaba que fuera porque había entrado en razón. Esto no podía ser, no podía estar pasando; no podíamos estar tan enfermos como para comenzar una relación de amantes. ¿Cómo un padre y una hija podían serlo? ¿En qué demonios pensábamos?

En nada, ese era el problema. Cuando estaba entre sus brazos me dejaba de importar todo, solo quería más y más de él. Quería que fuera mi padre, quería que fuera mi hombre, lo ansiaba todo con una intensidad que me estaba desgarrando por dentro. Y él me correspondía, también ardía de deseo por mí, lo había notado en la manera en que me tocaba.

La señorita Thompson vino varias veces para ver cómo me encontraba y yo le respondí de la mejor manera posible. La pobrecita debía creer que me había peleado con Adrien o que algo malo me estaba sucediendo, ya que se escuchaba muy preocupada.

Una vez que pude tranquilizarme, decidí bajar a cenar. La señorita Thompson me sonrió con alivio y me pidió que me sentara, que me serviría.

—¿Adrien no está por aquí? —pregunté—. Lo siento, mi padre.

—No, cariño, salió. Dijo que debía ir a su casa anterior.

—Supongo que se quedará allí —dije con pesar.

—Mi niña, sabes que odio ser entrometida, pero ¿sucedió algo? ¿Te dijo algo que te molestó? A veces el señor Leblanc puede ser...

—No, para nada —la interrumpí—. Supongo que me falta acostumbrarme a su presencia en mi vida. Algunos comentarios que hace sin pensar a veces son... No lo sé, creo que estoy exagerando.

—Oh, mi cielo, entiendo cómo te sientes. El señor Leblanc te lastimó mucho con su ausencia. —Suspiró—. Pero solo te pido que lo intentes. Él está haciendo un esfuerzo para llevarse bien contigo, para compensar un poco lo que...

—¿Cómo se pueden compensar tantos años de ausencia, nana? —Mi pregunta la dejó sin habla por unos momentos—. Adrien no puede pretender ser un padre modelo en tan solo dos semanas.

—Es verdad, tienes razón. Discúlpame, ni niña.

—Tal vez tú también la tienes —admití. Sabía que era una enorme mentira, pero dentro de mí necesitaba justificar mi cercanía a Adrien—. Creo que debería relajarme, ¿no es así? Nadie nace sabiendo y, después de todo, él me sacó de las calles. No tenía ninguna obligación.

—Violet, tampoco digas eso, lo que quiero decir es que...

—Comprendo, que ambos debemos entendernos un poco, ir perdonando poco a poco.

—Así es —asintió—. Eso es exactamente a lo que me refería. Tú no le debes nada por tu adopción, y eso él lo sabe, fue decisión suya. Sin embargo, creo que podrían darse una oportunidad para conocerse, para empezar de cero.

—Si lo pones así, supongo que está bien —musité.

La señorita Thompson puso mi plato de comida sobre la mesa y comencé a comer. En realidad, ni siquiera era consciente de que me estaba llevando a la boca, solo podía pensar en Adrien y en el intento que debíamos hacer para recuperar nuestra relación de padre e hija que por tantos años él nos negó. El problema era que esa misma distancia había hecho que no supiéramos nada del otro y nos viésemos más como hombre y mujer.

¿Cómo demonios se superaba eso? ¿Cómo iba a poder olvidarme de aquellos besos y de la manera en que me tocó?

Cuando terminé de cenar, avisé a mi nana que iría a tocar un rato. Desde que Adrien estaba aquí, no había vuelto a tocar, pero debía aprovechar que estaba fuera de casa para hacerlo.

Ella intentó lavar mi plato, pero yo me negué y le dije que se fuera a descansar o a terminar con su tejido.

—¿Qué mejor que escucharme tocar mientras tejes? Tocaré tu favorita.

—Oh, mi niña, siempre tan complaciente —dijo con las mejillas sonrojadas—. Está bien, iré a terminar por fin ese suéter.

—No te olvides del que te pedí yo —le recordé mientras secaba mi plato.

—Claro que no, ya sabes que lo tengo casi listo. Solo me falta encontrar unos bonitos botones.

—Confío en que los encontrarás.

Me sequé las manos y me apresuré a darle un beso en la mejilla antes de subir de forma ansiosa hacia mi «estudio». Me sentía muy culpable por abandonarlo todo, pero ya no lo haría, no podía detener mi vida por ese hombre.

—Hola de nuevo, bebé —susurré mientras levantaba la tapa del piano.

Acaricié las teclas y sonreí. Este era mi espacio seguro, lejos de cualquier deseo sexual, tampoco era un ser inmoral cuando estaba conectada con mi piano; tan solo era yo, Violet Leblanc, una solitaria chica que vivía en una jaula de oro.

Mis dedos comenzaron a moverse de manera fluida y el hermoso sonido invadió la habitación. Traté de olvidarme de todo y solo pensar en la melodía y en lo feliz que estaría nana en este momento mientras tejía. Tardó unos cuantos años en admitirlo, pero ya era capaz de pedirme sus canciones favoritas, y yo siempre me mostraba encantada de complacerla. Mi nana fue lo único que tuve en el mundo durante mi adolescencia, y una de las cosas que me hacía más feliz era que me elogiara por mi talento al tocar. Incluso la pieza más sencilla le fascinaba y me apoyaba tanto que me hacía sentir como la mejor intérprete de todas.

Cerré los ojos y me imaginé en un escenario lleno de gente ovacionándome, conmovida ante lo que transmitía mi música. Solo de pensarlo se me erizaba la piel y me latía muy fuerte el corazón.

Sin embargo, unos ojos verdes casi interrumpieron aquellas fantasías. Entre aquel público ficticio estaba a él, que me observaba con orgullo paternal y con deseo. Adrien lo deseaba todo conmigo, así como yo lo deseaba todo con él.

—Violet —susurró Adrien en mi oído. Yo me sobresalté y dejé de tocar de manera brusca.

—Dios mío, ¿qué te ocurre? —reclamé asustada, y él se rio mientras pasaba la pierna por el banco. No pasó la otra, así que quedó montado en él—. ¿No puedes avisar siquiera?

—Eres una gruñona. —Se rio con suavidad, causando punzadas en mi vagina—. ¿Te molesta que venga?

—No, pero...

—¿Te sientes mejor? —preguntó mientras me acomodaba un mechón detrás de la oreja. Tenía los dedos fríos, pero no me estremecí por aquello, sino porque me estaba tocando—. Quise darte unas horas para que lo asimilaras.

—¿Asimilar qué? —mascullé con la vista fija en las teclas. No quería ni mirarlo.

—Que nos deseamos como dos locos —susurró y un escalofrío me recorrió el cuerpo—. Ya no puedes ignorar esto.

—Adrien, no lo voy a procesar, esto no está...

Mi padre me sujetó por la barbilla y me hizo mirarlo. Sus ojos parecían más salvajes que nunca, y la decisión estaba más que impresa en ellos. Este hombre quería tomarme, ya no le importaba nada.

—No está bien, pero ya intentamos por todos los medios ignorar lo que nos pasa. No hay manera.

—¿Qué va a pasar con Bianca y con Mario? Los vamos a lastimar —me quejé.

—Terminaré con ella, es lo me...

—No, no, de ninguna manera —gruñí—. No, no puedes.

—Violet...

—Va a sufrir, va a sufrir mucho y no quiero eso.

—Bien, no lo haré, pero tú con Mario...

—Me niego a terminar con Mario —espeté—. Lo que haremos los dos será alejarnos y...

Adrien usó uno de sus brazos para jalarme por la cintura y acercarme a él. No me dio tiempo a reaccionar cuando ya me estaba besando de forma enérgica y posesiva. Mi fuerza de voluntad en ese momento se deshizo y le respondí al beso, dejándome llevar por el placer que me producían sus labios.

—Puedes engañarte a ti misma, puedes fingir que no pasa nada, pero no me puedes evitar —musitó Adrien—. Ya caímos en la tentación.

—No, aún no —dije gimiendo al sentir una mano sobre uno de mis pechos. No estaba llevando sostén y él podía notar mi pezón endurecido—. Adrien, detengamos esta locura, por el amor de...

Adrien se levantó del banco y me jaló del brazo para hacer que me levantara. Con el cerebro a media capacidad de funcionamiento, logré pasar las dos piernas por el banco y quedé frente a él.

—Esto no está bien —insistí con el corazón a punto de salirse de mi pecho—. Por favor.

—Violet, no sé qué demonios me pasa contigo, pero no me puedo detener —soltó mientras me elevaba del suelo con sensual delicadeza—. Sé que lo que estamos haciendo hará que nos vayamos al maldito infierno, pero no lo soporto.

No respondí nada porque no era capaz de emitir palabra. El pecho me ardía de una forma atroz y aplastante, mucho más cuando me recostó en la alfombra y él lo hizo a mi lado.

—Deja que te toque.

—No estoy lista —contesté nerviosa y miré hacia la puerta.

—Está cerrada con seguro.

—L-La señorita Thompson...

—Le dije que quería que habláramos y que luego seguirías tocando.

—Eres un maldito pervertido —gruñí mientras él me abría los primeros botones del pijama.

Mi vientre se movía de forma errática de arriba a abajo. Ya no tenía fuerzas para apartarlo, quería que pasara. No sabía exactamente qué, pero lo quería.

Finalmente, mis pechos quedaron expuestos ante su mirada lasciva. Adrien se mordió un poco el labio inferior antes de abrir la boca y abarcar uno de mis pechos con ella.

—¡Adrien! —jadeé mientras él movía su lengua en círculos alrededor de mi pezón. Una de sus manos se posicionó entre mis piernas y presionó mi clítoris, la zona más sensible de mi cuerpo.

Para alguien normal, la idea de que su padre la masturbara debería ser asquerosa, abominable, pero algo sucedía en mi cerebro, que pensaba que la situación lo convertía en algo morboso y excitante. No dejaba de pensar en lo delicioso que era que papá me tocara así, que me enseñara a ser mujer.

—Papi —gemí mientras movía las caderas de arriba a abajo.

—Hija —respondió con una sonrisa perversa. Esta vez ya no degustaba mis senos, pero me miraba y tocaba de tal forma que no necesitaba más. En algún momento había metido la mano entre mis pliegues y me había bajado un poco el pantalón—. Te deseo como a nadie, eres deliciosa.

—Sigue, sigue —supliqué y él asintió.

—Papá solo puede tocarte, ¿me has entendido?

Asentí ante sus palabras y él retiró los dedos de mi vulva, para después bajar lentamente hasta ella.

Estuve a punto de detenerlo, no obstante, al sentir su implacable lengua moverse sobre toda la longitud de mi sexo, se me olvidó. No tenía experiencia alguna en sexo oral, nunca me lo habían dado, pero estaba siendo millones de veces mejor que el vibrador. Su saliva caliente y los movimientos de su lengua me hacían delirar de placer y ya no me importaba nada, solo que él siguiera y comiera todo de mí.

La combinación de los gruñidos que Adrien emitía y sus movimientos, hizo que un calor insoportable me recorriera de la cabeza a los pies, para luego volver a mi sexo.

En ese instante estallé.

Mi boca se abrió más que nunca y cerré los ojos al tiempo en que me retorcía y me arqueaba. No supe qué demonios había hecho Adrien, pero el orgasmo que me estaba ocasionando no era de este mundo, no podía ser real.

—Adrien, Adrien —repetí como loca hasta que aquel estallido de emociones se fue calmando.

Horrorizada, miré a mi padre, que bebía alegremente mis fluidos. Su mirada se conectó con la mía y entonces se detuvo. Ninguno de los dos pudo decir nada más porque en ese momento tocaron a la puerta.

—Mi niña, te busca Mario —me avisó la señorita Thompson desde afuera—. Quiere despedirse de ti.

16.

♠Violet♠

Adrien tenía sus reservas en que fuera a recibir a Mario, pero yo me impuse y fui. Sin embargo, me arrepentí en el instante en que lo vi, ya que una culpa horrible me azotó. Mario seguía igual, tan inocente como siempre, y por un momento deseé que no lo fuera, que tuviera algún secreto turbio por allí que equilibrara esta relación. Lo que acababa de hacer con Adrien, aunque fue placentero, había sido un error terrible.

—Te voy a extrañar, *mia cara* —dijo mientras me abrazaba—. Justo cuando íbamos a tener tiempo para los dos...

—Tu padre en estos momentos es lo más importante —contesté para tranquilizarlo—. No te sientas mal, es obvio que debes ir con él.

—Sí, Violet, me preocupa. Además, él no dejará que una mujer lo atienda, es muy testarudo —gruñó—. Solo será hasta que pase la cirugía, lo prometo.

—Está bien, no te angusties y ve tranquilo. —Apoyé la cabeza en su pecho y él me abrazó con más fuerza.

—Eres demasiado buena —susurró, y yo luché para no ponerme tensa—. De verdad me harás mucha falta.

—Y tú a mí —contesté, aunque no lo decía por las mismas razones que él.

¿Sería buen momento para decirle que compraría un boleto y lo alcanzaría? Adrien posiblemente querría matarme y pensaría que era una cobarde, pero tendría que entender que seguir así solo iba a traer consecuencias desastrosas. No había manera de que él y yo pudiésemos estar juntos; las adopciones no eran algo que pudieran iniciarse y acabarse con facilidad. Él era mi padre ante la ley y ante todos para siempre.

—Estás sudando mucho, ¿por qué no te pones algo más ligero? —preguntó Mario riéndose, y yo me aparté con algo de brusquedad—. Lo siento, es que...

—Me dio un poco de fiebre y ahora lo estoy sudando —mentí. Él dio un paso hacia mí y me tocó la mejilla.

—Mmm... No pareces tener fiebre, pero sí estás sonrojada como cuando te pasa. Maldita sea, odio dejarte en estos momentos, tal vez...

—Voy a estar bien, Mario —le dije sonriendo—. Esto se me pasará con el descanso.

—Dile a Adrien que no te cargue de trabajo —bromeó y yo sentí que algo pesado me subía por la garganta—. Está siendo duro contigo.

«No de la manera en que te imaginas», pensé llena de culpa.

—A todo esto, ¿dónde está? —preguntó—. También venía a despedirme. Bianca está arreglando el tema del vuelo, pero me dijo que me despidiera de Adrien y que le diera las llaves de su departamento. —Alzó un llavero bastante bonito y lleno de piedras, el cual reconocí de inmediato, ya que algunas veces había ido a almorzar allí en compañía de mi novio.

—Se está duchando.

Esta vez no le mentía. Adrien mencionó que debía bajar con agua fría aquel problema que yo le había causado. Casi me morí al ver el tamaño que se marcaba a través de su costoso pantalón, pero me obligué a salir de la habitación antes de que la señorita Thompson pudiera sospechar algo y que Adrien lograra su cometido.

—Bueno. —Se encogió de hombros—. Puedes dárselas tú.

—Sí, yo lo hago —contesté queriendo tomarlas, pero él las apartó y me robó un beso en los labios, el cual me hizo reír nerviosa.

—Es muy pronto para decirlo, pero te amo —declaró, lo que me dejó paralizada—. No tienes que responderme lo mismo, Violet, tranquila.

—Mario, sabes que te quiero demasiado, pero acabamos...

—Lo sé, lo sé. —Se rio—. Algún día lo dirás y seré el hombre más feliz. Es solo que quería que lo supieras, no me gusta guardarme las cosas que siento y lo sabes bien.

—Por eso eres mi novio —respondí, y él me tomó por el rostro para darme otro beso.

—Cuídate, *mia cara*, cuando regrese haremos aquello que tenemos pendiente.

Mi cuerpo se tensó durante un segundo, pero logré asentir antes de que él pudiera percibir el cambio en mi expresión y postura. Esto se estaba tornando demasiado enfermizo y asqueroso, y me temía que esas dos palabras me calificaban a mí.

Luego de unos cuantos minutos de hablar, Mario se despidió de la señorita Thompson y de mí. En cuanto salió por la puerta me sentí desconsolada, aunque no por las razones que una buena novia tendría, sino porque mantenerme lejos de Adrien me resultaría más difícil.

—Volverá pronto, mi niña —dijo mi nana para animarme.

—De verdad eso espero —contesté de forma casi inaudible. No quería que ella notara mi desesperación.

La señorita Thompson me avisó que iría a continuar con sus tejidos y yo me apresuré a ir con ella, diciéndole que estaría ya en mi cuarto.

—Oh, ¿ya no vas a tocar? —preguntó desilusionada.

—Estoy un poco cansada, el trabajo...

—Ya, entiendo —se rio mientras subíamos las escaleras—. Descansa, mi niña.

—Sí, nana.

En el momento en que las dos subimos, Adrien salió de su habitación. No estaba envuelto en una toalla ni nada por el estilo, pero sí que lucía demasiado provocativo con aquella camisa delgada y que marcaba su torso. Cualquier modelo joven habría palidecido a su lado, aunque no era tanto eso lo que me hacía sentirme tan tentada, era su personalidad, su mirada, aquella sonrisa que pretendía ser amable y paternal y que al mismo tiempo te invitaba a arder de placer en el infierno.

—Buenas noches, Adrien, buenas noches, nana —espeté y corrí a mi habitación antes de que él pudiera alcanzarme.

Con las manos temblándome de forma exagerada, logré pasar el seguro a la puerta. Tan solo me quedaba cuidarme de mí misma y no buscarlo. Esto que había pasado debía quedar solamente como un hecho aislado, producto de una crisis momentánea por la tensión sexual.

Me quedé con la frente recargada en la puerta durante un buen rato, intentando que los latidos de mi corazón se calmaran. Por momentos parecía que lo haría, pero entonces escuchaba ruidos afuera y mi pulso volvía a estar por los cielos. Al final no puede soportarlo más y me deshice de mí ropa para darme una ducha con agua fría.

Detestaba ducharme de esta manera, puesto que venían a mí recuerdos de mi infancia, en los cuales mi madre me daba baños con agua fría para calmarme tras ser agredida por ese idiota que tenía como padre. Nunca había entendido la manía de esa mujer por hacer eso si yo nunca tuve intención de responder a lo que él me hacía; no obstante, ahora podía notar que aquello servía para apaciguar las emociones y enfriar el cuerpo. La frialdad del agua me hacía quejarme y dejar de pensar en lo que había hecho, o al menos dejarlo en segundo plano.

Una vez que salí de la ducha, opté por ponerme otro pijama igual de abrigado, uno que escondiera mi cuerpo y mi vergüenza. Sabía que me estaba comportando como una niña pequeña, pero esta noche quería permitírmelo, pretender que me quedaba algo de moralidad.

Al estar en mi cama, apagué el celular, me hice un ovillo y en menos de cinco minutos mi cerebro se desconectó de la realidad. Sin embargo, en ese mundo onírico, mi padre seguía presente y me hacía las cosas más inimaginables, los cuales derivaron en que me despertara empapada de sudor y con los resquicios de un fuerte orgasmo.

En ese momento, no lo pensé. Me levanté de la cama y di tumbos hacia la puerta. En aquel momento no pensaba con total claridad ni me sentía una pésima persona, solo quería un vaso de agua para aplacar la sed.

Salí de mi habitación y, al igual que esta, el pasillo estaba en penumbras. La puerta de Adrien estaba cerrada, así como la de la señorita Thompson.

Solté un pequeño suspiro y me dirigí a las escaleras para bajar con cuidado, pero a la mitad de ellas, alguien me tomó por la cintura. Antes de que pudiera gritar, una mano cubrió mi boca y amortiguó el sonido. Reconocí el aroma de Adrien de inmediato, sin embargo, eso hizo que me sintiera más aterrada cuando me elevó del suelo y me arrastró con él hacia arriba, y luego a su habitación.

—¿Qué carajo estás haciendo? —le reclamé furiosa cuando lo vi cerrar la puerta con seguro, luego de dejarme sentada en su cama.

—Quiero hablar.

—¿A las tres de la mañana? —bufé.

—En realidad son las dos —masculló, acercándose a mí.

La tensión que estaba creciendo ahora mismo entre los dos no se sentía del todo sexual, esto iba más allá. Adrien se puso de rodillas ante mí y encendió su lámpara de noche, lo que me alivió un poco.

—Perdóname por asustarte de esta manera —se disculpó y luego juntó mis manos para besarlas—. Creo que fue un error haberte presionado.

—Todo esto es un error.

—Tal vez —admitió y eso me causó un dolor incómodo en el pecho—. Pero ya no podemos fingir que no está pasando nada.

—Me temo que no —suspiré—. ¿Qué vamos a hacer?

—La respuesta correcta sería alejarnos, tal y como tú lo quieres —respondió mientras se paraba un poco para darme un beso en los labios.

—¿Y por qué me besas?

—Violet, la vida es una sola, o tal vez existan más, pero esta, Violet, esta en concreto no se repetirá.

—Genial —bufé—. ¿Estás en crisis de la mediana edad o por qué dices mierdas filosóficas a las dos de la mañana?

Adrien se rio despacio y acarició mi mejilla.

—¿Por qué no hacer lo que sentimos?

—Somos padre e hija, no sé si lo recuerdes —mascullé.

—Lo sé, lo sé muy bien, y sé que la sociedad tampoco lo verá bien, pero podemos ser felices aquí, en nuestro mundo.

—¿Me estás diciendo que seamos amantes? —pregunté muy nerviosa y con el corazón a punto de estallar.

—No, solo padre e hija. Pero nadie tiene que saber de qué manera pasamos tiempo juntos.

—Estás loco —gruñí, aunque por mis venas fluía la excitación.

—No estamos siendo infieles a nadie, solo...

—Eres un demente —jadeé mientras elevaba los brazos para que me quitara la camisa del pijama, lo que dejó mis pechos expuestos ante él.

Apoyé mis brazos en la cama y me hice un poco hacia atrás. Adrien comenzó a masajearlos despacio y con sus pulgares hacía girar mis pezones.

—Violet, no podemos resistirnos a esto —susurró sin despegar su mirada de la mía—. No te penetraré, no hoy, pero déjame terminar lo que hemos empezado.

—Y-Yo...

Adrien dejó mis pechos y me subió las piernas a la cama para bajarme los pantalones. Me acosté por completo y me aferré a las sábanas cuando sentí su lengua recorrer mi sexo otra vez. Esto era muchísimo mejor que aquel vaso de agua que pretendía tomarme.

Adrien no solo se limitó a comerme en aquella posición, sino que me puso de lado y dobló una de mis piernas para seguir haciéndolo. Yo no cabía en mí de gozo y tuve que morderme fuerte los labios para no gritar.

Tras el primer orgasmo, mi mente no se despejó, por el contrario, quería más. Adrien sonrió y se levantó para quitarse por fin el pantalón de pijama y mostrarme aquel hermoso y venudo miembro, el cual brillaba en la punta.

No supe qué demonio lujurioso se apoderó de mí, pero gateé y me dirigí a él para lamerlo, encontrándome con un sabor exquisito. Adrien soltó un gruñido y me miró con aprobación, aunque rápidamente dijo que se recostaría.

Perdida en aquel placer, me dediqué solo a lamerlo. Nunca le había dado sexo oral a ningún hombre, así que no me atrevía a meterlo a mi boca. A él no parecía importarle, me miraba atento.

—Papá está muy complacido —dijo, y eso me hizo gemir un poco alto. Mi lengua siguió con aquel frenético recorrido de arriba a abajo, el cual se detuvo cuando él lo rodeó con su mano y comenzó a masturbarse—. Te ensuciaré un poco, Violet.

Me acerqué un poco más, y maravillada observé como su semen salía disparado hacia mis pechos. Verlo cerrar los ojos y abrir la boca de una forma tan sensual mientras se corría terminó de convencerme de que no podía luchar contra esto, que me volvería loca si nadaba contra la corriente.

—Violet.

—Creo que estoy loca, pero quiero esto —jadeé mientras iba hacia sus brazos.

Adrien me abrazó y ambos quedamos acostados, con nuestros cuerpos desnudos enredados y sin poder parar de besarnos. Los remordimientos todavía no llegaban a mí, por lo que temí que mi moral hubiese muerto.

—¿Qué va a pasar ahora? —pregunté antes de hundir el rostro en su pecho.

—No te preocupes por nada —me pidió—. Todo estará bien.

—¿Y si alguien lo nota? —El horror poco a poco me estaba haciendo volver en sí. De nuevo había sido débil ante lo que Adrien me hacía sentir.

—Nadie tiene que notarlo, somos padre e hija —repuso con un tono que me desagradó y me hizo apartarme. No lo logré, desde luego, él se aferró a mí.

—No, no, esto...

—Violet, maldita sea, calma, solo cálmate —pidió enfadado, pero sin alzar la voz—. Para seguir con esto, debemos ser discretos. No voy a permitir que nadie hable mal de ti.

—No, esto lo haces por tu...

—No —me contradijo y besó la punta de mi nariz—. Lo hago por ti. Sé las implicaciones de todo esto.

—Entonces tal vez solo deberíamos pensarlo —sugerí—. Tal vez este deseo sexual termine pasando y tú y yo podamos ser un padre y una hija normales.

Adrien resopló y soltó una risa seca.

—¿Crees que se me pasará el deseo por una mujer a la que quiero seguirme cogiendo incluso después de correrme?

Su pregunta me hizo pasar saliva y de nuevo el corazón se me aceleró.

—Adrien...

—Te daré un periodo de prueba —dijo de repente y me soltó—. Intenta resistirte a mí durante una semana.

—¿Qué?

—Si superas la prueba, entonces te juro que te dejaré en paz, que me limitaré a ser solo tu padre. Demuéstralo, Violet, demuéstralo y deja de volverme loco con tus cambios de opinión.

—Yo...

—Regresa a tu habitación —dijo con voz fría mientras se levantaba para buscar su pantalón.

Aquello me hizo sentir tan humillada que lo hice de inmediato, incluso sin vestirme por completo. No me importó ni siquiera azotar la puerta, me sentía tan mal que quería estrellarme contra una pared. Adrien solo me había usado para sacarse las jodidas ganas, para demostrarme de nuevo que podía tenerme con un chasquido de dedos.

—No, esto se acabó —farfullé, secándome las lágrimas de forma brusca—. Tú no vas a volver a jugar conmigo. No vas a tenerme ni como hija ni como mujer.

Terminé de acomodarme el pijama y me lancé a la cama, la cual estaba bastante fría a comparación de la de Adrien. En estos momentos me lo imaginaba riéndose de mí, pensando en lo grandioso que se sentía jugar con mi estabilidad emocional.

Adrien era un asco como hombre y como padre.

—No vuelvo a caer, no vuelvo a caer —repetí varias veces mientras apretaba los párpados para intentar dormir—. Voy a vencer esta tentación.

17.

♠Adrien♠

Toda la noche, incluso en sueños, me cuestioné si había hecho lo correcto en darle a Violet un tiempo para que se decidiera. En ese momento mi confianza estaba puesta en que no aceptaría tal cosa, aunque se fue tan enojada que las dudas comenzaron a aflorar en mi cerebro. Estaba arrepentido de tal decisión, pero también era orgulloso y no me retractaría, esperaría a que ella cayera primero, que se decidiera por fin a vivir lo que tanto deseábamos.

Al despertarme me relamí los labios, pensando en su sabor. Muchas veces había practicado sexo oral, pero ninguna era como ella, ninguna mujer hacía que quisiera más y más, y su boca... Violet no era ninguna experta, solo se limitó a lamerme; sin embargo, lo hizo con tantas ganas, salivó tanto que podía calificar aquel encuentro como el mejor de mi vida. El morbo, el deseo, el amor y la complicidad se mezclaron en ese momento, haciendo que me corriera de una manera exquisita. Sí, estaba enamorándome como un desquiciado de Violet. No solo la quería en mi cama, sino también quería saberlo todo de ella, serlo todo en su vida. Tenerla en mis reuniones, en el auto, conversar con ella, verla fruncir el ceño cuando se confundía con los códigos, todo eso lo disfrutaba.

¿Y cómo sabía que por fin, a mis cuarenta y dos años, me había enamorado? Sencillo: porque nunca antes lo había hecho hasta que Violet llegó. No obstante, también empezaba a amarla como a una hija, y eso era lo más inquietante. No quería deshacer la adopción, quería que estuviera ligada a mí de por vida, darle todo de mí. Por más inmadura e histérica que fuera, me había regresado las ganas de seguir vivo, de hacer cosas nuevas, incluso de cocinar.

Y en este día, me levantaba con muchas ganas de saber si resistiría aquel periodo de prueba.

La alarma sonó aproximadamente cinco minutos después de que me había despertado, así que la apagué de inmediato y me levanté de la cama para ir a darme una ducha, en la cual tardé menos de lo normal por la ansiedad que sentía. Tuve que obligarme a mí mismo a bajar el ritmo de lo que estaba haciendo antes de que tuviera alguna clase de accidente.

Me vestí con uno de mis trajes habituales, aunque esta vez no me coloqué corbata. A Bianca solía gustarle mucho que las usara, pero había notado que a Violet le atraía mucho más sin ella, así que decidí dejarla de lado, incluso dejé botones abiertos.

—Eres un ridículo —resoplé, pero de la nada me encontré sonriéndole a mi reflejo como un idiota—. ¿Qué me estás haciendo, Violet?

Negué con la cabeza mientras me pasaba las manos por el cabello; luego de eso, me puse colonia y abandoné el baño. Busqué mi celular para revisar mis mensajes y encontré los de Bianca, a los cuales respondí con el cariño de siempre. Esta vez le mencioné que estaría ocupado, así que la llamaría después.

Cierta parte de mí sentía culpa por hacerle esto. Ella era una mujer hermosa y bastante noble, de ningún modo merecía que la traicionara, y en los meses que llevábamos juntos solo había tenido un desliz poco importante, luego de eso me mantuve fiel. En ese pequeño desliz me sentí más culpable que en este momento. Por alguna razón no podía sentirme mal; desear a Violet era tan natural como desear beber agua o cualquier otra necesidad básica.

Salí de mi habitación, después de guardarme el celular y tomar mi portafolio, y me quedé mirando por unos segundos a la puerta de Violet. Por un momento me acobardé, pero al final decidí cruzar el pasillo y tocarle.

—Violet, haré desayuno hoy, ¿algo en especial que quieras?

—Oh, señor Leblanc —dijo la señorita Thompson subiendo las escaleras—. Violet decidió marcharse temprano con el chófer.

—¿Qué? —le espeto extrañado—. P-Pero...

—Sí, yo también estoy preocupada, señor. Tal vez siga molesta por lo que sea que haya pasado entre ustedes.

—Puede ser —murmuré mientras me acariciaba un poco la barbilla—. Pues bien, me voy también.

—¿No va a desayunar?

—No, ya comeré algo. ¿Violet desayunó?

—Solo se tomó un vaso de leche. Le insistí mucho en que comiera algo, pero fingió llevar prisa. —Suspiró—. No quiero entrometerme, señor, pero Violet es una chica sensible, con un sentimiento de abandono muy grande. Tenga cuidado con todo lo que le ha de decir.

Miré perplejo a aquella mujer mayor y esta vez la culpa sí invadió mi cuerpo. Estaba poniendo en una situación complicada a Violet, que me necesitaba como un padre. Me iba a costar mucho estar cerca de ella sin sobrepasarme, pero lo intentaría.

Durante el camino hacia la empresa, traté de tranquilizarme y pasé a comprar aquellas tortitas que le gustaban. No quería que llevara el estómago vacío, mucho menos seguir peleados; pondría todo de mi parte para ya no hacerle sentir a Violet que solo era un juego.

En cuanto llegué a Lebs, algunos empleados me saludaron de forma educada y me observaron con extrañeza por no llevar a Violet. Al parecer en poco tiempo se habían acostumbrado a verla a mi lado, a que siempre estuviéramos juntos. No quería perder eso.

En pocos minutos estaba llegando a mi oficina, sin embargo, la escena que se desarrollaba ante mí casi me hizo lanzar la comida que había comprado. Violet charlaba de forma animada con uno de los mensajeros de la empresa y se reía.

—Violet. —Todos voltearon a verme cuando dije su nombre con más agresividad de la que pretendía.

Mi hija frunció el ceño, y Elizabeth y Vivian abrieron los ojos de par en par, pero la mejor reacción fue la del chico, que comenzó a pestañear de forma exagerada, como si fuese una clase de tic nervioso.

—S-Señor Leblanc, buenos días. T-Traje correspondencia. —Sacó de su bolsa un sobre, el cual me apresuré para ir a tomar—. No es para usted, es para Vio... La señorita Leblanc.

—No te cohíbas por ver a mi padre aquí —intervino Violet con una sonrisa cargada de malicia—. Puedes decirme Violet.

—No, no puedes —espeté—. Ella es la futura dueña de esta compañía, además, tiene pareja, y a él no le gusta para nada este tipo de cosas. Evitemos malos entendidos, ¿de acuerdo, muchacho?

—Mi novio no me prohíbe hablar con nadie —dijo Violet.

«No hablo de él. Soy yo el que no lo permite», le respondí por dentro. Violet me observó con el rostro enrojecido.

—Entendido, señor Leblanc —contestó el mensajero antes de darme el sobre y largarse por fin.

Antes de que pudiera revisar el sobre, Violet rodeó el escritorio de Elizabeth y me lo arrebató.

—Es mi correspondencia.

—A mi oficina —masculló—. Si no vienes, estás suspendida.

Violet gruñó cuando me aparté de ella y me dirigí a la puerta de mi oficina. Aun así, vino detrás de mí y cerró la puerta a sus espaldas.

—¿Qué mierda te sucede?

Me giré hacia ella, luego de dejar la bolsa y el portafolio en el escritorio, y avancé a grandes zancadas. Violet se estremeció y gimió despacio cuando comencé a besarla con todas mis ganas. No le tomó demasiado tiempo dejar de resistirse y me correspondió, incluso dejó que la alzara en mis brazos.

—Adrien, déjame, dijiste que...

—¿Y de verdad quieres esto? —pregunté agitado—. ¿De verdad quieres que te deje en paz?

—Sería lo mejor —contestó—. Lo estoy intentando, pero...

—¿Pero qué? —la interrumpí—. Hablemos, Violet, no nos comportemos como dos niños.

—Creí que yo era la niña —gruñó y desvió la mirada.

—Puede que yo también lo sea —admití con una sonrisa, la cual se le contagió—. ¿Qué hacías con ese...?

—Es solo un mensajero. La correspondencia que trajo es de Vivian, pero lo pusimos a mi nombre para que no te molestaras con ella.

—No podría molestarme por algo así.

—Ella no lo sabe.

—Igual que tú, no sabes lo que siento, lo que de verdad trato de decirte —susurro.

—Prometiste...

—Al diablo con eso. No pienses, no pensemos. No, Violet, no quiero jugar contigo, de verdad estoy loco por ti.

Violet suspiró y volvió a dejar que la besara. Esta vez me correspondió con más fuerza y la llevé cargando hasta el escritorio, en donde la senté. Ella sonrió al posar la mano sobre mi pecho y se acercó para besarlo.

—Me gustas más así, papá —dijo con tono juguetón, lo cual repercutió más en mi maldito pene, que incluso dolía por la presión del pantalón—. ¿De verdad seguiremos así?

—¿Qué es lo que...?

—Quiero no pensar —contestó preocupada—. Si lo pienso esto va a acabar muy mal. Sigo furiosa contigo y...

La interrumpí con un beso en la frente y otro en los labios. Violet frunció el ceño y no dijo nada, aunque era más que evidente que sus preocupaciones todavía eran algo que tenía que procesar.

—Dejémonos llevar. El tiempo dirá que será de nosotros.

—Eso es muy irresponsable —bufó—. Adrien, no. No podemos hacer esto, no podemos herir a las personas que nos quieren.

—Violet...

—Pasemos tiempo como padre e hija —propuso—. Prometo poner de mi parte para no volver a comportarme como lo hice anoche, para no confundirte.

«Es mi hija, me necesita como padre», pensé para tratar de aminorar la decepción. Las cosas ya habían ido demasiado lejos como para controlarme, pero tenía que intentarlo al menos.

Violet esbozó una sonrisa extraña y negó con la cabeza.

—¿Trajiste el desayuno?

—Es para ti —contesté—. ¿Quieres que papá te lo dé?

Violet se mordió los labios y noté de inmediato el cambio en su respiración cuando me acerqué.

—Dímelo, ¿quieres que papi te dé el desayuno? —insistí, y ella asintió con las mejillas sonrojadas.

—Sí, papi —respondió, y ese tono de voz hizo que mi erección no terminara de morir—. Sí quiero.

18.

♠Violet♠

Jamás hubiese pensado que un simple desayuno pudiera convertirse en algo tan pervertido. Adrien me había sentado en sus piernas y cumplió con su palabra de darme en la boca. No me robó ningún beso, tampoco me tocó en donde no debía, pero su manera de mirarme y de poder sentir su erección bajo mi trasero lo hicieron un momento inadecuado... y demasiado excitante.

Para cuando salí de la oficina, Elizabeth estaba sumergida revisando unos contratos que Adrien tenía que firmar, y Vivian terminaba de preparar unos cafés.

—Ah, Violet, hice los cafés —dijo alegre, aunque advertí un deje de diversión en su sonrisa. Ella sospechaba que no solo había hablado con mi padre—. Espero que te gusten.

—Sabes que eres la mejor en esto, deja la modestia. —Rodé los ojos y tomé mi vaso.

—Oye, ¿no quieres ir a llevarle esto a tu padre?

—¡Vivian! —exclamó Elizabeth, molesta—. Ese es tu trabajo.

—No hay problema, yo lo hago —dije quitándole el café a Vivian.

Sabía que estaba haciendo muy mal, pero quería volver a verlo. Sin embargo, una punzada de decepción me atravesó el abdomen cuando vi que hablaba por videollamada con Bianca y su padre.

Adrien me sonrió al entrar y me hizo una seña para que me acercara, lo cual me pareció en lo absoluto descarado y el colmo del cinismo. No obstante, no tuve otra opción más que presentarme y mostrar mi mejor cara, también fingir que me estaba llevando de maravilla con Adrien, que en cierto momento volteó el rostro para darme un beso en la mejilla.

—De verdad alegran mi corazón con esto —expresó Bianca, observándonos con ternura—. Lo que más deseo es que ustedes se lleven bien y podamos ser una familia.

En ese momento se acercó Mario a saludar, y entonces la cara de Adrien cambió. Seguía sin gustarle que yo pudiera estar con él, pero eso era algo que no cambiaría. No podía hacer sufrir de esa manera a Mario, que fue la única persona que estuvo para mí, además de la señorita Thompson.

Adrien trató de disimular todo lo que pudo, y por fortuna Bianca no mencionó nada al respecto; estaba más centrada en contarnos la evolución de su padre, que estaba un poco gruñón, aunque conmigo fue un encanto.

Al terminarse la llamada, dejé el café sobre la mesa, y Adrien me tomó de la muñeca para que no me fuera.

—¿Por qué tienes que seguir con él? —me preguntó molesto.

—Tú sigues con Bianca.

—Tú elegiste eso, yo te propuse...

—No, no los vamos a lastimar —lo interrumpí—. Ponte por un momento a pensar en lo que va a sentir si sabe que deposita su confianza en un hombre que le es infiel con su propia hija.

Adrien rodó los ojos, mas no contestó nada. Era más que obvio que él tampoco pensaba en la idea de terminar con Bianca en realidad. Él mí me deseaba, pero con ella quería casarse, formar una familia, la que no pudo ni quiso ser conmigo.

—Eres todavía muy joven —suspira—. Pero está bien, como tu padre dejaré que te equivoques.

—Eres...

Mi padre volvió la vista hacia mí y olvidé en ese mismo instante lo que estaba a punto de decir.

—Te traje tu café. Adiós.

Me di media vuelta y salí de la oficina con la esperanza de poder distraerme en el trabajo. Todo esto estaba siendo bastante confuso para mí; por momentos tenía claro que quería sentir todo lo que Adrien me causaba, pero por otros forzaba a mi moral a ganar la partida. Cualquier decisión que tomara no me haría feliz, así que ¿qué demonios debía hacer?

Decidí no pensar más en ello y me limité a cumplir con mi trabajo, que era dar una última revisión al contrato que Adrien tenía para firmar. Una cadena televisiva incipiente en el país, pero con bastante éxito, quería unírsenos. Yo estaba feliz, dado que me gustaba su contenido cultural, el cual presentaban de manera dinámica. Me alegraba tenerlos ahora por televisión en vez de transmisiones en YouTube.

La hora del almuerzo llegó de manera inevitable y decidí actuar con toda naturalidad para no seguir alimentando las sonrisas de Vivian, que parecía ya saber todo lo que pasaba cuando entraba y salía de la oficina de mi padre. Detestaba que lo hiciera, pero a su vez me resultaba reconfortante saber que le causaba gracia y no repulsión.

—¿Qué comeremos hoy? —le pregunté a Adrien mientras caminábamos hacia su auto.

—Pizza —contestó y yo jadeé.

—¿Cómo?

—Bueno, te he escuchado decir que adoras la pizza, así que me pareció buena idea, ¿te parece mal?

Detuve mis pasos y Adrien frunció el ceño. En este momento me costaba lidiar con aquel sentimiento. Era emoción, resentimiento y culpa. Quería de verdad emocionarme por tener un padre por fin, pero a su vez sentía que era demasiado tarde en todos los sentidos. Los dos habíamos transgredido ya esa línea.

—Violet, ¿estás bien? —indagó preocupado—. Lamento si hice algo que...

—No, todo está bien. —Suspiré.

—No, no lo está, pero podemos hablarlo, Violet, quiero que me digas todo lo que tienes para decirme.

Adrien me tomó de la mano y otra vez avanzamos hacia la salida. Una vez en el auto, Adrien no me presionó a hablar, solo habló de cosas triviales que me fueron tranquilizando y preparando para el momento en que tuvimos una deliciosa pizza enfrente, la cual era mi favorita.

—Ahora bien, dímelo todo —pidió desde el otro lado de la mesa—. ¿Sientes rabia hacia mí por no criarte?

—Sí, Adrien —contesté con honestidad—. Y me molesta que llegaras sin ninguna clase de aviso a mi vida.

—Entiendo —murmuró—. Te pido perdón por eso. Cuando te adopté no quería tener hijos.

—¿Entonces por qué...?

—Necesitaba heredar a alguien todo lo que tengo —dijo sin dudarlo—. Pero también pensé que hacía bien al sacarte de la calle.

—¿Por qué no un hombre? Yo...

—¿Hay alguna diferencia? —Arqueó una ceja.

—No, pero...

—Te buscaba específicamente a ti —respondió—. No me gustaría hablar de las razones ahora mismo.

—¿Tan malo es? —pregunté con nerviosismo. Él negó con la cabeza.

—No, puedes estar tranquila. No es nada que pueda cambiar tu vida.

—Conocías a alguno de mis padres.

—Digamos que sí. —Suspiró—. No hay nada más que debieras saber.

—Okey, tampoco me interesa mucho —admití—. Entonces solo lo hiciste como un favor hacia mí, no porque quisieras tener un hijo.

—Sí, y lo siento, lo siento mucho —respondió con la mirada cargada de tristeza—. Te hice daño, yo solo pensé en mí.

—¿Sabes? Me alivia un poco pensar en que no me odiabas. —Me reí de manera nerviosa—. Supongo que puedo entenderte. No tenías ninguna obligación de adoptarme o hacerte cargo de mí.

—No, jamás te he odiado, nunca pienses eso. Y claro que tenía la obligación de criarte y no lo hice —replicó—. Entiendo que me guardes rencor por ello.

—Estoy intentando comprenderlo, Adrien.

Adrien frunció el ceño, pero después sonrió. Una de sus manos se alargó para tocar la mía y no la aparté, dejé que aquella calidez me invadiera.

—Haré lo mismo contigo, entenderé todo lo que sientas por mí —contestó—. Te pido por favor que me des una oportunidad.

—¿Cómo qué...?

—Como lo que sea que pase —soltó con voz ronca, y sentí un delicioso escalofrío recorrer mi espalda. Su mirada era tan intensa que de nuevo corría el deseo por mí—. Quiero estar cerca de ti, mucho.

—Yo también —susurré—. Yo también quiero estar cerca de ti.

Adrien esbozó una media sonrisa que me hizo pensar en miles de cosas que seguro él estaría encantado de hacer. Saber que me deseaba tanto como yo a él me parecía lo más tentador de mi vida, algo de lo que tal vez algún día me arrepentiría.

El resto del almuerzo fue bastante ameno a pesar de la tensión sexual que se había desatado entre los dos. Escuchar hablar a Adrien incluso sobre el clima era un deleite visual y auditivo. No se parecía en nada a mis citas con Mario, en donde si bien me la pasaba de manera grandiosa, no experimentaba una completa fascinación, no dejaba de importarme el tiempo y el espacio.

—Hoy no vamos a volver a la empresa —dijo Adrien cuando nos subimos al auto.

—¿Qué?

—Vamos a casa, quiero estar contigo.

—Adrien...

Él sonrió y se inclinó para besarme. Yo sonreí y correspondí al beso, dejándome llevar por la excitación.

Durante el camino él me besaba cada poco y me tocaba las piernas. Luego de haber aclarado las cosas me resultaba más fácil ceder ante mis deseos y olvidarme de lo mal que estaba esto.

Para mi perdición, la señora Thompson no estaba en casa cuando llegamos. Había dejado una nota en donde decía que iría a hacer una visita a su hermana para darle por fin el suéter y que la cena la había dejado en el refrigerador.

—Parece que estamos solos en casa —susurró Adrien, abrazándome por detrás.

—Creo que sí, pero...

Adrien me hizo la melena a un lado y comenzó a besar mi cuello de forma lenta y sensual. Uno de sus brazos rodeó mi cintura y me acercó a su cuerpo para que sintiera su erección.

—¿Quieres jugar un poco en la sala?

Aquella pregunta ocasionó que gimiera con fuerza y que me girara para besarlo. Él sonrió contra mis labios y me sostuvo hasta que llegamos a la sala, en donde me quité los zapatos y me senté a horcajadas sobre él.

—Papá te dará tu primera vez, Violet —me advirtió mientras me quitaba la blusa, luego de sacarme el blazer—. Nadie más puede hacerlo.

—S-Sí —tartamudeé cuando quedé en sostén frente a él.

Adrien bajó con lentitud los tirantes y luego lo desabrochó con mucha habilidad. No sería la primera vez que me vería desnuda, pero estábamos en una zona peligrosa de la casa.

Cuando el sostén por fin cayó, Adrien se acercó a uno de mis pechos y, sin dejar de mirarme a los ojos, comenzó a succionarlo.

—Me encanta, papá —le dije enardecida—. Me encanta que me toques.

Aquella frase pareció volverlo loco, ya que gruñó y juntó mis dos pechos, para luego llevarse los pezones a la boca. No pude evitar soltar un grito y sentir que me empapaba por completo. Conocía bien mi cuerpo y me correría demasiado pronto, no aguantaría.

—Quiero hacerte el amor —dijo entre succiones—. No puedo más, me vuelves loco.

—Hazlo, hazlo, quiero darte mi primera vez —solté excitada—. Adrien, hazme tuya. Enséñame papi, enséñame a tener sexo.

—Vamos a mi habitación —propuso agitado—. Por supuesto que te enseñaré, es lo que más quiero.

Los dos nos sonreímos con complicidad y nos apresuramos a subir. En medio de las escaleras terminamos de desvestirnos, aunque tuvimos el cuidado de no dejar nada botado. La urgencia de que me hiciera suya era todo lo que invadía mi cerebro, no había culpas, otras personas y moral. Lo único que sentía era amor por mi padre adoptivo, una excitación y morbo tan fuertes que ya no quería resistirme a ellos.

Sin embargo, cuando estábamos a punto de caer sobre la cama escuchamos ruidos, los cuales eran los pasos de la señorita Thompson.

—Mi niña, ¿ya llegaste?

19.

♠Adrien♠

Jamás tuve ni un solo pensamiento malo hacia esa buena mujer que había estado conmigo desde mi infancia, sin embargo, por un momento tuve un intenso deseo de salir y despedirla por interrumpir un momento tan importante. Violet, para fortuna mía, mantuvo la calma y se vistió a toda prisa. Ponernos nerviosos solo iba a hacer que ella sospechara de nosotros.

—Qué bueno que llegas, nana —dijo ella, saliendo de la habitación para encontrarse con ella.

—Ay, mi niña, me has asustado. —Se rio ella—. ¿Estabas con el señor Leblanc?

—Sí, venía a preguntarle qué sabor de palomitas quería porque lo voy a torturar con una de mis películas

—contestó Violet con tono malicioso y fue tan natural que sonreí—. Se metió a la ducha, ojalá no me deje plantada —gruñó.

—No, claro que no lo hará —repuso la señorita Thompson, sonando animada—. Me alegra que ya estén empezando a darse una oportunidad.

—Sí, espero que todo salga bien. —Suspiró Violet—. Adrien es increíble, no todo le sale bien, pero creo que vamos por buen camino.

Las voces de las dos se fueron alejando y yo dejé escapar un suspiro. Aquello había estado demasiado cerca y no me habría gustado que todo terminara con esa mujer saliendo de aquí con los pies por delante. Además de tenerle aprecio, Violet no lo soportaría.

Me di media vuelta y me dirigí al baño para darme una ducha, donde el agua fría calmó mi erección, mas no aplacó mis ganas de hacer todo lo que planeaba con Violet. Tener el cerebro frío me hizo darme cuenta de que lo que estuvo a punto de pasar no debió ser de esa forma, que debí preparar algo especial para darle su primera vez. ¿Cómo podía esperar que otro hombre no la conquistara si yo no ponía sus estándares demasiado en alto? No podía permitir que otro me superara, no dejaría que Violet amara a otro. Mario tan solo sería su tapadera ante el mundo, algo para que pudiera mentirse a sí misma, pero jamás llegaría a nada con él, no lo permitiría.

Sentirme así por mi hija podía llegar a ser escalofriante a la par que excitante. Nunca me había sentido de esta forma, nunca había necesitado tanto de una mujer como la necesitaba a ella.

Después de terminar la ducha y ponerme ropa ligera, decidí bajar. El olor a palomitas era bastante fuerte y sonreí al ver que Violet acomodaba el cuenco en la mesa de centro. Al notar mi presencia me sonrió con nerviosismo, pero siguió actuando como si nada hubiera pasado.

La señorita Thompson estaba en la cocina, limpiando la barra, así que decidí acercarme a ella antes de ir donde Violet.

—Hola, mujer veloz —dije con tono bromista—. Apenas habíamos visto tu nota.

—Oh, sí, señor Leblanc, la dejé temprano por la mañana, creí que regresaría más tarde, pero no fue así, mi hermana tuvo que ir donde el médico —contestó ella sin dejar de limpiar—. Lo siento, señor, yo no debería...

—Has trabajado mucho, te mereces un descanso de vez en cuando —le dije—. No me voy a enojar si lo haces, es más, te lo ordeno, no queremos que te agotes.

—Siempre tan amable, señor Leblanc. —Me sonrió con dulzura—. Lo tomaré en cuenta, más ahora que está usted para cuidar de mi niña.

—Voy a elegir algo —avisó Violet desde la sala—. Veremos una romántica.

—Oh, sí, Violet dijo que lo quiere torturar. —Se rio la señorita Thompson—. Buena suerte.

—Lo que debe hacer un padre. —Suspiré.

—Yo estaré arriba, quiero terminar ahora el suéter de mi niña, con permiso. Disfruten la película —dijo ella antes de dejar el trapo y quitarse el delantal.

—Gracias.

Una vez que ellos se fue, me dirigí al refrigerador para buscar algo de beber. Saqué dos latas de Coca-Cola y regresé a la sala, donde Violet se estaba acomodando para ver una película de Disney.

—Lo siento, estas son las que me gustan.

—No hay problema —murmuré, pensando en que si ella quería lograr una situación anticlimática no lo estaba logrando del todo.

Tal vez se había arruinado nuestro primer encuentro, pero de todas formas quería pasar tiempo a su lado. Eso no lo impediría la señorita Thompson ni nadie.

—Violet —dije en voz baja—. ¿Vamos a estar bien?

Ella miró un poco hacia arriba para cerciorarse de que su nana no nos estuviera observando y asintió antes de acercarse a darme un beso en los labios.

—Sí, ya no quiero cambiar de parecer. Sigo deseando que me hagas el amor —contestó, lo que provocó que cierta parte de mí comenzara a despertar—. Pero ahora debes ver películas conmigo.

Violet se acomodó de nuevo en su sitio y tuve que emplear toda mi fuerza de voluntad para no hacer nada.

Pero de pronto me encontré disfrutando de la película con ella y riendo por eso. Violet no paraba de hacer comentarios, lo cual en otra persona tal vez me habría enfurecido, pero ella era adorable y se notaba lo mucho que disfrutaba de este momento, aunque estaba seguro de que no era ni la mitad de lo que disfrutaba yo.

Las palomitas terminaron por acabarse, y con las últimas ella quiso jugar a lanzarlas, haciendo una pequeña rabieta cuando se dio cuenta de que podía atraparlas perfectamente y ella no.

—Seguro que haces trampa.

—No, claro que no, soy un experto —repliqué divertido—. Muchos veranos hice esto con mis primos.

—Oh, tus primos, cuéntame de ellos —pidió interesada.

—Son unos viejos, yo era el menor. —Me reí—. Uno de ellos vive en Buenos Aires, se casó con una chica argentina, otro vive en Miami. Tal vez los conozcas luego, pero ya no me suelo reunir tanto con ellos desde que mis padres murieron.

—¿Cuándo me adoptaste ellos ya...?

—Sí, tenían algún tiempo de haber fallecido —dije con tristeza.

—¿Un accidente?

—Mi padre murió de cáncer, a mi madre la mató la depresión de perderlo, se suicidó.

—Dios mío. —Violet se cubrió la boca.

—Tranquila...

—Lo siento mucho.

Violet se acercó a mí y me abrazó. Aquel gesto, aunque no lo había pedido, fue muy reconfortante.

—No pasa nada, cariño, fue hace mucho tiempo.

—Pero es horrible.

—Ahora te tengo a ti —susurré y busqué besar sus labios, luego de asegurarme de que la señorita Thompson no venía.

—Sí, me tienes, claro que me tienes —afirmó, jadeante.

—Al baño —musité—. Quiero beber algo más que Coca-Cola.

—P-Pero la señorita Thompson...

Estuve a punto de decirle que no me importaba, pero en ese momento escuchamos pasos y nos alejamos un poco. La señorita Thompson estaba bajando y la volteamos a ver.

—¿Ya terminó la película? —preguntó—. ¿Cómo estuvo?

—Muy bien, nana —dijo Violet levantándose—. Iré a tocar un poco ahora.

Violet me sonrió y se fue de inmediato hacia el piso de arriba. Tantas interrupciones de esta mujer me estaban enfureciendo, pero sabía que debía mantener la compostura.

—Bajaba por un poco de tarta de manzana, ¿quiere un poco? —me ofreció ella y yo negué con la cabeza.

—No, iré a mi habitación a hacer unas cuantas llamadas.

—Me saluda a la señorita Bianca —me pidió con tono pícaro. Era ingenua en pensar que en ese momento haría algo así.

—Por supuesto.

—De verdad me alegro de que estén llevándose mejor, pero me gustaría comentarle un tema que me preocupa.

—Soy todo oídos —respondí con seriedad.

—No me parece correcto que Violet entre a su habitación. No me malentienda, pero...

—Dejemos clara una cosa —la interrumpí, claramente molesto—: Violet solo fue a preguntarme algo.

—Sí, pero usted se estaba duchando.

—Estaba dentro del baño —repliqué con tanta brusquedad que tuve controlarme—. Lo siento, me estoy sintiendo juzgado y...

—No, no lo estoy juzgando, señor Leblanc, tampoco estoy insinuando nada, es solo que Violet no convive con hombres dentro de una misma casa, y no me gustaría que ella esté incómoda.

—No te preocupes, no volverá a suceder —contesté con más calma—. Gracias por decírmelo.

—No es nada, señor. Por favor, no se moleste conmigo.

—No, para nada. —Le sonreí.

Antes de que pudiera decirme algo más, caminé escaleras arriba. Las notas del piano que mi hija tocaba invadían todo el segundo piso, pero no fui hacia ella. A partir de este momento, nuestras interacciones en casa debían ser más cuidadosas.

Al entrar a mi habitación fui hacia mi laptop. El deseo que me invadía se adueñó de mí y no dudé ni un solo segundo en buscar los mejores hoteles para llevar a cabo todo esto. Sin embargo, rápidamente desistí de mi plan. La prensa a menudo estaba pendiente de lo que yo hacía, sobre todo desde que estaba comprometido con Bianca; cualquier movimiento que hiciera estaba en la mira del ojo público. ¿Cómo podía entrar a un hotel sin que todos especularan sobre que tenía una amante? ¿Cómo iba a justificar que entraba a uno con mi hija?

—Maldita sea, esto es...

Excitante, claro que lo era, no podía ser de otro modo. Nunca en mi vida me tuve que preocupar de cuidarme en ese tipo de cosas porque eran simples mujeres de una noche, que no comprometían mi reputación. Con Violet todo era tan complicado y paradójicamente sencillo. Podía pasearme con ella a la luz del día sin que nadie diera el grito en el cielo. Podía consentirla, tomarla de la mano y pasarla bien en todos lados, pero en la intimidad debíamos ser lo más discretos posible.

La música de Violet seguía sonando como una invitación a que me acercara. No lo hice. Esperaba que ella pudiera presentir que teníamos a alguien vigilándonos y que no volviera a dudar de mí.

—Tenemos que cuidarnos, mi amor —susurré—. No quiero perderte.

20.

♠Violet♠

Adrien nunca llegó por más que me esforcé tocando, pero intenté que eso no me afectara, dado que si estábamos los dos solos en esta habitación terminaría sucediendo de todo. Estando aquí, la señorita Thompson no podía pasar.

Antes de salir recibí un mensaje de Adrien, en donde me decía que toqué de manera extraordinaria, también me pedía perdón por no aparecerse. Aquello me hizo sonreír y dejar cualquier idea absurda que se empezaba a formar en mi cabeza.

Bajé al primer piso para servirme una pequeña porción de tarta de manzana, la cual comí mientras conversaba con la señorita Thompson sobre su visita a su hermana. Todavía me sentía un poco conflictuada por su inesperada llegada y analicé cada una de sus palabras y expresiones en busca de cualquier señal de sospecha. Por suerte, no encontré nada. Adrien y yo estábamos a salvo... por ahora.

Tras lavar lo que usé, me dirigí a mi habitación. En el pasillo estaba Adrien, que me sonrió con picardía antes de tomarme por la cintura y besarme.

—Nos puede ver la...

—No hagas ruido. Vigila que no venga.

Adrien se puso de rodillas y bajó un poco de mis pantalones. Tuve que ahogar un gemido cuando su experta lengua se coló entre mis pliegues y comenzó a lamer.

—Adrien —susurré, abriendo un poco más las piernas.

—Tienes un sabor que me vuelve loco, mi amor —contestó—. ¿Cómo lo haces?

—Tú lo provocas, papi —gemí.

—Tengo una hija deliciosa —dijo mientras me presionaba el clítoris con dos de sus dedos. Sus ojos estaban fijos en mí y me mordí los labios.

¿Cómo podía ser tan hermoso? ¿Cómo podía este hombre desearme tanto como yo a él?

—Esto es mío, ¿lo entiendes, Violet? Si escucho ese vibrador otra vez, voy a castigarte.

—¿Qué? —jadeé, aunque en lugar de avergonzarme, la idea de que él me espiaba me hizo lubricar más.

—Lo escuché y tuve que tocarme. Jugaremos con él, juntos.

—Está bien, pero haz que me corra, papá, dame un... Oh, oh.

Eché la cabeza hacia atrás cuando él me sujetó de las piernas y volvió a lamer con ansias. Mi respiración cada vez se agitaba más y mi vista se tornó borrosa, aunque no dejé de vigilar que nadie viniera. Adrien siguió con aquel delicioso movimiento que me hizo estallar en cuestión de segundos, los cuales disfruté como loca, aunque no pude gemir alto.

Él se levantó y me atrapó de nuevo entre sus brazos, luego de subirme el pantalón. A pesar de estar excitado, me abrazó con ternura y me acaricio la cabeza de una forma deliciosa.

—Me encantas, Violet —expresó—. Nadie en mi vida me ha hecho sentir esto.

—¿De verdad? —cuestioné sonriente.

—Sí, nadie.

—Eres un mentiroso —me burlé—. Eso seguro que se lo dices a...

—No, no lo necesito. No es por presumir, pero...

—No quiero saber esas cosas —gruñí—. A menos que quieras saber tú con cuantos chicos yo...

—No, ni se te ocurra —contestó enojado—. Te encanta volverme loco.

—Tal vez —admití—. Tampoco nadie me hace sentir como tú, pero quiero saber si soy más que sexo para ti.

—Violet, contigo podría hacer lo que sea y soy feliz. —Sonrió—. Y quiero que también seas feliz.

—Lo soy cuando me tienes así —respondí emocionada.

Justo en ese momento escuchamos los pasos de la señorita Thompson subir por las escaleras. Los dos soltamos una pequeña risa antes de darnos un beso corto e irnos cada quien a su habitación. Una vez que estuve allí me recargué contra la puerta y sonreí como tonta. Me estaba enamorando con locura de Adrien, a un punto en el que quizás ya no hubiese retorno.

El sonido de mi celular me sacó de mis enfermizas ensoñaciones y gemí de frustración al ver que era Mario. Tuve que tomar varias respiraciones antes de sentarme en la cama y contestar su videollamada.

—¡Hola, *mia cara*! —me saludó feliz y yo le sonreí, olvidando por un momento mi frustración.

—Hola, cariño, ¿cómo estás? ¿No es tarde allá?

—Sí, pero no importa. Yo estoy bien, dentro de lo que cabe. Papá a veces me saca de quicio —resopló—. En fin, ¿cómo estás tú? Te extraño mucho.

—Y yo a ti, y yo... estoy bien.

—Ese «estoy bien» es titubeante, ¿qué pasa, mi amor? —preguntó preocupado—. ¿Adrien y tú se volvieron a pelear?

—No, no, todo está bien —dije sonriendo.

—Bueno, es que la prensa les tomó una foto en el restaurante, quería hablarte sobre eso.

—¿Qué? —Sentí que mi rostro palidecía y él se rio—. Dios mío, maldita prensa.

—No pasa nada, *mia cara* —me aseguró—. De verdad me alegra muchísimo que los dos estén reconstruyendo su relación.

«No te alegraría si supieras cómo es que lo hacemos», pensé llena de culpa.

—Mario...

—Perdón, no debería meterme. —Suspiró.

—No, no, no me molesta, es que sigo en shock por lo de la prensa —admití y él volvió a reír.

— Así es esto. Mi futuro suegro y cuñado es una figura pública. Todo el país está interesado en el hombre que se encarga de que su internet, teléfonos y televisión funcionen.

—Sigo sin comprender cómo es que les interese el que salga a comer pizza con su hija y que lo publiquen en páginas a las pocas horas, pero bueno...

—Así es la prensa, Violet, tendrás que acostumbrarte un poco. Ten cuidado de cubrir las ventanas del baño.

—Definitivamente, tendré que hacerlo —gruñí, pensando de verdad en comprar cortinas.

Se suponía que los vidrios de los ventanales eran polarizados, sin embargo, se habían formado nuevos miedos en mí. La ventana de mi baño no daba hacia la ducha, pero sí hacia la puerta que la conectaba con mi habitación.

—Gracias por el consejo —farfullé.

—Sígueme para más de ellos —bromeó y ambos nos echamos a reír.

Al terminar la videollamada con Mario me sentí una completa basura. Él era un buen hombre, alguien que había esperado por mí como se debía, no obstante, tampoco quería perder lo mío con Adrien. ¿Cómo iba a poder vivir una doble vida?

Al final llegué a la conclusión de que debía alejarme de mi padre en cuanto este se casara con Bianca. Estaba segura de querer entregarle mi virginidad, de disfrutar cada instante a su lado, pero en algún momento debíamos parar, comenzar a ser lo que realmente éramos: padre e hija.

Aquella noche pude dormir con más tranquilidad y me desperté con las ideas más claras. Adrien no fue a buscarme, yo tampoco lo hice, pues los dos temíamos que a la señorita Thompson le diera por salir. No teníamos la certeza de que sospechara algo, pero era mejor prevenirnos y cuidar nuestras interacciones en casa, al menos mientras estuviéramos frente a ella.

Los dos desayunamos y conversamos sobre temas de trabajo frente a la mirada atenta de ella, que se reía cuando nos veía hacer chistes sobre lo que publicó la prensa sobre nosotros.

—Ahora iremos de compras, vaciaremos tiendas para que digan que es un padre despilfarrando —dije riéndome y él asintió.

—Podemos ir, Violet —dijo él—. Podemos pasar un día juntos.

—Eh, yo...

—Es sábado, nuestras oficinas están cerradas. Después podemos almorzar en la vieja consola. Tal vez hasta decides que te gusta más que aquí.

— Pero, señor — intervino la señorita Thompson—. Usted dijo que...

—No dije nada, bueno, sí, pero no importa.

—A mí me importa —dije incómoda—. Por algo no me has lleva...

—Violet, quiero hacerlo —me aseguró y yo sentí una punzada en el estómago que me indicó que no solo se refería a ir a la casa—. Vayamos de compras o lo que sea que se te ocurra.

—Está bien, vamos. —Sonreí.

—Yo puedo esperarlos allá y preparar algo para cuando lleguen —propuso la señorita Thompson.

—No es necesario, tómate el día libre —dijo Adrien—. Hoy cocino yo.

—Pues muy bien, no hay nada más de qué hablar —dijo mi nana, entusiasmada—. Haré una visita a mi hermana.

—Usa la tarjeta del fondo, invítala a comer —le propuso Adrien sonriendo amable, y yo tuve que esforzarme para no quedarme boquiabierta.

—Pero, señor Leblanc, eso es solo para emergen...

—¿Y qué? El dinero va a reponerse. —Adrien se encogió de hombros.

—Bueno, Adrien, deja que ella decida —intervine—. No la presiones.

—Lo siento, es que me apena que nunca te tomes un descanso. Llevas más de treinta años al servicio de la familia.

—Eso me hace sentir vieja. —Se rio mi nana—. Solo tengo sesenta y tres años.

—Eso no es ser viejo, tampoco te estoy insinuando que lo seas —replicó Adrien—. Pero treinta años son treinta años, de alguna manera afectan.

Mi cerebro se desconectó momentáneamente de aquella conversación a causa de la vergüenza que sentía. Adrien estaba dándole demasiadas vueltas al asunto y solo conseguiría que la señorita Thompson tuviera los ojos puestos sobre nosotros. Esa mujer era capaz de descubrir muchas cosas que la mayoría de la gente no entendía.

—¿Tú qué piensas, Violet? —preguntó Adrien.

—Pienso que mi nana debe decidir —contesté y ella me miró con aprobación—. Siempre ha dicho que su trabajo le encanta.

Adrien asintió, aunque pude notar su tensión. La señorita Thompson al final rechazó invitar a comer a su hermana con aquel dinero.

— Ella sospecha, ¿cierto? —masculló Adrien al subirnos al auto—. Maldita sea.

—Me temo que sí, Adrien. —Suspiré—. No debiste decir todo eso, ni siquiera mencionar la casa. No me sorprendería que la encuentres allí.

—No pasará, no dejan ingresar a nadie que no autorice, y ella no es mi empleada regular allí, así que no te preocupes.

—Bien —asentí—. Yo...

—No te presionaré a nada que no quieras, mi amor —me aseguró mientras me acariciaba una de las piernas, causando que mi piel se erizara, puesto que tenía puesta una falda—. Papá será paciente contigo.

Que empleara esa palabra para seducirme era algo retorcido y enfermo, sin embargo, mi ropa interior quedó empapada ante ellas. Deseaba esto, ya no había nada que me pudiera frenar.

El día que me regaló Adrien en el centro comercial fue divertidísimo, pero a su vez lleno de tensión. Cada vez que me tomaba de la mano, miles de sensaciones agradables me corrían por el cuerpo y se me pasaba por la mente lo que pasaría. No podíamos besarnos en los labios, pero sí que me besó muchas veces en la frente o la mejilla y me sonreía de una manera poco paternal.

Para disgusto de Adrien, no acabé con las tiendas, solo compré prendas básicas que necesitaba, pero sí que me atreví a llevar un pijama provocativo. La dependienta sonrió con complicidad mientras lo metía a la bolsa. Adrien estaba distraído viendo otras cosas y no se percató de aquello.

—No le diré nada a tu novio. —Me guiñó un ojo y yo esbocé una sonrisa tensa—. Es tu novio, ¿no? Qué suerte, es guapísimo.

—¿Lista, amor? —preguntó Adrien, llegando a la caja con su tarjeta lista.

—Sí —respondí nerviosa.

La dependienta luchó bastante para quitarle los ojos de encima a Adrien, pero no mostré mi molestia, al menos no de forma evidente. Me aferré al brazo de Adrien y los dos salimos a paso rápido de allí.

—¿Pasa algo? Te noto nerviosa —me dijo él.

—Ella creyó que tú y yo somos pareja —masculté.

—¿Y no lo somos?

—Adrien...

—Somos todo, no podemos fingir que no es así —soltó, dejándome con el pulso más que acelerado—. Tranquila, deja que piense lo que quiera.

—Bien.

—Ahora vamos a casa, cariño —susurró en mi oído, lo que hizo reaccionar hasta el último rincón de mi cuerpo—. Estaremos solos tú y yo.

—Es una locura —musité.

—Antes debemos pasar a comprar las cosas de la cena y preservativos —murmuró y mis piernas se debilitaron ante esa última palabra—. Hoy te haré el amor, Violet. ¿Tú quieres?

—Sí, Adrien —contesté sin dudarlo—. Claro que quiero.

21.

♠Violet♠

La casa de Adrien nunca fue un secreto para mí, sin embargo, jamás pregunté al respecto. A pesar de mi corta edad entendí que si él no venía a buscarme no le agradaría que yo me apareciera en su casa.

La casa era una mansión enorme, cuyo terreno estaba bordeado por altos muros blancos de piedra y junto a los cuales había árboles que impedían ver la parte trasera y los laterales de la propiedad. Solo se podía ver parte de la entrada a través de los barrotes negros del portón, el cual nos abrieron de inmediato cuando llegamos.

—Espero que te sientas cómoda aquí —dijo mientras conducía hacia la entrada principal.

—No del todo, pero creo que estaré bien.

—Violet, por favor...

—Estamos bien —lo interrumpí y le di un beso en los labios—. Quiero conocer tu casa.

—Nuestra casa —me corrigió—. Todo lo que tengo es tuyo.

—¿Y tú? —pregunté sin pensar y él sonrió.

—Claro que lo soy, y tú también serás mía.

Adrien hizo ademán de besarme, pero se apartó de mí y se bajó del auto. Me quedé boquiabierta y lo observé enojada cuando este me abrió la puerta. Cualquier enfado se me terminó por pasar al ver que se reía.

Al contrario de cómo pensé, no había demasiados empleados caminando de aquí para allá. De hecho, no había nadie, salvo el hombre que nos abrió.

—No me gusta tener empleadas metidas todo el tiempo aquí, solo las contrato de entrada por salida, y ya les avisé que hoy no viniera nadie —me dijo Adrien.

—¿No tienes mayordomo o algo así? —inquirí mientras observaba el magnífico interior de la casa, la cual era enorme y con muebles de colores claros.

—Lo tenía, pero falleció hace dos años. No quise contratar más.

—Lo siento.

—No te preocupes.

—Entonces estamos solos —susurré.

—Sí, mi amor, lo estamos.

Ninguno de los dos pudo soportar ni un segundo de tensión y pronto me vi acorralada en una pared, con Adrien besándome de forma implacable. Los dos queríamos devorarnos el uno al otro, hacernos el amor sin pensar en nadie más que en nosotros. En ese momento todos mis miedos o dudas al respecto se fueron por el caño. Quería perder la virginidad con él, en este momento.

—Quiero que estés completamente segura de esto que vamos a hacer —me advirtió, mirándome a los ojos, los cuales tenían las pupilas dilatadas—. No habrá marcha atrás, no solo serás mi hija, también mi mujer.

—Adrien...

—No podrás ser de nadie. Jamás.

—Tú...

—Yo tampoco, Violet —musitó—. Quiero que estés segura del paso que daremos. Esto no es un juego, quiero esto contigo.

En el fondo tenía muy claro que algún día nos tocaría separarnos, que debía dar marcha atrás, pero el calor de su cuerpo, su mirada intensa y la excitación que fluía entre ambos me nublaban los pensamientos.

—Hazme el amor, papá —dije sin dudarlo—. No quiero que esto sea con otro que no seas tú.

—Mi amor, mi Violet —jadeó antes de besarme de nuevo.

Nos costó mucho trabajo no desperdigar la ropa por todos lados, pero logramos subir a la habitación principal, la cual era enorme y tenía una terraza espectacular con vista al jardín.

—Es hermoso —dije mientras me lanzaba a la enorme cama, luego de que él me bajara de sus brazos—. P-Perdón...

—Me encanta, me encanta que seas así —contestó él desde el marco de la puerta—. Eres fascinante.

—¿Por qué no vienes? Quiero estar contigo.

Adrien avanzó con lentitud hacia mí mientras se desprendía de su camisa. Yo me quedé absorta, contemplando su torso, el cual quería besar y lamer hasta el cansancio.

Al quedar encima de mí, me sujetó ambas manos a los lados de mi cabeza y me miró de forma autoritaria.

—Te lo digo una vez más: serás mía —dijo muy convencido.

—Sí —musité.

Adrien hizo que ambos nos paráramos de la cama y comenzó a desvestirme con una deliciosa lentitud. Mi cuerpo temblaba de expectación y deseo, no podía creer que sucedería, que me iba a entregar al hombre con el que fantaseaba desde hacía mucho tiempo.

—Eres perfecta, Violet —musitó mientras besaba mi vientre.

Tenerlo de rodillas ante mí me parecía irreal, algo que solo podía ocurrir en mis sueños, pero estaba pasando; lo tenía a mis pies, lleno de deseo por mí. Había algo perverso y ansioso en su mirada que me causaba escalofríos y a su vez hacía que disfrutara. No sería fácil separarnos, esto nos uniría más que nunca.

Algo dentro de mí me decía que tal vez lo mejor era frenarlo, que todavía podía huir para no lastimarnos, no obstante, cerré los ojos y me dejé llevar por sus besos a todo mi cuerpo. Adrien besó desde mi cabeza hasta mis pies, con los cuales noté que tenía una fijación particular, y al acostarme en la cama hizo que los pasara por su erección, la cual seguía protegida por el pantalón.

—Vamos a prepararte, cielo —dijo con esa sonrisa que me volvía loca.

Abrí las piernas sin dudar para él y se acercó poco a poco. Incluso su respiración sobre mi sexo me estimulaba a niveles incomprensibles y causó que mi lubricación aumentara. Lo quería ya, necesitaba su boca allí.

—Me habría encantado darte una primera vez perfecta, pero yo...

—Esto es perfecto, Adrien —le aseguré—. Es totalmente perfecto.

Adrien me sonrió y comenzó a deslizar su lengua por mi sexo, haciendo énfasis en mi necesitado clítoris. Eché la cabeza hacia atrás y me mordí los labios. Nunca podía cansarme de que él me hiciera esto, de que me tocara de esta forma. Adrien sabía tocar con su lengua y sus manos cada punto exacto, lo que necesitaba.

—Me encanta probarte —dijo mientras me lamía—. Eres deliciosa.

Mi padre volvió a perderse en el sabor de mi sexo, causando que se me tensaran las piernas. Cada vez que estaba a punto de correrme, él paraba, lo que me hizo quejarme por la insoportable presión que sentía en medio de las piernas.

—Por favor, por favor, dámelo —rogué—. Quiero correrme.

—Quiero entrar en ti.

—¿En dónde están los...?

—Los dejé abajo —masculló, al mismo tiempo en que subía hasta a mí, luego de quitárselo todo—. Mierda.

—No vayas, no los usemos —solté y noté sus ojos oscurecerse—. Quiero sentirte.

—De acuerdo, de todos modos, no quería usarlos.

Un gemido muy fuerte escapó de mis labios cuando sentí cómo su glande tocaba mi clítoris. El orgasmo estaba allí, a punto de darse, pero él quería torturarme, hacerme temblar más de lo que ya lo hacía. Mi único consuelo era que él estaba igual, que respiraba de manera entrecortada, incrédulo por todas estas sensaciones tan desconcertantes. Su aroma masculino lo invadía todo, lo que entorpecía mis pensamientos coherentes. Esto estaba bien, esto era correcto, aunque no lo fuera.

De pronto comencé a sentir que él ingresaba y sonreí. Adrien se quedó paralizado un momento, esperando a que me acostumbrara.

—Estás tan grande, papi. Qué rico —expresé al borde del orgasmo.

—Apenas es la punta, cielo. Papá esperará a que estés lista —contestó enardecido.

—Lo estoy. Ya no puedo más. Esto no está bien, pero...

—Pero es delicioso, mi amor. Somos un hombre y una mujer, esto es natural.

Adrien se fue deslizando más dentro de mí. A pesar del dolor me retorcí con fuerza a causa del orgasmo que me sobrevino.

—Mi amor, me corro —chillé con las manos aferradas a su espalda—. Adrien, por favor.

—Te amo tanto, Violet —espetó—. Eres mía por fin.

Él comenzó a moverse lentamente y me besó para distraerme. Pronto aquel ardor pasó a ser excitación y moví mis caderas junto a él. Los dos estábamos extasiados el uno con el otro.

—Nunca vamos a dejar de tocarnos —gruñó él—. Tú ya no me puedes dejar, Violet.

—Nunca, nunca, nunca quiero dejarte, papá.

—Hija, mi deliciosa hija —farfulló—. Te llenaré de mí, vas a ser mía por completo.

—Oh, sí, mi amor, sí. —Eché la cabeza hacia atrás y gemí alto.

—Te amo, Violet.

—Te amo, Adrien.

Adrien hundió su cabeza entre mis pechos y arremetió de forma intensa. Luego de unos segundos volvió a moverse, causando que mi visión se tornara borrosa. Lo que estaba sintiendo no era normal, era tan placentero que me volvería loca.

—¿Es normal esto, Adrien? —pregunté y él alzó el rostro para mirarme—. Siento tan delicioso, no quiero parar.

—No lo es. Nunca me sentí así, nunca he querido estar enterrado para siempre en alguien —contestó y volvió a arremeter.

Los dos gritamos de placer y nos fundimos en un beso en donde nuestras lenguas fueron protagonistas. Al final fue tan gracioso que nos reímos, pero no dejamos de movernos. Cada embestida era más exquisita que la anterior, me sentía al límite de todo.

Cuando por fin exploté, mi alma pareció salirse de mi cuerpo. La paz que experimenté fue sublime y no impedí que Adrien se corriera dentro de mí. Ambos sabíamos lo peligroso que eso era, pero no nos importaba.

—¿Estás bien, mi cielo? —me preguntó él y yo asentí—. ¿No te arrepientes?

—¿Cómo me podría arrepentir? Esto fue exquisito —dije jadeando.

Él salió de mí con cuidado y se alejó para abrirme las piernas. Un pequeño y hermoso gemido salió de sus labios al verme expulsar su semen.

—Esta es la mejor imagen del mundo —expresó—. Voltéate, quiero ver cómo sigues chorreando.

Hice lo que me ordenó y me puse en cuatro. Que Adrien se recreara viéndome me parecía lo más excitante de todo.

—¿Te la puedo meter de nuevo? —preguntó de forma brusca, después de unos minutos.

—Sí, papi —respondí con un tono inocente.

Adrien me tomó por las caderas y volvió a deslizarse dentro de mí.

—Me encanta que me digas así, que sepas bien quién es tu padre y tu hombre. Lo soy todo, Violet, tu completo dueño.

—S-Sí.

Cada vez que entraba y salía podía escuchar los fluidos que aún seguía expulsando. El ruido podía ser repugnante, podía darme vergüenza, pero lo único que me hacía sentir era una excitación sin igual. Este deseo era más fuerte que los dos y me quedó claro que era más que correspondida, que nunca podría haber otro hombre que me deseara más que él.

—Violet, Violet, me estoy volviendo adicto a ti —declaró cuando se recostó sobre mi espalda para seguirme haciendo el amor. Esta posición me parecía muy extraña, aunque demasiado excitante—. No, ya lo soy, tampoco quiero parar.

—Adrien, no, no paremos, esto me vuelve loca.

Adrien deslizó su mano por mi brazo hasta que llegó a mi mano para entrelazar sus dedos con los míos. El beso que me dio en la mejilla me hizo sonreír como idiota.

—Te llenaré de nuevo, mi amor —prometió—. Todavía tengo más para ti.

Adrien se enderezó y salió de mí. Al volver a poner en cuatro, me penetró otra vez y yo puse los ojos en blanco. Por increíble que pareciera, me iba a correr de nuevo. Todo estaba tan mojado, era tan morboso y tan sucio que ya no podía más. El dolor no había pasado del todo, pero Adrien era tan experto y lo deseaba tanto que eso no era ningún impedimento para disfrutar como nada en mi vida.

Los dos gritamos cuando llegó el siguiente clímax. Todo a mi alrededor empezó a girar y no me contuve de decirle que quería que se corriera en mí, que no me importaba nada más. Él tampoco se contuvo, no hubo tiempo a eso, y eyaculó dentro de mí, marcando mi cuerpo como suyo, demostrando con hechos que era mi dueño en todos los sentidos.

—Mía, Violet —dijo satisfecho y sin salir aún de mí—. Papá acaba de hacerte el amor.

22.

♠Adrien♠

Violet sonrió al recibir el bocado que le ofrecí. Siempre me había considerado un buen cocinero, pero ella me tenía a la expectativa.

—Está delicioso —expresó contenta y se acercó para besarme en los labios—. Tú cocinas delicioso

—Tú eres más deliciosa —respondí mientras acariciaba sus piernas desnudas.

Verla con mi camisa puesta era una fantasía que no sabía que tenía hasta que la vi en ella. Las mujeres tenían cierto encanto después de hacer el amor, pero Violet era algo sobrenatural y no podía dejar de admirarla. No era solo su belleza física lo que me tenía prendado, sino el brillo en sus ojos, su forma de sonreír y de hacerme sentir que el mundo exterior no existía.

¿Qué me estaba haciendo esta jovencita?

—Adrien, estoy muy feliz. —Suspiró, y luego apoyó la cabeza contra mi pecho—. Fue mágico.

—Eso se queda corto —murmuré—. ¿Estás mejor del dolor?

—Sí, Adrien, estoy mejor —asintió, lo que alivió parte de mi preocupación—. Ya casi no lo noto.

—Me alegra, mi amor.

Violet de pronto se levantó y tomó su copa de vino. Verla sonreír como una pequeña traviesa mientras bebía me causaba mucha gracia y esa ternura de ver a una hija. Mis sentimientos hacia ella eran todavía confusos y por momentos no podía separar a mi hija de la mujer. Era enfermo pensarlo, pero comenzaba a creer que la amaba de las dos maneras, que no quería perder nada de lo que éramos.

—Te vas a embriagar, preciosa —le dije mientras se la quitaba—. Ya es la tercera que te tomas.

—Déjame beber, papi —protestó e hizo un puchero—. Estoy contenta.

—La señorita Thompson se dará cuenta.

—Ay, demonios —masculló y asintió—. Me olvidé. Está bien, ya no tomaré, pero déjame besarte.

—Todo lo que quieras.

Los dos sonreímos cuando nuestros labios se encontraron. A pesar de que ambos acordamos no volver a hacer el amor para no lastimarla, terminamos desnudos sobre el sofá.

—Haremos esto con mucho cuidado —susurré mientras la penetraba.

La vagina de Violet era tan estrecha que me costaba mantener la cordura. Además de eso, nadie lubricada tanto como ella.

—Adrien —gimió al sentir mi boca cubriendo su suave pezón. Su aroma estaba más concentrado entre sus pechos, y a causa de eso me costaba mucho separarme de este. Además, sus pezones eran mi deleite, no podía cansarme de succionarlos.

Su cuerpo vibraba bajo el mío y desprendía una calidez imposible de igualar. Violet era para mí por completo. Su piel, su olor, sus ojos, su deliciosa boca y todo lo demás me invitaban a perderme, a aferrarme con fuerza desmedida a ella.

—Mi amor, ¿papá no te lastima? —inquirí y ella negó con la cabeza.

—Papi me hace feliz, muy feliz —gimió.

Los dos seguimos con aquel vaivén delicioso y lento. No había prisa, solo importábamos los dos.

Hacerle el amor en la sala era una completa locura, sin embargo, eso lo hacía más excitante. Sentía una necesidad enorme de hacerla mía por cada rincón de la casa, por enseñarle un sinfín de posibilidades en nuestra intimidad.

La respiración de Violet comenzó a tornarse agitada y yo seguí moviéndome a ese ritmo que necesitaba. Ella entre gemidos me pedía que no parara, que le encantaba, y no tenía ni idea de que «encantar» era una palabra que se quedaba corta ante lo que yo sentía. Esto no era solo sexo, era algo mucho más fuerte. Era oscuro, morboso, sucio, pero al final era amor.

Un amor tan fuerte que era capaz de aferrarme a él con uñas y dientes. Nadie me arrebataría a Violet, nadie la alejaría de mí. No me importaba llegar hasta las últimas consecuencias por defender esto.

Finalmente, Violet tuvo un fuerte orgasmo que la hizo chillar de manera ruidosa. El verla retorcerse bajo mi cuerpo fue el detonante que necesité para por fin eyacular. Estábamos cometiendo una imprudencia estrafalaria al no usar preservativos, pero con ella no me podía controlar y, de cierto modo, me excitaba la idea de sembrar mi semilla en ella. No quería tener hijos, no más, pero uno suyo y mío...

—Creo que me vendrá el periodo pronto, acaba de darme un cólico —dijo Violet riéndose y yo la observé enternecido, aunque aquella turbia ilusión no se esfumó de mi mente.

—Te cuidaré mucho entonces.

—Debería ponerme un anticonceptivo —murmuró—. No podemos...

—Pero...

—Lo quiero hacer. Me ha gustado estar contigo así.

—A mí mucho más —contesté—. Bueno, ya veremos.

—Eso haré —sonrió.

El sonido de mi celular interrumpió el momento y los dos nos miramos con nerviosismo, más cuando comprobamos que era Bianca la que estaba llamando.

—Iré a vestirme, Adrien, creo que es hora de volver a casa —dijo ella y yo torcí los labios.

Quería disfrutarla más. ¿Por qué tenía que acabar todo de esa forma?

—Está bien, pero ve con cuidado —le pedí y ella asintió. Menos mal que nos habíamos traído la ropa con nosotros y solo tenía que ir al baño para vestirse.

—*Mi amor, hola* —me saludó Bianca cuando le contesté la llamada—. *¿Estás bien?*

—Sí, lo estoy, ¿tú estás bien? —pregunté mientras me vestía.

—*Bueno, es que no me has llamado.*

—Lo siento, yo...

—*No te preocupes, mi amor.* —Se rio—. *Sé que no te gusta eso, pero te llamaba para saber si todo estaba bien. Es que...*

—¿Qué pasa, cariño? —pregunté, sintiéndome extraño de llamarla así, pero si no lo hacía iba a sospechar.

—*Bueno, yo no planeaba llamarte, es solo que me preocupó que la nana de Violet me llamara. ¿Ustedes están peleados?*

—No, no estamos peleados —contesté con la máxima tranquilidad posible por fuera, pero por dentro me ardía la sangre.

¿Cómo se atrevía esa mujer a llamar a Bianca? ¿Qué demonios le sucedía? Terminar con mi prometida era un paso que debía dar con total discreción, no de esta forma. No podía permitir que Violet quedara en evidencia.

—*¿Están en tu casa ahora?*

—Sí, vinimos a pasar el día, antes fuimos de compras —contesté—. La señorita Thompson se preocupa de más. Le molestó que Violet entrara a mi habitación a preguntarme si quería algo para ver una película.

—*Ay, por Dios* —bufó y luego se echó a reír—. *Entiéndela un poco, está chapada a la antigua.*

—Sí, la comprendo, pero no debería molestarte —gruñí—. En fin, ¿cómo va todo por allá?

Bianca pareció olvidarse de aquel tema y comenzó a hablarme sobre mi suegro, que ya tenía programada la cirugía para el día siguiente. Le pedí que le enviara mis mejores deseos y que me contactara por cualquier cosa.

Una vez que terminé la llamada, fui en busca de Violet, que estaba en la cocina, sonriendo con tristeza y recargada en la isla.

—¿Qué te pasa, Violet? —inquirí mientras le apartaba un mechón de cabello y se lo acomodaba detrás de la oreja.

—Esta situación con todos es... Dios mío, ¿vamos a ser capaces de soportarlo?

—Sí, claro que lo haremos. Voy a terminar con Bianca, es lo...

—No, no puedes hacer algo así —negó con la cabeza—. Su padre...

—No ahora. Voy a esperar a que pase todo, a que regrese, y entonces...

—No, no, no puedes lastimarla así, yo tampoco a Mario, no.

—¿Entonces qué? —pregunté enfadado—. ¿Quieres que esto siga? ¿Que me case con Bianca mientras a ti te hago el amor a escondidas?

—Adrien, yo...

—No, no hay discusión. Debemos...

—Piénsalo por un momento, jamás podríamos ser una pareja libre. Jamás podrás besarme en la calle, no podremos tener hijos, porque yo sí quiero tenerlos.

—Encontraremos la manera de solucionar todo eso, pero no te rindas, no nos rindamos —supliqué.

Violet apretó los labios y bajó la mirada, aunque de inmediato la alzó y asintió.

—Sí, Adrien, lo siento, pero a veces me pongo nerviosa —confesó—. Esto no me gusta nada, me refiero a la situación con Bianca y Mario, no se merecen esto.

—No, no se lo merecen, y es por eso que haremos todo como corresponde. No tengas miedo, Violet.

Ella sonrió y se abrazó a mí, por lo cual la rodeé con los brazos. Todavía no tenía en mente la manera en que se resolverían las cosas, pero si de algo estaba seguro era de que quería esto con Violet.

—Está bien —suspiró—. Nos haremos cargo de esto.

23.

♠Violet♠

Me costó demasiado trabajo, pero logré convencer a Adrien de que no le reprochara nada a la señorita Thompson, argumentando que esta tenía el derecho de preocuparse por mí, puesto que me había criado desde que era una niña. En el fondo, por supuesto que me molestaba que ella hubiese llamado a Bianca para ponerla en alerta sobre nosotros, sin embargo, podía ponerme en su lugar. No era demasiado normal que pasáramos de tener conflictos a querer pasar todo un día a solas.

Fue así que comenzó nuestra operación de aplacar nuestros instintos sexuales y guardarlos para cuando estuviésemos seguros de que estábamos a solas por completo, cosa que nos estaba costando demasiado últimamente, pues estábamos a la vista de todo el mundo. La cirugía del señor Ferreti, mi suegro y también el de Adrien, había sido un éxito, por tanto, Bianca ya barajaba la posibilidad de que Adrien la alcanzara y que pudieran pasar unos cuantos días en Roma.

Yo cada día me sentía más enamorada de él y mi corazón dolía ante la idea; no obstante, era consciente de que no podría cumplir con mi palabra y tenía que dejar que esa relación siguiera. Adrien y yo no podíamos tener una vida juntos o resolver los problemas que nuestra relación causaría. Por suerte no hubo consecuencias de aquel descuido, puesto que mi periodo llegó dos días después y ese mismo día corrí donde mi ginecóloga para colocarme el anticonceptivo. Quedar embarazada era lo último que me podía permitir. Quería tener hijos, pero tenerlos con Adrien solo los condenaría a una vida de señalamientos y a mí a la horrible tarea de explicárselos.

¿Cómo se le explicaba a un niño que su padre era su propio abuelo? La idea era hilarante, pero muy perturbadora.

En el tema laboral era el único en donde me estaba desempeñando sin alteración alguna, de hecho, cada vez iba mejor. Había logrado aprenderme la mayoría de los códigos y aplicarlos. Adrien sonreía cada vez que lo hacía y me miraba con orgullo, lo que alegraba mi corazón. No solo era importante para mí como hombre, también me gustaba tener su aprobación como padre.

—Bueno, ya lo tenemos, por fin Histcult está con nosotros —me anunció Adrien cuando me enseñó el contrato firmado y una amplia sonrisa se dibujó en mis labios.

Habíamos pasado días en negociaciones que no llegaban a un buen puerto, pero finalmente Adrien hizo caso de mis consejos y cedió un poco, lo cual hizo que los directivos de aquel canal se abrieran más al diálogo y también cedieran. Todo terminó en esta hermosa noticia para mí.

Pese al riesgo que implicaba, me incliné para darle un beso. Mi intención era hacerlo en la mejilla, pero él volteó el rostro y me besó en los labios. Volteé un poco hacia la puerta y me volví de nuevo hacia él para besarlo de vuelta. Su manera de besarme era deliciosa y cargada de sentimientos y tensión sexual. No habíamos vuelto a tener relaciones desde aquella primera vez, pero ambos lo deseábamos.

—Ya no puedo más, Violet, vamos a casa hoy —dijo con la respiración entrecortada.

—Mmm... ¿No es riesgoso?

—No me importa, aunque da igual, me aseguraré de que todo sea seguro. O también podemos quedarnos aquí a la hora del almuerzo.

—¿Aquí? —Abrí mucho los ojos y él asintió.

—Tengo ganas de cogerte en mi silla.

Adrien estuvo a punto de atraerme hacia él para que me sentara en su regazo, pero en ese momento entró Vivian con el café matutino. Yo fingí no estar asustada, pero de todos modos ella me dedicó una sonrisa cargada de diversión. No importaba cuánto se lo negara o no habláramos del tema, ella lo sabía.

—Gracias por el café, Vivian —dijo Adrien con actitud relajada.

—No es nada, señor Leblanc.

—El mío está en el escritorio, ¿verdad? —pregunté con una sonrisa.

—Por supuesto.

Vivian nos volvió a sonreír y se marchó con su andar coqueto. Si no supiera sobre sus preferencias, realmente me sentiría celosa, pero ni ella quería seducir a Adrien ni tampoco este la miraba más que para lo estrictamente necesario. Ni siquiera noté algo cuando todavía no se daba algo entre nosotros, por lo que intuía que Adrien no era un hombre que soliera jugar con jóvenes de mi edad, que abundaban en demasía en esta empresa.

—Sospecha —murmuró Adrien con una leve sonrisa.

—¿Por qué me da la impresión de que te causa gracia? —gruñí.

—Porque me la causa —admitió—. No lo podrá comprobar, desde luego, pero me gusta pensar que alguien en el fondo lo sabe.

—Estás mal de la cabeza, con todo respeto —masculllé y me aparté de él antes de que pudiera atraparme—. Esto no es bueno.

—Vivian es una persona discreta, no irá a contarlo a la prensa.

—¿Discreta? —resoplé—. Me agrada mucho, pero...

—Lo es, aunque te dé la impresión contraria. Si no lo fuera, Elizabeth o cualquier persona de nuestro entorno sospecharía o diría algo.

Me quedé callada y fruncí el ceño. Pensándolo de esa manera, Adrien tenía razón. Estaba siendo bastante prejuiciosa con Vivian, quien solo me había mostrado apoyo.

—Sí, tienes razón —asentí.

Adrien sonrió y se levantó de su asiento para venir hacia mí. Me tomó por la cintura y depositó un suave y sensual beso en mis labios.

—No te agobies, mi amor —me pidió. Aquel tono amoroso me desarmaba y él lo sabía bien—. De igual manera, ella tiene la obligación de permanecer callada, está en su contrato. No puede revelar cosas personales sobre mí. La demanda que interpondría sería escandalosa.

—Dios, eso es...

—Lo siento, siempre he sido celoso con mi vida privada. La prensa cree que lo sabe todo, pero solo sabe lo que yo le permito que sepa.

—¿Me estás queriendo decir que tal vez tengas negocios turbios por ahí y no lo saben? —bromeé y él soltó una pequeña risa.

—No, pero sería interesante, ¿no lo crees?

—No, no quiero a un criminal enamorado de mí —gruñí, pero de inmediato me di cuenta de lo que había dicho y me sonrojé—. Eh... Yo...

—No soy un criminal, pero estoy enamorado de ti —dijo con voz ronca—. ¿Acaso lo dudas?

—Pensé que...

—Señor Leblanc —llamó Elizabeth desde la puerta y ambos tuvimos que separarnos.

Me despedí de él y traté de mantenerme tranquila hasta la hora del almuerzo. Antes de ir a buscar a Adrien fui al baño y Vivian me alcanzó.

—Oye, lo siento por cómo actué en la oficina —se disculpó—. Siento que estás molesta conmigo.

—No, no lo estoy, es solo que...

—Violet, es que sí sé nota, sobre todo se le nota a él —susurró—. Está perdido por ti.

—¿Lo crees? —pregunté mientras me daba cuenta de la cantidad de mariposas que revoloteaban en mi estómago. Ya no lo podía negar más frente a ella.

—Acabas de admitirlo. —Sonrió—. No te juzgaré, el señor Leblanc es la belleza masculina andante.

—Pero tú eres...

—Sí, sí, seré lesbiana, pero no voy a negar la realidad: está bueno. Además de eso, es inteligente, maduro y elegante. Sabe lo que quiere y cómo lo quiere.

—Sí, sí, lo es —asentí—. Pero es mi padre.

—Adoptivo —carraspeó.

—La ley nos une, esto no...

—Ya te lo comiste, no hay vuelta de hoja. —Se rio.

—¿Qué dices? Estás...

—Oh, no, no, amiga, a las parejas se les nota cuando ya se comieron —me interrumpió—. Ahora cuéntame, ¿qué tal es?

—Me corrí cuando entró —solté avergonzada y ella dio saltitos—. Mierda, me dolía, pero...

—Dios mío, lo sabía, te tenía a punto caramelo. Qué delicia.

—Vivian, ¿de verdad no te asquea? —cuestioné sorprendida.

—Claro que sí, y eso es lo más delicioso —dijo con descaro y se volvió hacia el espejo para seguirse pintando los labios—. Qué morbo, ya me dio calor.

—No puedo contigo —negué con la cabeza y sonreí.

—Amiga, no te voy a juzgar, por el amor de Dios. Yo me tiré a una prima una vez, una prima de sangre.

—¿Qué?

—No nos dimos cuenta hasta después, pero lo dejamos estar un poco más. Luego de eso, no nos volvimos a ver de esa forma, ella decidió ser hetero. —Se encogió de hombros—. Y bueno, no podíamos por ser familia, pero no me arrepiento, no es el fin del mundo.

—Vivian, no sé si me has hecho sentir mejor o espantada, pero gracias.

Ella me volteó a ver y me sonrió. En ese momento me quedó claro que nos habíamos vuelto muy cercanas, que su cariño era genuino. La gente doble cara se notaba enseguida y ella, aunque tenía actitudes y opiniones un poco cuestionables, era sincera, no tenía la necesidad de ser una hipócrita.

—Ya sabrás en qué momento parar, pero por lo pronto vívelo al máximo, sé una cerda —contestó—. Tienes mucho tiempo por delante para enderezar tu camino, incluso si no lo tienes, no te morirás pensando en qué hubiese pasado. Te llegará el arrepentimiento, claro está, pero no la duda.

La duda te corroe de una forma insoportable, es peor que el arrepentimiento.

Después de aquella conversación tan inmoral con Vivian, extrañamente me sentí mucho mejor y más animada para continuar averiguando qué era lo que pasaría. Si bien era cierto que lo correcto era detenerme, no quería quedarme con la duda, no quería vivir toda una vida preguntándome qué habría pasado.

La hora del almuerzo llegó como siempre, y Vivian, intuyendo que quería estar a solas con Adrien, se llevó a Elizabeth con una rapidez inusual.

Adrien me abrió su oficina cuando se aseguró de que no había nadie y un cosquilleo exquisito me recorrió el cuerpo mientras caminaba hacia allá.

—Por fin solos, mi amor —dijo antes de intentar besarme, pero fuimos interrumpidos por el sonido de mi celular—. Apágalo —me ordenó y yo asentí. Sin embargo, solté un jadeo al ver que había un mensaje de Mario diciendo que estaba abajo.

—Mario está aquí, me quiere invitar a almorzar.

—Lo sé —respondió Adrien sin soltarme y con una sonrisa burlona.

—Entonces no...

—Iremos a almorzar con él, pero tiene que esperar.

—No, Adrien...

Él tomó mi celular y lo puso en vibrador antes de lanzarlo al sofá.

—Te haré el amor ahora mismo —murmuró entre besos.

—Pero...

—Calla.

Adrien cerró la puerta y me tomó entre sus brazos para llevarme al escritorio. Mi corazón latía a toda prisa a causa de la adrenalina y el miedo a que nos descubrieran, no obstante, dejé que pasara, que Adrien me despojara de mi pantalón, me abriera de piernas y metiera su cabeza en medio.

—Oh, papi, eres tan perverso —gemí al sentir su lengua recorrer mi húmedo sexo—. ¿Te pone celoso tu yerno?

—No le digas así —farfulló—. Tu hombre soy yo.

Para demostrar su punto, sus succiones se volvieron más rápidas, pero me soltó antes de que pudiera rozar el orgasmo.

—Papá no te puede dar permisos, debes atenderme primero.

Los dos nos observamos ansiosos y fuimos a su silla, en donde él se sentó. Mi cabeza pensó por un segundo que esto era una locura, pero no pude ignorar mi deseo y me senté a horcajadas sobre él para que me penetrara. Cuando lo hice me sentí más cerca de correrme.

—Violet —jadeó mientras me deslizaba hacia abajo—. No te pienso perder nunca.

—Me encanta tenerte así, dentro de mí —susurré contra sus labios—. Mi amor, me vuelves loca.

—No más de lo que tú a mí.

Adrien me sujetó por los muslos y comenzamos a movernos de manera lenta y rítmica. El sonido de mis fluidos y de nuestros gemidos era una combinación sucia, tal vez desagradable y enferma, pero que me ocasionaba un placer sin igual.

En el fondo de mi mente seguía estando presente Mario, que seguramente me esperaba ansioso, y eso me excitaba aún más. Me enloquecía que Adrien estuviese tan celoso, que me penetrara como un loco, que deseara llenarme de él para que no tuviera ganas de ni siquiera un beso con mi novio. Los dos éramos un par de asquerosos enfermos, y eso, tal y como había dicho Vivian, era lo más delicioso.

—No te dejaré, no me voy a separar de ti —masculló.

—No lo hagas, no lo hagas —jadeé—. Adrien, me voy a...

—Hagámoslo —ordenó y seguimos moviéndonos.

Volvimos a besarnos y él ingresó su lengua en mi boca, lo que volvió este beso mucho más demandante y asfixiante. Sus manos subieron hacia mi cintura y la apretó con una sensual fuerza. Me sentía suya, se creía mi hombre y, aunque en verdad no lo era, en ese momento me permití pensarlo, me permití creerme esta absurda ilusión de estar juntos para siempre.

Lo amaba de verdad, lo amaba tanto que me dolía y lo deseaba tanto que nunca sentía que fuera suficiente.

Ambos gritamos cuando el clímax llegó. Él enterró el rostro entre mis pechos casi descubiertos y los besó, aunque de inmediato alzó la vista y nos sonreímos.

Podía arrepentirme alguna vez de este insano amor, pero sacarme la duda era más que satisfactorio.

—Adrien, te amo —declaré, olvidando por un momento mi culpa.

—Te amo, Violet —contestó sin dudarlo—. Ahora vamos a ese almuerzo.

—Pero...

—Nunca más vas a volver a salir a solas con él —dijo con un tono que me causó un escalofrío—. Nunca dejaré que me seas infiel.

24.

♠Adrien♠

Mario al parecer no se esperaba que los acompañara a almorzar, dado que frunció el ceño al vernos llegar juntos.

—Hola, *mia cara* —saludó él con entusiasmo antes de intentar besarla, pero lo hizo en la mejilla al sentir mi mirada sobre él—. Te extrañé mucho.

—Y yo —respondió ella con tanta naturalidad que rodé los ojos sin que Mario se diera cuenta.

Los dos se abrazaron de manera entusiasta y tuve que carraspear.

—Estamos en la empresa —dije molesto y aparté con disimulo a Violet.

—¿Y eso qué? ¿Están prohibidos los abrazos? —se burló Mario.

—No, pero no le gusta que nos quedemos aquí parados —intervino Violet—. Tiene hambre, y cuando tiene hambre se pone mal.

—Ya veo —murmuró Mario, quien disimulaba una sonrisa—. Bueno, nos vamos en mi...

—En mi auto —lo interrumpí—. Vamos. Violet va adelante.

Mario y Violet se miraron entre ellos, y ella se encogió de hombros. No sabía si agradecer u odiar el hecho de que ella supiera disimular tan bien lo que ocurría entre los dos, pero si de algo estaba seguro era de que no lo soportaría demasiado tiempo, que no permitiría que ella llegara a más con Mario.

Esa relación se acabaría más temprano que tarde.

Mario no protestó y tomó de la mano a Violet mientras caminábamos hacia la salida. Ella me advirtió con la mirada que no hiciera nada, así que lo dejé estar, pero en el momento en que me trajeron el auto, le abrí la puerta y le ordené que entrara. Mario, al no querer problemas, se metió en la parte de atrás.

—¿Y a dónde iremos a comer esta vez? —preguntó Violet al tratar de ponerse el cinturón.

—Yo lo hago, cariño —le dije mientras se lo quitaba. Violet frunció el ceño cuando me incliné para besarle la frente y ponerle el cinturón.

—Veo que ya se llevan muy bien —comentó Mario.

«Deberías vernos en la cama y hace poco en mi oficina», pensé con satisfacción.

—Eh... Sí, creo que ya resolvimos todas nuestras diferencias —dijo Violet, nerviosa.

—Eso está muy bien —contestó él, intentando tocarle el hombro.

—Cinturón —le dije y él se echó a reír al tiempo en que se echaba hacia atrás.

—Como mande mi suegro.

—Eso está por verse —masculle. «Olvídate de eso, infeliz. A mi hija no la tocas».

Encendí el auto y traté de ser muy consciente de que Mario iba a atrás para no tocarle la pierna a Violet, que estaba tan tensa como yo. En el fondo deseaba que ella me mirara y que me concediera el permiso de mandar al diablo a Mario. Tal vez no le diría sobre lo nuestro para no exponerla, pero sí dejarle en claro que no estaba de acuerdo con la relación, que quería que ella fuera soltera para que solo pudiera concentrarse en el «trabajo».

—Deberías venir atrás, Violet, me siento algo raro aquí solo —murmuró Mario de camino al restaurante.

—Yo no soy chófer —respondí.

—Adrien, ¿estás enojado? —inquirió él—. El que debería estar molesto soy yo, quería salir con Violet. No te ofendas, pero antes que tu yerno he sido tu cuñado y te tengo confianza para decírtelo.

—Mario, basta —me defendió Violet y no pude disimular mi sonrisa—. ¿Qué hay de malo en que Adrien nos acompañe? Es un almuerzo, tú y yo podemos salir después.

—Llevamos días sin vernos —protestó él, pero luego suspiró—. Lo siento, Adrien, no me estoy comportando de la mejor manera.

—No hay problema —contesté.

Por el retrovisor pude ver que Mario frunció el ceño ante mi respuesta.

Seguramente pensaba en que yo debí haberme ofendido y a acceder a dejarlos solos.

Pobre iluso.

Violet trató de animar la conversación, aunque no lo hizo conmigo, sino con Mario. Yo no hice intento alguno de incorporarme a aquella banal conversación. No estaba de humor para hacerlo, aunque sí carraspeaba en momentos en que Mario quería ser cariñoso con Violet.

—¿Podrías disimular un poco? —me reprendió Violet en voz baja cuando Mario se bajó del auto, luego de que me estacioné—. Se va a dar cuenta.

—¿Y tú puedes dejar de comportarte como su maldita novia? —repliqué, pensando en echar en reversa y dejar votado a ese imbécil.

—Te recuerdo que lo sigo siendo.

—No por mucho, y no te vas a acostar con él.

Violet no me respondió nada y salió del auto en cuanto Mario le abrió. Maldije para mis adentros por no haber bloqueado la puerta a tiempo.

Estar en el restaurante fue para peor. Los dos se sentaron el uno al lado del otro y se sonreían con naturalidad. Por suerte no intentaron besarse; Mario había entendido que no podían hacer esa clase de cosas frente a mí. Aun así, me estaba muriendo de celos, pero no de esos superficiales, sino de aquellos que hacían que el cuerpo entero te ardiera. Ante la sociedad, mi nombre siempre iría ligado al suyo, pero solo sería el padre de Violet y no su hombre. Pero no me importaba, me bastaba tan solo con tenerla para mí en la intimidad, con saber que nadie más iba a tocarla.

Violet en algún momento se dio cuenta de mi desesperación y, con un gesto muy casual, picoteó algo de mi plato y se lo llevó a la boca.

—Lo siento, papá, esas papas horneadas me estaban guiñando un ojo.

—Debiste pedir las tuyas, *mia cara* —dijo Mario sonriendo. Lucía como un verdadero idiota al mirarla, aunque no creía que luciera peor que yo.

Violet era absolutamente hermosa. Su cabello, su rostro, su cintura, sus muslos y esas largas piernas que terminaban en unos perfectos pies, todo eso me volvía loco. Aquello se complementaba con su delicioso aroma, ese que sobrepasaba cualquier perfume que se pusiera, ya que ella tendía a cambiarlo cada dos días.

—Ella puede tomarlo todo, no me molesta —contesté contento.

De pronto la vi sonreír antes de sentir su pie desnudo acariciando mi pierna. No estaba en contacto directo con su piel, sin embargo, me endurecí más.

—Estuvo muy divertido, pero creo que ahora Violet y yo podríamos ir al cine —comentó Mario cuando pedimos la cuenta, la cual yo pagaría, aunque él se opusiera.

—No me siento con muchos ánimos hoy, Mario —dijo Violet—. Estoy un poco cansada.

—¿Te pasa algo? —inquirió él con preocupación.

—No, es solo que el trabajo de hoy fue un poco más pesado de lo habitual.

—Adrien, deberías tenerle un poco más de consideración —me aconsejó Mario—. Es tu hija

—El hecho de que sea mi hija es la razón por la que soy exigente con ella —contesté. Violet bajó la mirada con disimulo y sonrió—. Ella será dueña de Lebs algún día, incluso tal vez antes de que me llegue la edad de retirarme.

Mario frunció el ceño y Violet abrió la boca de par en par. Por un breve instante me imaginé levantándome para penetrarla allí y correrme en su garganta, pero esas fantasías fueron interrumpidas por el mesero, que traía la cuenta.

—Gracias —dije mientras sacaba la tarjeta.

—No, Adrien, yo voy a pagar —dijo Mario.

—No, permíteme invitarlos —respondí mientras utilizaba la terminal.

Violet puso una mano encima de la de él para calmarlo, ya que se notaba que no estaba satisfecho con la situación. Y lo confirmé cuando él sonrió y entrelazó sus dedos con los de ella.

—Violet, ¿qué hora es? —pregunté.

Ella soltó a Mario para revisar su celular y darme la hora. Su «novio» me miró fijamente y entrecerró los ojos de forma sutil. Le había arruinado el almuerzo.

—Violet, sé que estás cansada, pero podríamos ver la película en mi departamento o en tu casa.

—Mario, de verdad solo quiero dormir —dijo ella—. ¿Mañana puede ser?

Mario dejó de mirarme para dedicarle su atención a ella. Asintió y se apresuró a darle un beso en los labios, lo que estuvo a punto de desatar mi locura. ¿Por qué no pagué para que envenenaran su postre? ¿Por qué no contraté a alguien que lo secuestrara para que nunca llegara?

—Sí, *mia cara*. Mañana paso por ti después del trabajo. Adrien, a esto no vamos a invitarte.

—Mario, no seas grosero —masculló Violet, cuyo color del rostro estaba por asemejarse al de los pimientos.

—No te preocupes. —Sonreí. «Ya algo se me ocurrirá».

Los tres nos fuimos por fin del restaurante y me interpuse de manera disimulada entre los dos. Me sentía como un completo estúpido en medio de dos jovencitos, pero era tan solo una de las cosas que haría por Violet.

—Creo que iré en taxi —dijo Mario cuando llegamos al auto—. Necesito pasar a comprar algunas cosas.

«Qué sea una amante», recé por dentro.

—Podemos llevarte —respondió Violet con vergüenza.

—Lo entiendo, Mario. Nos vemos luego —me despedí mientras le abría la puerta a Violet.

—Nos vemos, Adrien —murmuró Mario.

Violet subió al auto, luego de despedirse de él. Yo me sentía satisfecho, pese a saber que ella estaría furiosa.

—¡¿Qué carajo fue eso, Adrien?! —me gritó cuando salimos del establecimiento.

—¿Qué? Él decidió...

—No solo eso, tu actitud durante todo el almuerzo fue sospechosa.

—Bueno, solo te estoy facilitando el camino, amor.

—Adrien, por favor, deja de comportarte con tanta obviedad. Ahora harás que Mario sospeche algo raro. No quiero, no quiero que esto se sepa, no podemos lastimarlo así.

—Entonces termina con él de una maldita vez.

—Sí, tal vez sea lo mejor, pero dame tiempo.

—Tiempo —murmuré con amargura—. Yo no quiero esperar, Violet.

Antes de que pudiera apartarse un poco, la tomé de la pierna. Mi habilidad para conducir con una sola mano nunca había sido tan útil como en este momento.

—Suéltame, Adrien —jadeó—. Por favor.

—No, no quiero —contesté—. Violet, solo quiero que seas mía.

—Lo soy —dijo agitada.

Ninguno de los dos volvió a decir nada hasta que nos encontramos en el estacionamiento del edificio, el cual era subterráneo y propicio para lo que quería hacer.

—Necesito tocarte antes de llegar a casa.

—¿Aquí? —jadeó Violet mientras se comenzaba a desabrochar el pantalón al igual que yo—. Estás loco.

—Sabes que quieres.

—No, no quiero, papá —replicó mientras se quitaba los pantalones junto con la ropa interior.

Una vez que eché el asiento hacia atrás y ella se sentó a horcajadas sobre mí, nos perdimos en un beso demandante y húmedo. Mi boca solo quería devorarla hasta la saciedad.

—Estás demasiado mojada, hija —gruñí cuando fui deslizándome en su interior.

—Es tu culpa —respondió—. Hace un rato te has corrido dentro de mí.

—Y lo volveré a hacer.

—Qué delicia, papi —respondió mientras nos movíamos.

Aquella palabra era el complemento perfecto para encenderme. Me encantaba ser su padre y el único hombre que la poseyera.

Violet protestó, pero no pudo evitar que le quitara el blazer y la camisa para perderme en sus pechos.

Nuestros cuerpos se movían de forma frenética y precisa, lo que aumentó la humedad de nuestros sexos y nos bañó en sudor. No podíamos parar de gemir, de olernos y besarnos.

—Violet, te amo, no voy a tolerar que sigas...

—Yo tampoco quiero que nadie te toque —gimoteó—. Eres mi papi, mío, mi hombre.

—Y tú eres mía, mi hija, mi mujer.

—Sí, sí, Adrien, tuya —asintió antes de sujetar sus dos pechos.

Detuve mis embestidas y me dediqué a lamer y succionar ambos pezones. Violet gimió y puso los ojos en blanco. Su boca abierta dejó escapar un poco de saliva, lo que hizo que casi me corriera.

—No pares, no pares —me rogó—. Adrien, oh, por favor, Adrien, me voy a correr sin que te muevas.

—Hazlo, mi amor —la insté.

—N-No, quiero mover... Oh... Sigue, sigue.

Seguí lamiendo aquellos exquisitos pechos. Eran suaves, carnosos, con una aureola mediana alrededor. Había visto muchos pechos, pero ninguno como los de ella. Nadie era como mi Violet.

Mi hija gimió y se movió un poco, lo cual interpreté como que su orgasmo estaba cerca. Ella se sostuvo otra vez los pechos y yo aferré mis manos a sus caderas para moverme como ella lo necesitaba. Podía sentir palpitaciones, apretones y más calidez, señales de que estaba al límite.

Lo sorprendente fue que no duró demasiado. Violet se corrió de forma inesperada y yo no pude evitar irme detrás de ella, abrumado por todo el cóctel de sensaciones maravillosas que me recorría el cuerpo.

No, a ella no podía perderla. Era demencial que pensara en una vida a su lado, pero lo hacía, y me conocía demasiado bien para saber que no se me pasaría, que mis sentimientos no cambiarían.

Solo esperaba que los de ella tampoco lo hicieran.

25.

♠Violet♠

La señorita Thompson nos recibió con alegría al llegar a casa, pero se puso más feliz cuando le dije que habíamos salido con Mario a almorzar. No me pidió detalles, pero le conté lo que había conversado con él acerca de su viaje. Adrien, por su lado, subió a su habitación. Los dos estábamos agitados aún por aquella sesión de sexo en el auto, pero más él debido a su enojo.

No sabía si sentirme emocionada o nerviosa de que sus celos se notaran cada vez más, pero desde luego que sí sabía que ocasionaría problemas si esto seguía así.

¿Cómo haría para hacerlo entender que esta relación nunca podría durar para siempre y que algún día tendríamos que separar nuestros caminos? Iba a dolernos, posiblemente yo me muriera de dolor cuando eso sucediera, sin embargo, lo tenía asumido.

—Me da mucho gusto que Mario haya regresado, es un chico muy lindo. ¿Por qué no lo invitas mañana?

—Es posible que venga mañana a ver una película —contesté.

—De ser así, les prepararé comida.

—Sí, gracias, nana. —Le di un beso en la mejilla y me dirigí con paso rápido hacia las escaleras. Esta vez Adrien no me esperaba en el pasillo, por lo que me metí a mi habitación.

Me deshice de mis prendas y entré a la ducha. Si bien mi nana no había notado ninguna clase de olor raro, tampoco podía arriesgarme a tener el aroma de Adrien en el cuerpo.

Al salir del baño ahogué un grito al ver a Adrien sentado en la orilla de la cama, viéndome fijamente. Él también solo estaba envuelto en una toalla y se encontraba mojado, lo que disparó un calor insoportable en mí.

—Adrien, ¿estás loco? Mi nana...

—Acaba de irse, salió a ver cómo está la vecina del piso dos —respondió.

—De todos modos...

—Será rápido. He cerrado con seguro y dejé puesta una conferencia en mi habitación.

No necesité nada más para lanzarme a sus brazos y quitarme la toalla de encima. Él se retiró la suya y dejó que me sentara a horcajadas sobre él. Estar ambos con los cuerpos húmedos por la ducha me causaba un nuevo nivel de excitación que no habría creído posible.

—Creo que alguien se está volviendo adicto a esto —me burlé mientras me movía y él me mordisqueaba uno de los pezones. Nos había costado un poco la penetración y aún no entraba sin que me doliese, pero no podía parar de disfrutar.

—Creo que no solo yo —replicó con una sonrisa—. Tú también deseas que no pare.

—No, no quiero —contesté—. Pero es tan riesgoso...

—No me importa. Ahora ponte en la cama, quiero verte.

Sonreí de forma perversa mientras lo sacaba de mí. Al darme la vuelta, él se levantó y me abrazó por detrás, causando que se me acelerara más el corazón. De nada había servido la ducha, otra vez mi cuerpo estaba impregnado de él.

Cuando me tuvo en cuatro en la cama, tuve que luchar para no gritar. Adrien entraba y salía de mí con tanto ímpetu que yo no podía ni respirar, solo morder una de mis almohadas.

—Dime lo mucho que te encanta tener a papi adentro —me ordenó. Dejé de morder mi almohada y volteé a verlo, gimiendo fuerte al percatarme de que tenía una pierna subida en la cama y me estaba mirando con una exagerada ferocidad.

—Me encanta, papi, me encanta tenerte adentro, que llegues hasta lo más profundo de mí.

—Me alegra haber vuelto antes de que alguien te arrebatara de mi lado. Eres mía, Violet.

No tuve tiempo de sentir nada negativo ante esas palabras, ya que mi orgasmo borró de mi mente la capacidad de pensar. Solo quería vivir aquellos estallidos que se daban por todo mi cuerpo.

Adrien gruñó y se dejó ir también. No paró de moverse hasta que ambos estuvimos cuerdos de nuevo.

—Debes irte, Adrien —le dije—. Mi nana nunca tarda mucho con la vecina.

Los dos nos levantamos de la cama y nos besamos de manera intensa

—Vístete, mi amor —me pidió—. No quiero que te enfermes.

—No lo haré. Tengo las defensas altas gracias a ti.

Él sonrió y estuvo a punto de besarme de nuevo, pero un sonido en el piso de abajo nos alertó. Adrien me dio un último beso y salió a toda prisa de la habitación. Yo, por mi parte, me vestí antes de que la señorita Thompson tocara a la puerta.

—¿Todo bien, Violet? El pasillo está mojado.

—Mierda —susurré. Me levanté de la silla y fui a abrirle.

—¿Pasó algo? — inquirió.

—Salí un momento, tenía el cabello mojado —contesté.

—¿Hacia la habitación del señor Leblanc? —Arqueó una ceja y señaló el camino de agua.

—Sí, quería preguntarle si quería escucharme tocar en un rato, pero estaba ocupado con una conferencia, no me escuchó cuando le toqué.

—¿Conferencia?

—Supongo que sí, hablaban sobre la bolsa de valores y esas cosas que me aburren.

—Pero debes saberlas, será tu empresa algún día —comentó.

—Sí, y estoy tratando de aprender todo lo que puedo de mi padre.

—Violet, si estuviese pasando algo malo, me lo dirías, ¿cierto? —me preguntó y yo asentí con rapidez, ignorando la punzada en mi pecho.

—Claro, pero ¿qué cosa mala podría estar pasando?

—Nada, cielo, es tan solo prevención.

—Sé clara, nana —exigí—. ¿Crees que mi padre me hará daño?

—No, cariño. Lo único que te pido es que tengas cuidado. Es maravilloso que se estén volviendo cercanos y que por fin sean padre e hija, pero llevan años sin verse y eso...

—¿Qué quieres decir? —la interrumpí.

—Nada, solo que no te pierdas y dejes de frecuentar a las personas que te quieren.

— Tranquila, no lo haré.

—Bien.

La señorita Thompson me sonrió de una manera extraña y se alejó con paso lento hasta perderse en las escaleras. En un primer momento, me sentí enojada, pero a su vez podía ponerme en su lugar. Ella me conocía y sabía que mi relación con Adrien tenía riesgo de convertirse en otra cosa. Lo mejor era dejar los arrebatos en casa para no darle motivos de sospecha.

Fue por eso que, a pesar de que Adrien había salido de su habitación, yo entré a la mía y me encerré. Él tocó despacio, pero no le abrí y traté de distraerme con los mensajes de mi celular, los cuales solo sirvieron para hacerme sentir peor. Mario me decía en aquel texto que se sentía muy incómodo con la actitud de Adrien y que por ello prefería verme en su departamento. Yo le respondí que le diera una oportunidad, que solo quería pasar tiempo conmigo.

Mario terminó pidiéndome disculpas por comportarse de esa forma, lo que me hizo sentir la peor basura del mundo y replantearme si estaba bien seguir con la relación. No solo le estaba siendo infiel, sino que lo hacía con mi propio padre, que para colmo estaba comprometido con su hermana.

Lo único que deseé después de aquella charla fue envolverme en mis sábanas y no ver más la luz del mundo. Sabía que había problemas aún peores allá afuera, sin embargo, mi problema era por mi propia culpa. A mí nadie me hacía daño, era yo quien lo hacía, era yo la que traicionaba la confianza de todas esas personas que me querían.

—¿En qué diablos me metí? —susurré, paralizada por el miedo a no desear detenerme, de saber que lo seguiría haciendo a pesar de todos los riesgos.

Les temía a las consecuencias de esta relación, pero más le temía a la reacción de Adrien, a perderlo por completo.

No existía manera de pretender que nunca pasó nada entre nosotros y volver a vernos tan solo como padre e hija.

No supe en qué momento me quedé dormida, pero me despertó un cuerpo recostado detrás de mí. Mi corazón se aceleró hasta que escuché a Adrien.

—Shhh, tranquila.

—¿Qué haces aquí? —pregunté.

—Solo quería abrazarte. Tengo llave.

—¿Qué?

Sin hacer mucho ruido me volteé hacia él. Todo estaba a oscuras, por lo que supuse que ya era de noche.

—Es de madrugada, mi amor —me dijo antes de que pudiera preguntarle.

—Adrien, si mi nana se da cuenta de que...

—Ella está dormida, y no vine a hacer lo que hicimos antes, yo...

—¿Qué pasa?

—No dejes que tu nana te meta ideas en la cabeza. Ella sospecha, lo sé, pero...

—Adrien, nadie me mete ideas a la cabeza. Soy plenamente consciente de que lo que tú y yo tenemos no está bien.

—No digas eso.

—Es la verdad —musité—. Me duele decirlo, pero...

—No me dejarás, Violet, no, no me dejarás.

—Tranquilo —le pedí—. Ya llegamos demasiado lejos como para rendirnos o dar marcha atrás.

—Así es. —Suspiró—. Buscaré la forma, Violet, la buscaré, seré quien te dé lo que necesites.

—Está bien —mentí, teniendo cuidado de que Adrien no se diera cuenta de que quería llorar—. No quiero pensar en eso, me pone nerviosa.

—De acuerdo, no lo voy a mencionar más. Lo último que diré al respecto es que no dejaré que esto se acabe, que no importa si quieres escapar de esto, no te dejaré hacerlo.

—Adrien...

—Te volviste el centro de mi vida, ya no sería capaz de sobrevivir sin ti.

—No, eso es algo que...

Adrien me tomó por la barbilla y la alzó para besarme. Aquel beso no fue sexual, aunque sí muy apasionado y asfixiante, con sabor a locura y adicción.

Una muy enferma adicción.

26.

♠Adrien♠

Al despertarme estaba solo en la cama. Recordaba vagamente el cambiarme de habitación cuando Violet se durmió, pero aun así la decepción me invadía. Quería despertarme y que lo primero que viera fueran esos ojos pardos y una hermosa sonrisa. Le había prometido cosas a Violet que todavía no era capaz de cumplir, pero me esforzaría por ello.

Traté de no pensar en aquello y me concentré en comenzar el día de una manera habitual. Estar enamorado hacía que perdiera el enfoque, y eso era lo que menos necesitaba si quería lograr mi objetivo, también si quería capacitar de una manera adecuada a Violet. Que fuera mi heredera me resultaba más importante que nunca.

Me di una ducha rápida y al salir escuché golpes al suelo. No quise darles importancia hasta que escuché a Violet gritar y maldecir. Me puse las primeras prendas que encontré y salí de mi habitación para bajar las escaleras. Violet estaba en la sala, cojeando y lloriqueando un poco.

—¿Qué te pasó? —le pregunté preocupado, mientras me acercaba para sostenerla.

—Me doblé el tobillo —contestó.

—Yo la ayudo, señor Leblanc —dijo la señorita Thompson acercándose—. Mi niña debe estar en reposo, le pondré el ungüento que...

—No quiero hacer reposo, nana, debo trabajar —masculló Violet—. Por favor, Adrien, dile que...

—Cariño, creo que tu nana tiene razón, debes quedarte. No pasa nada por un día —la tranquilicé—. Es más, me puedo quedar contigo. Hay reuniones, pero las puedo...

—No, señor, yo me voy a quedar —dijo la señorita Thompson—. Usted debe atender los asuntos allá.

—No te preocupes, Adrien, todo va a estar bien —me aseguró mi hija—. De igual manera, me gustaría ir, no quiero...

—No, tienes el pie lastimado —la interrumpí—. Trataré de llegar temprano a casa.

—De acuerdo.

—Ven, te ayudo.

—No, señor Leblanc —intervino la nana de Violet—. Yo...

—Quiero que me ayude él, nana —la cortó Violet y yo reprimí una sonrisa—. Por favor.

—Está bien, mi niña —asintió la aludida. Por su expresión notaba que aquello no le había parecido—. Iré por tu desayuno.

—Vamos, cielo. —Incliné el cuerpo para pasar mi brazo por debajo de sus piernas y alzarla en brazos.

Violet me dio un discreto beso en el pecho, y yo solté un gruñido por lo bajo para hacerle saber que aquello había tenido efecto en mí.

Al dejarla sobre el sofá, estiré sus piernas y se quejó de dolor cuando toqué su tobillo izquierdo, el cual por suerte no estaba inflamado ni con señales de hacerlo. Posiblemente, el dolor de la torcedura solo duraría unas horas.

—No parece ser nada grave, pero llévalo con calma hoy —le pedí.

—Sí, papá —respondió ella, mirándome atenta. Aquella tierna mirada y llena de confianza estaba haciendo que me empezara a endurecer, lo que no era apropiado—. Espero que vengas a almorzar conmigo.

—Claro que sí. —Acaricié su cabeza. Al alzar un poco la vista, me encontré con la señorita Thompson, que parecía contrariada por nuestra interacción.

Su maldita intervención estaba volviéndome loco. Tal vez yo no era la persona con más talento para disimular, pero me sentía juzgado cada vez que me veía con Violet, como si yo fuese capaz de pervertirla o hacer algo malo. Todo lo que hacíamos era con plena conciencia; Violet ya me deseaba, pensaba en mí desde antes.

Ignorando la presencia de la mujer, me senté a desayunar en la sala junto a Violet, con quien comencé a charlar sobre aquel canal que le gustaba y que se incorporaría a nosotros. Su buena manera de expresarse con respecto a él no solo me interesaba a nivel empresarial, sino personal. Quería saberlo todo sobre el contenido que le gustaba, las horas que dedicaba a ello y cualquier aspecto importante.

Una vez que terminé mi comida, la señorita Thompson retiró mis platos y yo subí a cepillarme los dientes. Tenía mensajes de Bianca, pero los ignoré y envié un mensaje a Violet.

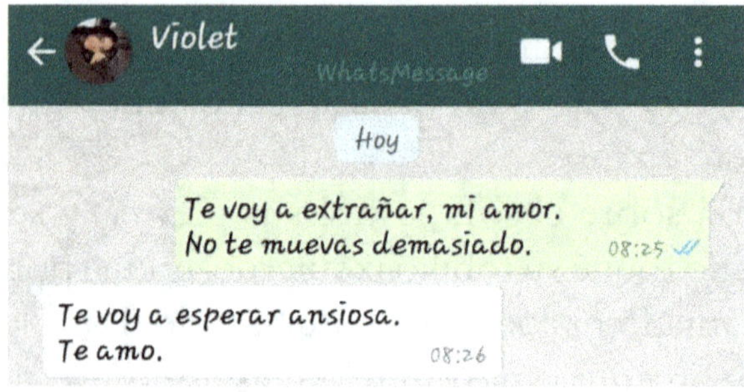

Yo le respondí con un: «Yo te amo mucho más».

Guardé mi celular y le sonreí a mi reflejo. Todavía me sentía preocupado por Violet, pero me consolaba el hecho de que su pie no estuviese en riesgo de una fractura. Una fractura me habría dado un pretexto para estar más tiempo a su lado; no obstante, quería esos pies intactos, a toda ella intacta. Jamás había necesitado tanto que alguien estuviera bien como me pasaba con Violet.

Minutos después ya me encontraba saliendo hacia la empresa, pero con esa sensación amarga de no llevarme lo más importante conmigo. En poco tiempo me había acostumbrado a tener a Violet a mi lado, a hablarle durante el camino, así fuese del tema más simple del mundo.

Solo esperaba llegar a tiempo para el almuerzo, antes de que a Mario se le diera por llegar y quedarse a solas con Violet. Confiaba en que ella no le llamaría, en que me respetaba lo suficiente para saber que aquello me iba a enfurecer.

—No, ella va a descansar —dije para tratar de calmarme.

Me metí en mi auto y eché en reversa. Hoy le llevaría algo a Violet para que se sintiera mejor, así que le envié, mientras estaba en un semáforo, algunas opciones para que eligiera. No me quedé a leer su respuesta, dado que tuve que avanzar.

Fue al llegar a la empresa cuando volví a echar un vistazo y me percaté de que no era a Violet a quien le había enviado eso, sino a Bianca, de quien tenía una llamada perdida.

—Bianca, hola —saludé al llamarla—. Perdón por enviarte eso, no era para...

—*No, no era para mí, evidentemente* —dijo con seriedad. Estaba molesta—. *Adrien, ¿estás viendo a alguien? Le dices «mi amor».*

—Era un mensaje para Violet —respondí—. Se lastimó un tobillo y tuvo que quedarse en casa. Solo quería llevarle algo.

Bianca se quedó callada y por un momento pensé en que no me creería, en que tendría que explicarle al detalle miles de cosas, pero al final ella suspiró.

—*Lo siento, Adrien, me puse un poco paranoica* —dijo con voz temblorosa—. *Ahora que lo recuerdo, a Violet le encanta esa malteada que mandaste y los pasteles.*

—Tranquila, lo siento por la equivocación —me disculpé.

Deseaba de verdad ya acabar con este compromiso, de poder estar libre para Violet, aunque algo sí era cierto y era el hecho de que Bianca no se merecía que la terminara a la distancia, tampoco en casa de su familia.

—*No, no, discúlpame. Veo que ya te llevas mejor con Violet, no sabes cuánto me alegra.*

—Sí, mucho mejor. Bianca. Estoy entrando a la oficina, solo llamaba para disculparme por el error.

—*Mi amor, ¿cuándo podrás venir?* —me preguntó con tono meloso—. *Te extraño y creo que ya...*

—No lo sé, hice planes, Bianca, acabo de cerrar un trato.

—*Pero tú dijiste que... Adrien, ¿qué sucede? ¿Te pasa algo? ¿Estás enojado conmigo?*

—No, no lo estoy —suspiré—. Es solo que creo que no es buena idea viajar, me llené de trabajo.

—*Entiendo* —murmuró, aunque era evidente la tristeza en su voz—. *B-Bueno, veré la manera de regresar.*

—Debes cuidar de tu padre —le recordé—. Pero está bien, si quieres volver...

—*Papá quería que vinieras, sería muy lindo pasar unos días en familia.*

—No puedo, Bianca, lo siento.

—*Está bien. Nos vemos luego, mi amor.*

—Cuídate —dije antes de colgar.

Guardé mi celular en el bolsillo y seguí caminando para irme a mi oficina. Me remordía un poco la conciencia el hacerla sentir mal, pero era mejor que ella advirtiera el cambio desde ahora para que no viniera aquí con expectativas. Lo nuestro se terminaría, tal vez no de la mejor manera, porque la haría sufrir, pero lo haría.

Al llegar a mi piso, Elizabeth y Vivian me saludaron como cada mañana y no tardaron para nada en preguntarme por mi hija. Les respondí con paciencia lo que había pasado. Vivian se ofreció a ir a cuidarla y la rechacé educadamente.

—Yo iré con ella a la hora del almuerzo. Por favor, Elizabeth, reprograma mis citas.

—De acuerdo, señor Leblanc. Por cierto, en una hora tiene cita con la señorita Marshall.

—Creo que podemos dejarla para después, mi hija no está y quiero que la conozca.

—No es posible, señor Leblanc.

—¿Por qué no?

—Porque ella tiene un vuelo esta tarde.

—De acuerdo, la recibiré —respondí—. Gracias.

Pasé por su lado y me encerré en mi oficina. Honestamente, me sentía un tanto nervioso de ver a esa mujer, pero no porque quisiera volver a tener algo con ella, sino porque sabía que se me insinuaría. ¿Cómo iba a explicarle que no podíamos volver a estar juntos? A ella le importaría una mierda mi compromiso.

Una vez que estuve instalado en mi escritorio, volví a mandar mensaje a Violet con aquellas opciones de postres. Esta vez tuve cuidado de no equivocarme y enviárselo a otra persona. Violet recibió el mensaje, pero pasaban los minutos y ella no me respondió.

—Señor, Leblanc, la señorita Marshall está aquí —me avisó Vivian al entrar a mi oficina.

—¿Tan pronto? —Revisé mi reloj. Faltaba todavía media hora para la cita.

—Se adelantó, dijo que no podía esperar.

—Aquí tenemos horarios —gruñí y ella asintió.

—En eso estoy de acuerdo, señor. Le diré que espere.

—No, hazla pasar de una vez —suspiré.

—Pero...

—Es mejor de una vez. Entre más rápido se vaya, mejor.

—De acuerdo, ya la hago pasar —dijo con seriedad, casi molesta—. Les traeré cafés.

—Gracias.

Cuando cerró la puerta, sonreí. Si tenía dudas de que ella apoyaba lo mío con Violet, ya no me quedaba ninguna. Solo esperaba que no se lo dijera, porque definitivamente tendría problemas.

Vanessa entró a la oficina pocos segundos después, con ese andar sensual y ropa apretada que la caracterizaba. Antes me habría vuelto loco y hubiese cancelado todo para largarnos a un hotel, pero ahora no podía pensar en otra cosa que no fuera el sacarla de aquí. Me resultaba atractiva, por supuesto, pero no podía compararse a mi Violet.

—Hola, amor mío —saludó con tono cariñoso e intentó rodear el escritorio para acercarse a besarme.

—Buenos días, Vanessa. —Me levanté de mi asiento y volteé el rostro para que sus labios fueran a dar a mi mejilla.

Ella frunció el ceño, extrañada por aquel gesto. Yo le sonreí y la aparté un poco de mí, disimulando que ahora me molestaba su perfume.

¿De verdad antes me gustaba?

—¿Te sucede algo, cariño? —me preguntó.

—Bueno, me gustaría que habláramos sobre tu canal, que es a lo que has venido, ¿o no? ¿Renovaremos el contrato o decides retirarte?

—La pregunta me ofende, mi vida, claro que voy a renovar, pero también me preguntaba...

—Estoy comprometido —la atajé mientras alejaba sus manos de mi corbata.

Los ojos azules de Vanessa se oscurecieron. Si algo le encantaba a ella eran los desafíos, y lo que acaba de decirle lo era.

—Eso lo hace más excitante —ronroneó.

—Entonces supongo que quieres la cancelación de nuestros tratos —murmuré y ella se alejó enfadada.

—¿Qué demonios te pasa, Adrien? —me preguntó—. Sé muy bien que estabas con la insípida de Bianca, pero...

Las palabras de Vanessa quedaron interrumpidas por unos toques a mi puerta.

—Ahora no, no nos molesten —dije en voz alta y mantuve la mirada fija en Vanessa, que estaba enrojecida por la rabia—. Vanessa, te pido que seas profesional, que...

—Lo siento, Violet, no puedes pasar —dijo Vivian con tono desdeñoso y para que yo la escuchara —. Está muy ocupado con la señorita Marshall.

—Violet —jadeé. No, no era posible que ella hubiese venido, no podía ser.

—¿Tu hija? —indagó Vanessa, a quien hice a un lado para caminar hacia la puerta.

Mi corazón se aceleró a un más al ver a Violet de espaldas y tratando de llamar al ascensor. En tres grandes zancadas llegué hacia ella y la hice girar.

—Hola, mi amor, ¿por qué viniste sola? —saludé pese a que me observaba como si quisiera matarme—. Tu pie...

—Mi pie está bien, por eso vine —bufó—. Pero veo que estás ocupado.

—Jamás para ti —le sonreí—. Te amo —musité y luego la tomé de la mano.

Violet se resistió un poco, pero al final dejó que la llevara a mi oficina, en donde Vanessa nos esperaba.

Al ver a mi hija, su sonrisa se desvaneció un poco. Seguramente pensaba en lo absurdamente preciosa que era y se retorcería de rabia.

—Ella es Violet. —La miró de arriba a abajo—. Vaya, eres muy... bonita.

—Es hermosa —dije con orgullo.

—Basta, papá —masculló Violet, que le dedicó una sonrisa forzada a Vanessa—. Hola, mucho gusto.

Vanessa dudó un poco en tomarle la mano, pero al final lo hizo.

—Igualmente, cariño. Adrien nunca me habló mucho de ti. Hasta llegué a pensar que eras un mito.

—No hablo con cualquier persona sobre lo que más me importa en la vida — me apresuré a contestar.

—Muy gracioso, Adrien. Yo te importaba mucho. Lo siento, tal vez no debería mencionar todo lo que pasó frente a tu hija.

—No, no deberías —dijo Violet, poniéndose tensa—. Él ama a otra mujer. La ama muchísimo.

—Exacto —secundé—. Y vamos a ser muy felices.

Vanessa nos observó estupefacta, y su mirada se alternó de mí a Violet. No tenía idea de si sospechaba algo, pero no me importaba.

—Traje cafés —dijo Vivian desde la puerta, pero fingió tropezarse con mi pie, y el café salió disparado hacia la ropa impoluta de Vanessa, que gritó como si alguien la hubiese apuñalado.

—¡¿Qué te sucede, estúpida?! —vociferó.

—Oh, lo siento, lo siento —se disculpó mi secretaria, aunque la conocía bien y sabía que no se arrepentía.

¿Acaso estaba buscando un despido? Pues no lo lograría, le aumentaría el sueldo. Con esto Vanessa no querría volver, ya que amaba su ropa como a nada en el mundo.

—Niña, ¿qué has hecho? —la reprendió Elizabeth, que traía servilletas para ofrecérselas a Vanessa.

—Aleje esas cosas de mí, mi ropa no se puede limpiar de este modo —le ladró Vanessa—. ¿Por qué contratas secretarias tan torpes, Adrien? Necesitas personas de categoría.

—Vivian, ve a tu escritorio —le dije con tono severo. Mi secretaria resopló, pero hizo caso.

—Lo siento, señorita Marciana —murmuró antes de irse.

—¡¿Cómo me dijiste?! —gritó Vanessa.

—Ya, ya, tranquila —le dije—. Lamento lo ocurrido.

—Te puedo prestar mi chaqueta —dijo Violet, que se separó un poco de mí para quitársela. Ella intentaba estar seria, pero notaba sus ganas de reírse.

—No hace falta, linda, yo tengo un cambio en mi auto. Nunca falta la persona estúpida que te manche.

—Vivian no es estúpida, se resbaló —la defendió Violet—. Hablaré con ella, pero ten por seguro que no lo hizo a propósito.

—Sí, claro.

Violet me dio una mirada de advertencia para que no la detuviera y se fue de la oficina. Vanessa aprovechó aquello para quitarse el blazer y quedar en una diminuta camisa roja.

—Si me ofrecieras tu saco, creo que si lo aceptaría —insinuó—. El café estaba helado. Ni eso sabe hacer tu secretaria.

«Inteligente, se salvó de una demanda», pensé orgulloso.

—Me temo que no me gustaría arruinar mi saco favorito, pero tengo algunas toallas en mi baño, puedes buscarlas.

—No, mejor me marcho —gruñó—. Tenemos una conversación pendiente. Volviendo de mi viaje, vendré.

—Sí, claro —mascullé.

Ella intentó acercarse para besarme, pero de nuevo la esquivé y me besó en la mejilla.

Cuando me aseguré de que se había ido de verdad, salí a buscar a Violet, la cual se estaba riendo junto con Vivian mientras que eran reñidas por Elizabeth.

—Señor Leblanc, considero justa una medida disciplinaria —me dijo mi asistente—. Lo que pasó...

—No hace falta. Yo se lo ordené a Vivian, mentalmente, pero lo hice —contesté despreocupado.

Una sonrisa malvada adornó los labios de mi secretaria. Violet, por su parte, parecía molesta de nuevo.

—Señor, esa fue una falta de respeto —me recordó Elizabeth—. Todo pudo salir muy mal.

—Las cosas pudieron salir peor si yo no actuaba así —se defendió Vivian—. Discúlpeme, señor Leblanc, pero a kilómetros se olían las intenciones de esa señorita.

—Que no vuelva a pasar —le advertí para quitarme de encima a Elizabeth—. Violet, vamos a la sala de juntas, mandaré a llamar a intendencia.

—No se preocupe, señor Leblanc, yo llamo ahora mismo —intervino Vivian—. Ustedes vayan.

—No, no quiero ir. Creo que fue pésima idea presentarme —masculló Violet—. Interrumpí algo importante.

—No, para nada.

Violet trató de resistirse a que me la llevara, pero al final conseguí meterla al ascensor y, cuando lo hice, me abalancé sobre ella y la besé. Ella me golpeaba el pecho, desesperada por apartarse de mí. No pasaron siquiera dos horas, pero ya la extrañaba con locura.

—Suéltame, estás loco, Adrien —gruñó—. Quédate con ella, con...

—Contigo —la interrumpí, presionando mi cuerpo contra el suyo—. No quiero que vuelvas a venir sola.

—No vine sola —resopló—. Me trajo Mario.

—¿Qué mierda...?

—Mi nana lo dejó pasar, le dijo que yo estaba en el departamento.

—Maldita sea, ya estoy harto de...

—Ella lo sabe, Adrien —me atajó y me miró aterrada—. En el fondo mi nana lo sabe.

27.

♠Violet♠

Intenté convencer a Adrien de que no fuésemos a su mansión, pero me ignoró por completo. Estaba enfurecido de celos por lo de Mario, por lo de la señorita Thompson y la cuchara que metía en este asunto, por tanto, no habló durante todo el camino, tampoco me miró. Sin embargo, nada más atravesar las puertas se apoderó de mis labios y de mi cuerpo.

—Odio esto, Violet, odio que estés cerca de él —dijo sin dejar de besarme—. Odio que intenten separarme de ti.

—Tenemos que ser más discretos, mi amor —respondí, embriagada por su pasión—. Esto se empieza a salir de control.

— No, el que se sale de control soy yo. —Adrien bajó sus labios a mi cuello, justo a mi punto débil.

Cuando me tenía así era casi imposible pensar. No había tenido ninguna experiencia previa, pero esto era tan maravilloso que me era difícil concebir querer algo más.

—Vamos a la habitación —susurró antes de alzarme en brazos como si fuese un bebé—. Te haré el amor.

—De acuerdo, papi.

Los ojos de mi Adrien se oscurecieron y supe que todo había dado inicio. No pudimos siquiera llegar a la habitación, quedamos desvestidos en medio del pasillo y él me apoyó en una pared.

—Mi deliciosa hija, ¿tienes idea de cuanto me fascina penetrarte? —preguntó mientras hacía justamente aquello. Mis pechos se presionaron más contra la fría pared y de mis labios se escapó un jadeo—. Nadie te hará esto, ¿me oyes?

—No, nadie, papá —contesté—. Tú eres el único hombre que... ¡Ay!

Adrien salió un poco de mí para darme una fuerte nalgada y se sujetó de mis caderas para volver a penetrarme.

—Eso es por dejarte llevar por él, jovencita —gruñó.

—Perdóname, papá —supliqué, más que excitada por la situación—. ¿Vas a castigarme?

—Sí, lo haré. Ahora voltea, Violet. Vas a complacerme.

De pronto me vi volteada y de rodillas. Alcé la vista y vi una expresión severa en el rostro de Adrien, que me sostenía la cabeza con una mano. Mis fluidos brillaban por toda la longitud de su pene, y aquello no me dio asco, sino que me enardeció mucho más. Él estaba tan lleno de mí como yo de él.

—Vas a probarte en mí, quiero que limpies todo, Violet, quiero que sepas por qué estoy enamorado de tu sabor.

Sin más, me lancé a saborearlo. Él intentó mantenerse estoico, pero poco tardó en gemir y empezar a moverse dentro de mi boca, ya que yo me decidí a hacerle un oral en forma.

No podía con toda su longitud, aunque al menos llegaba a lo más que podía.

—Qué boca tan exquisita, me encanta no caber en ti —expresó. Yo gemí en respuesta y seguí degustando nuestros sabores entremezclados—. Vamos a la cama, mi amor.

Asentí de manera enérgica y dejé de chupar para permitir que él me ayudara a levantarme. Esta vez no tuvimos la precaución de juntar nuestra ropa y llevarla a la habitación, pues estábamos ansiosos por hacer lo que sea que haríamos.

—Violet, por favor nunca me dejes —me suplicó mientras se colocaba encima de mí en la cama—. Eres lo que más adoro en este mundo.

—¿De verdad?

—Sí, mi amor —susurró—. No sé cómo pude dejarte antes, fui un estúpido.

—Yo te perdono, mi amor —le dije con sinceridad y él sonrió—. Eso es pasado, ahora me das todo tu amor. Me das amor en más formas de las que esperé.

—Eso seguiré haciendo —me aseguró sin entrar en mí todavía—. Nadie puede amarte ni desearte como yo lo hago. Me quedaré tan impregnado en tu piel que no importa cuanta distancia exista entre los dos.

—Te amo —declaré mientras dos lágrimas corrían por mis mejillas—. Te amo, Adrien.

—Y yo más a ti, Violet. Eres la primera, la única y última.

No pude contestar nada más, puesto que él entró en mí de una sola e intensa estocada que me hizo correrme de forma sorpresiva. Él sonrió como si supiera que eso iba a pasar.

—Cada vez conozco más tu cuerpo, y me encanta que te corras cuando sé que lo harás —dijo al empezar a moverse. El orgasmo no había hecho que bajara mi excitación, por el contrario, quería más—. Violet, no podría ya vivir sin ti. No me vas a dejar.

—No —mentí. Hacer eso cada vez dolía más, pero estaba dispuesta a pagar el precio. Cada instante vivido hacía que valiera la pena el sufrimiento venidero, aunque en ese momento no quise pensar en ello y solo vernos como algo eterno, capaz de vencer todas las normas sociales y morales que hacían que nuestra relación nunca fuese bien vista—. No te dejaré.

Adrien sonrió en respuesta y salió de mí para volver a comerme con su boca por un momento. Pocos segundos después advertí lo que de verdad quería hacer, y casi volví a correrme al comprenderlo.

—¡Adrien! —lloriqueé cuando puse mi sexo en su rostro y él lamió con ansias. Lo hacía tan bien que me costaba darle sexo oral a él.

En algún punto pude tomar fuerza y succioné su grande, lo cual lo hizo sacudirse con fuerza y reírse.

—Violet, eso es muy intenso —se quejó y yo me estremecí por su aliento en mi vulva—. Con calma, mi cielo.

—Lo siento —dije avergonzada.

—Hazlo como siempre, me encanta —me instó—. Papá te ama, no sabes cuánto.

—Y tu hija te ama a ti. Me encanta este tiempo de calidad juntos —contesté.

—A mí me encanta más.

Muy dentro de mí sabía lo mal que estaba llamarnos de esa forma en la cama, pero no podíamos controlarlo. Pese a que hacíamos cosas que solo una pareja haría, me encantaba amarlo como padre, saber que tenía uno y que también podía encontrar en él a ese hombre que necesitaba. Adrien lo era todo para mí, el paquete completo.

Adrien continuó lamiendo cada rincón íntimo de mí, igual que yo lo hacía con él. Estábamos tan desesperados que solo gemíamos y decíamos incoherencias. Yo no tardé demasiado en correrme en su rostro y él en pedirme que me dejara penetrarme para eyacular dentro de mí, cosa que hice.

Una vez que lo monté, me incliné para besarlo lentamente; él me rodeó con sus brazos y me acarició la espalda. Los dos reíamos, incrédulos ante tanto placer, ante tanto amor y felicidad.

Otro orgasmo llegó de forma repentina para mí y miré con angustia a Adrien, pues creí que no iba a poder sobrevivir.

—Sí, mi amor, es muy rico, ¿no es así? Me encanta como te corres tanto.

—Papi, papi —gimoteé—. Qué rico, no te detengas, no puedo, ¿qué me haces?

Estaba casi afónica; casi no encontraba mi voz para expresar todo el placer.

—Esto que te hago es amor, el amor más grande —murmuró—. Mi vida, voy a correrme dentro de ti.

Y así lo hizo segundo después. Su cálido semen llenó por completo mi vagina y me hizo sentir una liberación y relajación extraordinarias. Él también parecía muy contento y satisfecho, así que me quedé recostada sobre su pecho y me dejé envolver por sus fuertes brazos.

—Necesitaba esto — murmuró—. En casa es muy difícil.

—Sí, lo es —suspiré—. Menos mal que vinimos.

—Desde luego que sí —asintió—. Es nuestro único sitio seguro.

—¿Estás seguro de que no está na...?

—¿Señor Leblanc? —La voz de una mujer nos hizo abrir los ojos de par en par.

—Mierda —masculló Adrien.

Con el corazón acelerado, me bajé de él y me levanté de la cama. Sabía que era de cobardes hacer eso, pero me escondí tras la puerta del baño. Quienquiera que fuese, solo quería que

Adrien le echara, no tener que enfrentarme a algo para lo que, evidentemente, no estaba lista.

Por suerte, Adrien no me detuvo y fue a abrir. De inmediato me di cuenta de que se trataba de una empleada que no se había ido todavía de la casa y estaba en el jardín. Adrien la riñó y le advirtió que no dijera ninguna palabra de esto, pues aquello violaba las cláusulas de su contrato. No supe que respondió la mujer, pero me imaginé que lo aceptó, ya que él volvió al poco tiempo.

—Puedes salir, mi amor —me dijo y yo salí con el cuerpo tembloroso.

Adrien solo llevaba puesto un pantalón de pijama, el cual había sacado de uno de sus cajones. En las manos tenía mi ropa y la tomé con un suspiro.

—¿Crees que se dio cuenta de que era yo? —pregunté nerviosa. Él negó con la cabeza.

—No lo creo, pero si lo hizo sabe que no puede contarlo por ahí.

—Adrien, este lugar...

—Sigue siendo seguro, mi amor —me aseguró—. Para la próxima tendré más precauciones. Ella será penalizada por quedarse aquí más tiempo.

—Pero...

—Me dejé llevar por el enojo y no pensé las cosas. Te pido una disculpa.

En sus ojos podía leer el arrepentimiento y no pude sentirme molesta. Estaba muy nerviosa y asustada, mas no enojada. Ninguno de los dos estaba siendo muy cuerdo a la hora de dejarnos llevar por la pasión que sentíamos el uno por el otro.

—Bien, voy a confiar en que ella no dirá nada.

—En todo caso creerá que es una amante.

—Pues eso es lo que soy —dije con amargura y él negó con la cabeza.

—No, tú eres mi pareja, mi hija, mi todo —declaró de una forma tan intensa que me dio un escalofrío—. No eres una más, eres la dueña de esta casa.

—Adrien, habla en serio —farfullé—. Yo no...

—Lo eres —me interrumpió—. Ahora ve a vestirte. Lamentablemente tenemos que irnos.

—Sí, está bien —asentí.

Adrien me dio un beso en los labios y se separó de mí para vestirse también. Los dos terminamos en menos de cinco minutos y, cuando estuvimos listos, nos abrazamos con fuerza, consolándonos el uno al otro.

—Todo va a estar bien, no te angusties, mi amor —me dijo Adrien—. También soy tu padre y te defenderé de todo y de todos.

28.

♠Violet♠

—Una maestría —murmuré cuando Adrien me lo propuso—. Quieres que estudie una maestría.

—Puedo arreglarlo todo para que des el examen de admisión —dijo con una sonrisa—. Lo vas a hacer estupendo.

—Pero ¿ya no quieres que venga aquí? —le pregunté extrañada y dolida. Él negó con la cabeza.

—No, por supuesto que no. Harías ambas cosas.

—No puedo, Adrien —negué con la cabeza—. Es decir, quiero rendir al 100% en cualquier actividad que desempeñe. Estudiar una maestría...

—Entiendo —susurró, dejando de mirarme—. No pensé que te molestara mi propuesta, fuiste una alumna extraordinaria.

—Porque no tenía otras ocupaciones, solo mi música.

—Entonces te vendrían bien unas clases de música, cariño, unos cursos que...

—Espera, espera, espera, algo me dice que no es precisamente mi preparación lo que te interesa —lo acuso—. ¿Qué te ocurre?

Adrien soltó un suspiro y me dedicó una sonrisa avergonzada.

—Me atrapaste. Tal vez quisiera que estuvieras más ocupada.

—¿Por qué?

—Tendríamos más excusas para vernos —confesó sin más—. Tendríamos motivos para ir a la mansión. Mudarnos no es opción por ahora, tu nana estaría siempre molestándonos. Dudo bastante que quiera quedarse sola en el penthouse.

—No, no querría —contesté—. Adrien, no necesitamos...

—Lo necesitamos —me interrumpió—. Y lo sabes, lo sabes bien.

—No quiero otra actividad. —Hice un puchero—. No una tan tediosa, quiero estar aquí, contigo.

—Y yo también, mi amor.

Me levanté de mi asiento y fui rápidamente a pasarle el seguro a la puerta, para luego ir a sentarme a las piernas de Adrien, que me recibió en sus brazos.

—Perdóname, pero ya no tolero que Mario te busque. Hace mucho que debiste terminar esa relación —gruñó.

—Lo haré cuando termines con Bianca —dije—. Creo que es lo mejor, me dará una excusa.

—Violet, hazlo, termina con él —me suplicó—. Yo no voy a seguir mucho tiempo más con Bianca, así que debes hacer lo mismo.

—Van a sufrir —musité—. Van a sospechar.

—Sí, pero me da igual, lo único que quiero es estar contigo —contestó y yo pasé saliva, nerviosa por su intensa mirada.

No tardamos nada en besarnos de forma apasionada. Los dos sabíamos que no podíamos tener relaciones mientras Elizabeth y Vivian estuvieran allá afuera, pero la tentación era más grande que este edificio.

—Mi Violet, yo también muero por estar contigo —murmuró mientras metía la mano entre mis piernas para masturbarme.

Le sonreí al tiempo en que apretaba las piernas para sentir aquel placer. No era como ser penetrada, pero al menos me mantendría tranquila durante toda la jornada.

—Violet, vámonos de viaje —sugirió mientras movía su mano—. Dejemos todo atrás por unos días, vámonos sin avisar a nadie.

No respondí nada, tan solo con un gemido. Me excitaba demasiado aquella idea delirante, producto de lo que hacíamos.

—Adrien, quiero estar a solas contigo —gemí.

—Entonces vámonos —susurró en mi oído.

Adrien presionó con más fuerza y movió su mano de forma veloz hasta que sentí las primeras contracciones del orgasmo, el cual fue tan fuerte que casi se me escapó un grito.

—¿Qué dices, mi amor? —me preguntó Adrien al soltarme—. Me puedo inventar cualquier cosa y...

—No creo que sea lo más prudente —contesté—. Sería lo más imprudente, en realidad.

—Pero...

El sonido de la puerta hizo que me levantara de inmediato y que corriera para abrirla de manera silenciosa. Elizabeth me sonrió al verme y la hice pasar para que le dijera a Adrien sobre el asunto que le atañía. Este se enderezó, ocultando la erección causada por el momento vivido, y por suerte Elizabeth no notó nada.

—Vivian, baño —insté y ella asintió antes de levantarse. Su sonrisa me decía que estaba esperando una bomba grande, y sí, la tendría.

—¿Qué sucede? —preguntó con preocupación al verme bien la cara—. ¿Te peleaste con él?

—No, pero me está proponiendo un viaje.

—Uy, qué delicia —dijo emocionada, aunque de inmediato lo pensó mejor—. Pero sería raro, levantarían sospechas en la gente que sospecha.

—Exacto, y también me dijo que quiere que estudie una maestría o cualquier curso. Detesta que vea a Mario, quiere que lo deje, quiere dejar a Bianca.

—Okey, se está pasando de intenso. —Vivian alzó ambas cejas—. Creo que tienes un problema grande, se enamoró.

—Gracias por el consuelo —masculle.

—No, no lo digo para que te preocupes, tal vez soy yo la que exagera. —Agitó la mano de forma despreocupada—. ¿Le dejaste claro que esto es solo por un tiempo?

—No —gemí—. No me atrevo a hacer eso.

—Violet, eso no está bien —me reprendió—. Yo te apoyo en que vivas esta aventura, pero no debes dejar que se ilusione de más, no si tú no quieres enfrentarte a las consecuencias.

—Lo sé. —Suspiré—. Pero noto algo en él, sé que no lo podrá aceptar.

—No lo sabrás si no lo intentas. —Se encogió de hombros—. Me preocupas, amiga.

—Y yo también me preocupo. Tengo miedo, Adrien... Adrien me ama, yo también lo hago.

—Entonces deberían estar juntos —dijo mientras me acariciaba un brazo de manera cariñosa.

—No, eso solo nos arruinaría la vida. No quiero vivir una vida oculta, que no pueda besar a mi pareja en público, que no podamos tener hijos.

—Mmm... Buen punto —dijo Vivian con tristeza—. Pero entonces...

—Tendré que unirlo a Bianca de nuevo, aunque duela —mi voz se fue quebrando a medida que hablaba—. No me queda otra salida, no puedo dejar que terminen.

—¿Por qué no mejor le dices la verdad y dejas que decida? Tal vez él termine ya lo que tiene contigo.

—No me siento lista para que se termine.

—Violet, decídete —me regañó. Por primera vez la veía molesta y eso me dolía—. Para hacer las cosas que estás haciendo debes tener bien decidido lo que vas a hacer y veo que tú no tienes ni la menor idea de lo que quieres.

—Vivian...

—Te lo digo porque de verdad te quiero —suavizó el tono de su voz al verme asustada—. Tienes que aclarar las cosas antes de que estás terminen mal y acabes por herir a todos y, lo que es peor, a ti misma.

—Te tengo que confesar algo —susurré—. No creo que Adrien acepte terminar si se lo confieso, creo que él confesará todo o algo así.

—No creo que quiera arriesgarse tanto —replicó, pero pude notar un ligero rastro de duda en su voz—. Ay, Violet, ¿qué vamos a hacer?

—No, más bien, qué haré yo. No te preocupes.

—Claro que me preocupo, tonta, quiero que estés bien —refunfuñó—. Además, yo misma te dije que lo hicieras. Me siento... culpable.

—No, no, claro que no es tu culpa, Vivian —la tranquilicé—. Tú solo me diste un consejo, fue mi decisión tomarlo.

—De todos modos, estaré para ti sea cual sea la resolución de esto. —Soltó un suspiro—. Es probable que todo se vaya a la mierda, te lo tengo que decir con sinceridad.

—Lo sé —dije con angustia—. Se irá todo a la mierda si no hago algo. Voy a pensarlo.

—Está bien, Vio, tranquila. —Sonrió—. Ya encontrarás la manera de resolverlo. Siempre lo haces.

Las dos nos abrazamos y sonreímos. Sentir que tenía una amiga en medio de tanto caos era genial; me consolaba un poco ante la idea de que todo se me viniese encima.

Sintiéndome mejor, salí del baño y me dirigí al escritorio. Adrien en ese momento me llamó para que fuera a verlo, y en un principio me temí que hubiese escuchado algo de mi conversación con Vivian, pero no resultó ser el caso, sino que ya era hora del almuerzo.

—¿Dónde quieres ir a comer? —preguntó mientras abría la puerta del auto.

—Pizza, hace días que...

—Pues pizza será. —Sonrió—. Lo que sea para mi hermosa hija.

El valet parking sonrió de manera disimulada al escucharlo y yo intenté por todos los medios no sonrojarme, ya que para mí esa palabra, dicha por él, no tenía una connotación tierna.

Una vez que estuvimos dentro, él me besó en los labios.

—Te amo —susurró—. ¿Pensaste en lo del viaje?

—Sí, y no creo que sea lo mejor. Bianca no va a tardar en regresar, Mario está sobre mí y...

—Acabemos con esto —me interrumpió—. Déjate llevar, solo tú y yo.

—Adrien...

No pude resistirme y, mientras él encendía el auto, yo me apresuré a bajarle el cierre del cinturón. Él no me impidió nada y se mantuvo conduciendo de forma estable. Lo único que me hacía notar que estaba excitado era que estaba muy erecto y las venas se marcaban en su pene.

—Eres demasiado... increíble —dijo cuando yo comencé a devorarlo a mi inexperta manera—. Tenemos que viajar juntos, mi amor, así podremos estar...

Adrien se detuvo en un semáforo y comenzó a observar cómo chupaba. Sus ojos estaban completamente oscurecidos y acarició mi cabeza con ternura.

—Eres hermosa, no te pienso soltar jamás. Si tú me dejas, nadie saldrá vivo de esto —declaró y pude ver la advertencia en sus ojos.

A pesar de que la excitación pasó a ser terror, seguí lamiendo para complacerlo. Tal vez fuese una pésima idea plantearle la situación y haría hasta lo imposible por qué no lo hiciera.

—Adrien, ¿de qué...?

—Lo escuché, Violet —me cortó con una ferocidad que me dejó helada—. Y en el fondo también lo sé: tú no quieres estar conmigo para siempre.

—Adrien, yo...

—Pero lo estaremos, mi amor, confía en mí —continuó con un tono dulce, el cual me aterró por la brusquedad del cambio—. Papá siempre va a resolver las cosas.

29.

♠Adrien♠

Violet seguía todavía perturbada por mi confesión sobre lo que la escuché decir en el baño, pero era mejor hacérselo saber de una buena vez para que nunca se le ocurriera llevarlo a cabo. Me sentía furioso, desde luego, pero también aliviado de saber que me amaba y que sus razones para dejarme tan solo eran sus miedos hablando por ella.

Menos mal que la había descubierto. No sabía que sería de mí si ella hubiese logrado su objetivo de abandonarme. Violet jamás habría logrado unirme a Bianca de nuevo, no cuando ya me había atado de forma permanente a ella.

¿Cómo podía pensar en deshacerse de mí? ¿Acaso era idiota?

—Come, mi amor —le pedí al ver que apenas y había probado su pizza.

—Se me quitó un poco el hambre —dijo en voz baja.

—Lo siento por lo que dije hace rato —me disculpé—. No estoy enojado, no tanto.

Violet alzó la vista y frunció el ceño. No parecía más aliviada, por el contrario, todavía no me lograba comprender.

—¿Cómo no vas a estar furioso? —masculló.

—En todo caso, deberías ser tú la furiosa —dije con una sonrisa—. Escuché tu conversación.

—Lo estoy, claro que estoy molesta, pero supongo que estoy más asustada. —Soltó un suspiro—. Adrien, ahora que sabes la verdad, debemos hablar del tema.

—No aquí, sino en casa.

—Quiero hacerlo ahora, no hay muchas personas.

Con disimulo, miré a nuestro alrededor y, en efecto, no había nadie cerca de nosotros. Aun así, seguía pensando que era mala idea hablar en un terreno neutral, donde ella estuviese a salvo de mí. Quería estar a solas, en donde pudiera hacerle entender con acciones que ella era mía, que ningún otro hombre podría poseerla como yo lo hacía.

—No sirve de nada estar aquí —advertí y comí un poco más de pizza. Yo tampoco tenía demasiada hambre, pero quería transmitirle calma a mi hija.

—Adrien, juro que te amo, mucho, pero esto a la larga no podrá sostenerse —dijo preocupada—. Ni siquiera es por el qué dirán de nosotros. Yo... quiero tener hijos, quiero tener una familia, lo que nunca tuve.

—Violet...

—Déjame terminar —me cortó—. Hice mal, muy mal en seguir con esto y ocultarte mis pensamientos. Te pido perdón por ello.

—Sí, hiciste muy mal. Dejarme es lo peor que me podrías hacer.

Alcé el brazo para acariciar su mejilla y ella se estremeció mientras cerraba los ojos. El ligero temblor de sus párpados me indicó que quería llorar, lo cual me alarmó.

—No me digas eso, por favor —suplicó.

Tal y como me temía, ella tenía los ojos llenos de lágrimas cuando los abrió. De verdad tenía miedo de mí, dudaba de nuestro amor.

—Es la verdad —dije de todos modos, sintiendo que en cualquier momento también lloraría—. Ya no podría estar sin ti.

—Adrien, esto...

—No me dejes, mi amor —imploré—. No dejaré que lo hagas.

—Supongo que me tengo que rendir. —Sonrió con nerviosismo—. O tal vez deba esperar a que tú...

—Esperarás toda una vida —afirmé al quitar la mano de su rostro—. No me pienso rendir, Violet.

—Ay, Adrien —dijo abatida—. Esto será un desastre. No hay manera de que salga bien.

—Tienes que confiar en mí —contesté—. Te amo de verdad, te daré lo que quieres.

—Pero...

—Nos iremos, nos iremos a un lugar en donde nadie nos conozca. Puedo contratar a alguien calificado para que tome mi lugar. No me importan las políticas de la compañía, las cambiaré.

—Adrien, no...

—Lo haré todo por ti —juré—. Solo confía en mí y no te apartes, no me dejes.

Violet no contestó y de nuevo miró su plato, a esa rebanada de pizza que apenas había mordido. Decidí esperar con calma, no presionarla más, aunque la espera fuese un suplicio. No iba a creer en nada de lo que dijera, la mantendría vigilada para que nunca se le ocurriera terminar conmigo.

Sabía muy dentro de mí cuan egoísta era mi necesidad de retenerla, pero mi amor sobrepasaba a todo mi ser. Había quedado prendado de ella. No me sentía capaz de verme como el hombre que la llevara al altar y la entregara a otro, no me veía siendo el maldito abuelo de sus hijos y no me veía con una sonrisa mientras ella iba del brazo de otro hombre.

Yo era su padre, pero también su hombre. Conmigo tal vez nunca pudiera casarse, pero ella solo daría a luz a hijos que llevaran mi sangre. Jamás la entregaría para casarse con otro.

Prefería morirme antes de que eso sucediera.

La prefería muerta a ella antes de que eso pudiera ser posible.

La intensidad de mis sentimientos me asustó en demasía, pero no podía resistirme a ellos. Miré con culpabilidad a Violet mientras ella seguía reflexionando sobre esta nueva situación.

—Bien —suspiró—. Sigamos adelante. Pero has de saber que posiblemente no tenga solución.

—La habrá, primero debemos terminar con ellos.

—Yo no voy a terminar con Mario hasta que tú no...

—Tienes que hacerlo —gruñí—. Él está aquí, lo más sensato es que lo dejes.

—¿Y tú crees que él no se lo dirá a Bianca y ella evite regresar para que no termines con ella? —gruñó—. Que la entendería, cualquiera haría eso.

—Tú no, por lo visto —murmuré de forma mordaz.

—Incluso yo —me contradijo, mirándome con aquella timidez que tanto me afectaba—. Adrien, yo te amo y, como bien escuchaste, no me siento lista para dejarte.

—No lo hagas —musité—. Debemos volver a la empresa.

—De acuerdo.

Ninguno de los dos pudo comer más. Estábamos agobiados, aterrados ante la perspectiva de que lo nuestro se terminara, aunque me atrevía a afirmar que yo lo percibía con mayor intensidad. Violet tan solo era una joven indecisa, que todavía tenía mucho por vivir y no quería sacrificarse aún para estar conmigo.

Mi mente la entendía, pero no mi cuerpo, no mi corazón. La amaba con una locura inhumana y me negaba a perderla; mi adicción a su cuerpo era un ancla que me impedía marcharme, soltar esto. De haber sabido que enamorarme sería tan adictivo, jamás lo habría hecho, pero ese yo que había cruzado esa barrera, necesitaba más y más.

Lo que sentía por Bianca era algo ligero, estable, tan agradable que me nació pedirle matrimonio para tener una vida normal, pero lo que Violet me causaba con tan solo mirarla era violento, salvaje, desgarrador y muy delicioso, sin embargo, también era mi paz. Tenerla de todas las maneras posibles me hacía sentir completo, en mi hogar, en mi sitio seguro y propio.

Bianca me causaba cariño; Violet era el amor de mi vida, de esos que solo pueden darse una vez y que son imposibles de superar.

—Te amo, Violet —declaré cuando estuvimos de nuevo a solas en mi oficina y nos metimos a mi baño.

Durante todo el camino nos habíamos estado conteniendo, dedicándonos miradas furtivas y cargadas de significado. Los dos queríamos hacernos el amor en donde fuera posible.

—Adrien, yo también —gimió al sentir la punta de mi pene en su entrada.

—Deja de tomar las pastillas —le pedí mientras la penetraba. Ella agrandó los ojos y enrojeció, pues se estaba corriendo—. Dame un hijo, mi amor.

—P-Pero Adrien...

—Dame un hijo —insistí—. Dame un hijo.

Ella se quedó callada, pero luego soltó una pequeña risa.

—He tenido algunos olvidos —confesó—. Pero...

—Mi vida, te amo —susurré—. No tomes esas porquerías, déjame poner vida en ti.

Terminé de ingresar en ella, y la expresión de placer que puso fue tan hermosa que estuve por correrme. Ninguna mujer gemía tan hermoso como ella, nadie había sido capaz de hacer que deseara suplicar por más.

Incluso desde que la había visto por primera vez, algo en sus ojos me había cautivado, y ahora lo comprendía: ella estaba destinada a ser para mí.

—Te amo, papi —jadeó—. Me vuelves loca de deseo.

—Y tú a mí, mi deliciosa hija —gruñí—. Has conquistado a papá por completo.

—Qué rico, papá. —Cerró los ojos cuando comencé a ir más rápido—. Papi, no pares, por favor, papá.

—No voy a parar, hija —le aseguré—. Quiero que quedes llena de mí.

Sin importar que dentro de poco alguien pudiera venir, hice que se despojara de todas sus prendas. Ella se resistió en un principio, pero al final logré desnudarnos por completo y salir de ella para cargarla y volver a penetrarla.

—Qué delicioso —dijo excitada. Los dos estábamos completamente empapados de sudor y temblábamos—. Te amo, te amo tanto, perdóname por todo lo que...

—Papá va a castigarte, esto no se queda así —contesté enojado y ella jadeó—. En tu vida vas a volver a mencionar esa maldita posibilidad.

—No —sollozó.

—Y vas a quedar embarazada.

Ella pasó saliva y negó un poco con la cabeza.

—Adrien, yo creo que...

—Papá, soy tu padre —la corregí—. Te lo ordeno.

—Estás loco —sonrió—. Yo... Oh, mi amor, mi amor.

Violet comenzó a volverse loca cuando se corrió de nuevo, justo después de que succioné su pezón izquierdo. Yo trataba de resistir para no correrme aún; quería acumular muchísimo semen para lograr mi objetivo.

Ya no me importaba nada, lo único que necesitaba era tenerla para mí.

A ese orgasmo de Violet le siguió otro, y luego otro, para culminar con otro, en donde ya no pude contenerme más y jadeé con fuerza, pues me había subido tan alto que la caída fue vertiginosa.

Mi claridad mental volvió después de eyacular, pero no hubo nada en mi mente que me dijera que estaba equivocado. Violet seguía siendo mi objeto de deseo, la mujer que estaría a mi lado y a la que jamás iba a renunciar.

—Caramba, me inundaste. —Se rio nerviosa.

—Déjame ver.

Bajé lentamente a Violet de mis brazos y le pedí que se inclinara. Ver el semen escurriéndole entre las piernas y esparcido por su vulva hizo que se me quisiera parar de nuevo.

Lo que sí hice fue meterle los dedos y disfrutar de aquel sonido cremoso que hacía al estimularla.

—Adrien, para —pidió, aunque al instante se rindió y se entregó al placer, recibiéndome de nuevo cuando logré la erección.

Esta vez tuve que sentarme en el retrete y ella se apoyó a la pared con sus brazos mientras se movía de adelante hacia atrás.

—No me puedo cansar de esto —expresé—. ¿Cómo demonios piensas que te dejaré ir?

—Perdóname, papá —suplicó—. Ya no más.

—No, ya no más —farfullé.

En ese momento tocaron a la puerta de la oficina, aunque a ninguno le importó, seguimos moviéndonos como locos.

Violet no tardó en alcanzar otro orgasmo, más débil que los anteriores, pero lo suficientemente excitante como para que yo me dejara ir.

Los dos nos vestimos de inmediato cuando volvieron a insistir. Ella ya no parecía asustada, sino en shock, como si no pudiera creer lo que habíamos hecho.

Violet asintió cuando le pedí que fuera al sillón a revisar cualquier cosa, y yo me dirigí a la puerta.

—Elizabeth, disculpa, fui al baño —me excusé y ella sonrió.

—Código A 4 —dijo y yo fruncí el ceño.

—¿Pero quién quiere reprogra...?

—El señor Fournier —contestó—. Quiere verlo mañana, en lugar de dentro de una semana.

—Mmm... ¿Tenemos agenda libre? —pregunté, extrañado por la petición poco habitual de ese hombre.

Vincent Fournier era un hombre demasiado ocupado y extremadamente organizado desde la universidad, la cual estudiamos juntos. Para él era impensable reprogramar citas, incluso si eran por algunas horas, así que resultaba bastante extraño ese cambio de planes.

¿Qué demonios lo hacía querer visitar la empresa cuando todavía no tocaba hacerlo? No lo sabía, pero me inquietaba que Violet estuviera presente. A pesar de su severidad, se sabía que nunca paraba quieto en cuanto a mujeres.

—Sí, señor, la tenemos —asintió Elizabeth, sacándome de mis tormentosos pensamientos—. ¿Entonces acepta?

—Sí —respondí a regañadientes y pensando en un plan para no traer a Violet—. Veamos qué es lo que quiere.

30.

♠Violet♠

Adrien no quiso contarme mucho sobre aquel hombre de camino a casa, salvo que tenía uno de sus canales deportivos en Lebs. Me imaginaba que podía llegar a ser un hombre atractivo y de su edad, por tanto, tenía miedo de que me fijara en él.

—¿Te gusta tu malteada, mi amor? —me preguntó con tono cariñoso cuando llegamos al estacionamiento del edificio.

—Sí, me gusta mucho. Gracias por consentirme. —Sonreí.

—Perdóname por asustarte, yo…

—No pasa nada —lo interrumpí—. Creo que es un tema que todavía deberíamos discutir, pero…

—No, no por favor —dijo molesto.

—Tenemos que sentarnos a hablar seriamente, sin sexo de por medio —dije muy seria—. Adrien, es nuestro futuro, hijos que tendríamos y que legalmente serían… Dios, ni siquiera puedo decirlo sin que me den escalofríos. Esos niños serían tus nietos, mis hermanos.

—Veré qué puedo hacer en cuanto a la adopción —prometió, aunque parecía poco decidido al respecto, menos de lo que lo estaba con el tema de dejar a Bianca.

—Las adopciones no son revocables —le recordé—. Siempre voy a ser legalmente tu hija, es muy difícil que logremos dejar de serlo.

—No hablemos de ese asunto, aún no…

—Me pediste un hijo, así que debemos hablarlo, ¿o no? —resoplé—. Un bebé no es un juguete, algo que traigas al mundo por capricho o porque quieras retenerme. Para ser tan mayor, te falta madurar.

—Violet…

—Adrien, te amo, de verdad te amo, y realmente quiero estar a tu lado, pero solo puedo ver problemas —dije con voz quebrada—. Tú no me puedes entender, no querías tener hijos, pero yo sí, quiero una familia.

—La tendremos, la tendremos, mi amor —juró mientras se acercaba a mí para limpiar mis lágrimas—. Haré lo que esté en mis manos, pero no pensemos en eso por ahora.

—Claro, porque lo único que te interesa es metérmela, no ves más allá de lo que esta relación implica, la gente a la que vamos a lastimar y los problemas que esto va a acarrear.

—No es así, Violet —dijo frustrado—. Si quisiera tan solo metértela, te lo habría dicho desde un principio, dejaría que siguieras junto a Mario y yo seguiría con Bianca. No, no he terminado con ella, pero lo haré, maldita sea, lo haré para estar contigo.

—Está bien, Adrien. —Suspiré. Ya no tenía ganas de discutir—. Veremos qué sucede. Debemos renunciar a algo, a ser padre e hija o a ser pareja. No podemos ser las dos cosas.

Durante un instante pude percibir el miedo y la inseguridad en los ojos de Adrien, y fue doloroso saber que él no quería renunciar a una parte de lo que éramos. Sin embargo, también lo entendía, puesto que iba a ser difícil que no fuera mi padre, sentirme huérfana. ¿Por qué me había tenido que enamorar de él? ¿Por qué no pude amar a Mario de esta manera tan intensa? Eso definitivamente me habría ahorrado muchos problemas, incluso aunque que Adrien sintiera cosas por mí.

Esperaba que lo que él sentía por mí no se terminara en el momento en que nuestro vínculo legal se deshiciera. Yo tenía bastante claro que no dejaría de ser así, que aunque me doliera no tener un padre, mi pasión por él seguiría intacta, pero… ¿Él? ¿Qué sentiría él por mí?

—Te amo, Violet —susurró cuando entramos al ascensor y me acorraló en una esquina de este—. No dejaré de hacerlo, aunque no seas mi hija legalmente. No vas a dejar de serlo, siempre te voy a proteger.

—Yo…

—Siempre lo seremos todo —me interrumpió—. No importa lo legal.

—Sí. —Sonreí, contenta de que me hubiese respondido a aquella duda que había comenzado a carcomerme.

Solo esperaba a que fuera cierto, y también esperaba tener la valentía suficiente para terminar con Mario, quien no se merecía para nada el que lo engañara, no cuando era un hombre tan bueno.

Los dos nos dimos un último beso antes de separarnos y que las puertas del ascensor se abrieran en nuestro piso. La tensión seguía en nuestros cuerpos, pero al menos era más llevadera, pues sabíamos que pronto volveríamos a estar juntos, además de que estábamos saciados.

Cuando pasamos al departamento, la señorita Thompson nos sonrió y nos dijo que había una sorpresa en la sala. Con cautela cruzamos el pasillo, y sentí un vuelco en el estómago al ver a Mario y a Bianca sonriéndonos.

—¡Mi amor! —exclamó ella antes de rodear el sofá para ir a abrazarlo.

Mario se quedó quieto, esperando a que yo me le acercara, pero estaba tan conmocionada de ver a Adrien abrazar a su prometida que no me pude mover.

—Hola, cariño —me saludó Bianca cuando soltó a Adrien.

—Hola —contesté—. ¿Cómo estás? Tu padre…

—Ese viejo cascarrabias ya no soportaba mis cuidados, así que me dijo que viniera. Solo quiere que regrese si me voy con Adrien.

—Papá parece querer más a su yerno que a su propia hija. —Se rio Mario mientras caminaba hacia mí para abrazarme.

Adrien todavía tenía sujeta a Bianca, pero se las arregló para interponerse en el camino de Mario, quien frunció el ceño. Yo aproveché esa pequeña distracción para correr a la cocina, en donde la señorita Thompson estaba preparando algunos bocadillos.

—¿Por qué no nos avisaste? —le pregunté en voz baja y ella dejó de partir el jamón.

—Era una sorpresa, cariño —contestó, aunque pude notar cierto tono sarcástico en su voz—. ¿Por qué iba a arruinarlo? ¿Estás molesta?

—No, nana, no lo estoy, yo solo…

—Hola, mi amor —dijo Mario al abrazarme por detrás—. Te extraño, estás demasiado perdida en el trabajo últimamente. Me parece que seré yo quien te lleve a almorzar.

—Eh…

—No, de ninguna manera —intervino Adrien, quien llegó a la cocina también—. Violet y yo almorzamos juntos.

—Mario, no seas celoso —dijo Bianca desde la sala—. Puedes invitar a Violet a cenar o salir con ella los fines de semana.

—No estoy celoso, es solo que la extraño —replicó mi novio—. Pero está bien, el almuerzo es algo poco práctico. La cena está mejor.

—Me temo que tampoco es buena idea. —Adrien se interpuso entre nosotros y me abrazó por los hombros—. No dormiría tranquilo, ya no es tan temprano.

—Somos mayores de edad, no unos niños —bufó Mario, que veía con molestia a Adrien—. ¿Quieres que te sea honesto? Tu actitud…

—Hey, hey, hey —intervino Bianca, aplaudiendo—. Mario, por favor contrólate. No entiendo qué te sucede.

—¿Estás bien, Mario? —inquirí preocupada, aunque por la forma en cómo me miró supe muy bien el motivo de su actitud.

—Estoy bien, pero necesito que hablemos. A solas —contestó con la vista fija en Adrien, quien de manera disimulada me apretó más contra su cuerpo—. Por favor, Violet, volveremos temprano. Dejemos que Bianca y mi cuñado estén a solas.

—Nosotros podemos irnos —ofreció Bianca, lo que me hizo experimentar una angustia horrible—. Este es el espacio de Violet.

—Nadie se va a ningún lado —aseveró Adrien, enojado—. Cualquier cosa que Mario necesite decirle a mi hija la puedo escuchar.

—Me temo que no todo. —Sonrió Mario—. Lo repito: no somos unos niños, somos una pareja y son nuestros asuntos, ¿no es así, Violet?

—Sí, Mario. —Suspiré—. Pero…

—Adrien, mi amor, vámonos —dijo Bianca viniendo hacia nosotros—. Por favor, dejemos que los chicos hablen.

—No me voy a ir —contestó Adrien, mirándola como si quisiera matarla, cosa que la hizo retroceder y que a mí me dieran ganas de hacer lo mismo.

Pero no podía. Él me tenía demasiado sujeta como para moverme. Mario notó eso y me jaló del brazo sin pensárselo; sin embargo, en aquel movimiento, Adrien lo interceptó y lo apartó con violencia.

—¡¿Qué carajo te pasa?! —vociferó Mario—. Suéltala.

—Papá, por favor, deja que hable con él —pedí mientras intentaba controlar mis nervios.

—Señor Leblanc, ellos son novios y…

—¡Tú cállate! —le gritó Adrien y fue ahí que encontré fuerzas para zafarme de él.

—¡No te permito que le hables de esa forma! —exclamé furiosa y miré a Mario—. Vamos, vámonos de aquí.

—Sí…

—No, no, ustedes no…

—Oh, no, claro que se van —dijo Bianca, mostrándose molesta por primera vez, aunque para nada lucía peligrosa como Adrien, que parecía que de un momento nos iba a aniquilar a todos—. Tú y yo vamos a hablar seriamente.

—En otra ocasión —murmuró Adrien, quien estaba desesperado.

—No. Ahora —exigió ella con tono firme.

Con dolor tenía que admitir que era justo y necesario lo que ella pedía. Bianca no se merecía que Adrien y yo le viésemos la cara, tampoco Mario, que avanzó a toda prisa hacia mí cuando Adrien se distrajo viéndola.

Por más que Adrien trató de impedir que Mario y yo nos fuéramos, no lo logró, pues Bianca lo retuvo.

—Quiero que seas honesta conmigo, Violet —me pidió él cuando estuvimos en el ascensor, el cual se dirigía a la azotea del edificio—. Por favor, lo merezco.

No respondí nada y dejé que Mario me tomara de la mano hasta que llegamos a la azotea. A pesar de seguir siendo de día, el viento corría como fuerza y me alborotó el cabello. Hacía demasiados meses que no veníamos a este sitio, y ahora me daba un poco de vértigo y la sensación de que Adrien llegaría a pelear y a lanzar a Mario.

—Mario, yo…

—¿Qué te está haciendo, *mia cara*? —preguntó muy preocupado y yo fruncí el ceño—. Adrien actúa de una manera extraña, que no es normal.

—Espera, Mario, él no me hace nada —lo defendí—. Tranquilo.

—No, no estoy tranquilo, algo me dice que él está…

—¿Qué cosa?

Mario se separó de mí y comenzó a caminar de un lado a otro mientras sonreía de manera forzada. Lo conocía bien y sabía que eso solo le pasaba cuando no encontraba las palabras adecuadas o lo que me iba a decir era muy ridículo.

—Mario…

—Es que ni siquiera sé cómo planteártelo sin que te rías de mí, Violet —resopló—. Incluso en mi cabeza suena ridículo, decirlo en voz alta me genera un asco terrible.

—¿De qué hablas?

Mi corazón rompió a latir más rápido por la angustia que sentía. En el fondo de mí ya lo sabía: él sospechaba de mi relación con Adrien; lo sabía y no quería aceptarlo por lo inverosímil que eso sonaba.

— Violet, no sé si tú lo notas, pero… creo, creo…

—Dilo ya — exigí.

—Creo, no, estoy seguro de que Adrien no te ve como a una hija, sino como una mujer —espetó y luego se rio de manera histérica, esperando a que yo también lo hiciera—. Lo sé, es gracioso, ¿no?

No respondí nada y su risa comenzó a desvanecerse. Su expresión había pasado de la vergüenza al horror y no me gustaba para nada aquello.

—Violet, es ridículo, ¿no? Dime que es ridículo —me pidió—. Dime que estoy loco, enfermo de celos, de todo menos que es cierto.

—Mario…

—No, no, no —negó con la cabeza—. Violet, tú no…

—Mario, por favor…

—¿Qué te ha hecho? ¿Te tiene amenazada? —indagó mientras se acercaba a mí para tomarme por los hombros—. Violet, no, no, por favor.

—Creo que no estoy lista para lidiar con nada, ni siquiera conmigo misma —dije con voz temblorosa—. Mario, tú y yo…

—Violet, ¿él te pide que me dejes? ¿Es eso? ¿Qué está pasando? —preguntó y yo me sentí débil.

¿Cómo iba a decirle algo así? No, era absurdo.

—Si quieres terminar con lo nuestro que sea porque tú lo quieres así, no por ese maldito enfermo, que sé que ahora mismo quisiera matarme.

—No, Mario, no es…

—Lo es y lo sabes. —Sus ojos oscuros comenzaron a llenarse de lágrimas—. Violet, él es tu padre, no dejes que… Nos vamos, nos vamos de una vez por todas.

—¿Qué estás diciendo? —jadeé.

—Tú y yo vamos a solucionar lo nuestro después, pero lo principal es que estés a salvo, lejos de ese imbécil.

—Es mi padre, no puedo estar lejos de él, el trabajo…

—A la mierda el trabajo.

—¿Te estás escuchando? ¡Estás queriendo controlar mi vida sin saber qué es lo que pasa! —grité enfurecida y me aparté de él.

—¿Entonces qué está pasando? Porque con tu actitud me lo dices todo: sabes bien que él quiere algo más contigo.

—No, no es…

—Lo es, y ambos lo sabemos, incluso tu nana. Bianca es la única ingenua que no lo nota o que no quiere notarlo.

En ese momento me quebré y me llevé las manos a la cara para ahogar mis sollozos. Mario volvió a acercarse a mí y me abrazó con fuerza. No puede apartarlo, ya que lo necesitaba.

—Por favor no te metas en esto —gimoteé—. No te mereces que te lastime.

—Tú eres incapaz de lastimarme —me contradijo—. Eres muy buena, íntegra.

—No, no lo soy —negué con la cabeza y lo alejé de mí—. Soy de lo peor, y por eso no puedo estar contigo.

—Violet…

—Lo siento, pero es mejor que esto acabe.

—No, no hemos… Maldita sea, yo te amo. Sé que tú todavía no a mí, pero…

—Mereces algo mejor —lo interrumpí—. Yo…

—Aceptaré que me dejes ahora, pero no que no me dejes luchar por ti —dijo decidido—. No me quiero rendir.

—Pero…

—Violet, me preocupas, más allá de si eres mi novia o no, te amo a ti y no quiero que estés mal. Si Adrien te hace daño, si tan solo llega a tocarte…

—¿Qué?

—Lo mataría —dijo enojado, aunque no sonaba tan aterrador como Adrien. Mario solo hablaba desde el dolor, era incapaz de hacer algo así—. Él es tu padre y no puede abusar de eso, no lo pienso tolerar.

—Mario, estás equivo…

—No, Violet —me cortó—. Sé cómo luce un hombre enamorado, un hombre que desea, y él lo hace, te desea. A mi hermana jamás la ha mirado y protegido de esa forma.

—No sé qué decir —susurré.

—Deberías irte, sea conmigo o a cualquier sitio seguro —contestó—. Él no es una buena persona, nadie que se enamore de su propia hija puede serlo.

—No es mi padre biológico y sabes que no me crio —le recordé.

—Da igual, lo que siente por ti es una aberración y eso lo sabes —gruñó—. No defiendas lo indefendible.

—Creo que es hora de que vuelva, no… no quiero hablar —dije aturdida—. Perdóname por todo esto.

—No me alejaré de ti —me aseguró antes de dejar que me fuera—. No te voy a abandonar.

Me subí al ascensor y en cuanto las puertas se cerraron me eché a llorar, sin embargo, me tranquilicé con rapidez antes de llegar al penthouse. Mi nana estaba en la cocina, llorando a lágrima viva.

—Me despidió, mi niña —sollozó—. Me despidió.

—¿Qué? No, no es posible —dije antes de ir a abrazarla—. ¿Dónde está Adrien?

—Tu padre se fue con la señorita Bianca, pero me pidió que empacara mis cosas y…

—Sí, ahora mismo vas a largarte por entrometida —dijo Adrien al entrar.

—No, no lo harás —refuté y el azotó la puerta—. Si lo haces, si te atreves a correr a mi nana, yo me voy con ella.

—Estás loca, Violet, tú no vas a…

—Lo haré, papá —lo corté con rabia—. Si corres a mi nana, todo se acabó.

31.

♠Adrien♠

En momentos como aquel extrañaba la libertad de mi cuerpo y mi corazón. Extrañaba no sentirme atado a nada ni nadie, hacer lo que quería y no ser chantajeado. Pero Violet sabía que me tenía completamente atado y que no sería capaz de hacer algo para que ella me dejara. La necesidad de tenerla me haría aguantar a esa estúpida mujer, la cual sabía que no hacía las cosas con maldad, al menos no hacía Violet.

Conmigo era otra historia.

Ella notaba bien que amaba a Violet más allá de ser su padre adoptivo, que mis sentimientos que debieron ser paternales se volvieron los de un hombre que desea y ama a una mujer. Para los ojos de cualquiera era una aberración, pero no para mí, no cuando Violet me hacía el hombre más feliz con tan solo mirarme, besarme o decirme que me amaba.

¿Por qué tenía que estar prohibido nuestro amor?

Bianca seguramente estaría destrozada luego de que le insinuó que tal vez era mejor terminar. No me preguntó demasiado sobre los motivos, no quiso escuchar mis explicaciones, simplemente se fue, no sin antes decirme que esperaba que solucionara mis problemas con Violet, que me amaba y que me daría un tiempo para pensarlo. Más tarde me escribió preguntándome si había otra mujer en mi vida, pero no me sentí capaz de responder, de dejar en evidencia a Violet.

Estaba seguro de que Mario le insinuaría la posibilidad.

Volví a acercarme a la puerta de mi habitación en cuanto dejé de escuchar ruidos en el pasillo, pero me detuve en seco. Las dos tenían cosas de las cuales hablar, e interrumpir ahora solo sería echarle más leña al fuego; además, estaba tan furioso con esa mujer que era más que seguro que no me contendría y la terminaría echando otra vez.

No, esta vez debía reinar en mí la prudencia. No iba a perder a Violet por una simple empleada entrometida, la cual debía aceptar que había querido a Violet como a una hija.

Cuando tocaron a mi puerta, todo dentro de mí se aceleró. Por un momento se me pasó por la cabeza la idea de no abrir, sin embargo, mis ganas de ver a Violet me hicieron no hacer caso de mi orgullo.

—Mi nana se fue. —Suspiró—. Volverá mañana, está muy afectada.

Antes de que pudiera atraerla hacia mí, Violet colocó una mano en mi pecho para frenarme.

—Adrien, tenemos que hablar. Vamos a la sala.

—Mejor a tu salón —sugerí y ella asintió.

Los dos nos dirigimos en silencio hacia esa zona de la casa. Por extraño que pareciera, no era tensión sexual la que nos rodeaba, sino algo desagradable, la sensación de que discutiríamos de una manera en que terminaríamos enfadados.

—Violet, mi amor...

—Terminé con Mario —espetó y se giró hacia mí para encararme.

—¿De verdad? —pregunté contento y ella asintió, mas no dejó que me acercara cuando quise hacerlo.

—Dime que no hiciste lo mismo con Bianca, por favor —suplicó—. Es decir, no de forma tajante, lo que menos quiero es que...

—Se lo insinué. —Suspiré—. Ella me dijo que me daría un tiempo para pensarlo. Y bien, llegado ese tiempo, terminaré con ella.

—Bien —asintió Violet, relajando el cuerpo—. Entonces somos casi libres.

—Sí, mi amor, lo somos —dije sonriendo y ahora ella me permitió matar la distancia entre los dos.

—Tengo miedo, Adrien —susurró, y yo alcé su mentón para que me mirara—. Tengo miedo de todo lo que se nos vendrá encima.

—Yo no tengo miedo, estoy seguro de que podré protegerte —contesté y ella me sonrió.

—¿Tú vas a cuidar de mí, papi? —inquirió con ese tono inocente que me endurecía a más no poder.

—Sí, hija. Papá te cuidará.

Tomé entre mis brazos a Violet y, a pesar de sus protestas, la llevé a mi habitación.

—No hemos hecho el amor aquí —le dije agitado mientras nos desvestíamos frenéticamente.

Lo primero que ataqué con mi boca fueron sus rosados pezones, los cuales estaban endurecidos por la excitación. Ninguno de los dos se había limpiado todavía de nuestro anterior encuentro, pero no nos importaba, tampoco fue impedimento para prepararla con mi boca para fundirme en ella.

—Siente nuestro sabor —musité antes de besarla. Ella gimió, y abrió más las piernas para dejar que la penetrara.

No me importaba que esa mujer volviera, no me importaba que nadie nos escuchara, me moví de manera rítmica y frenética, disfrutando de las muecas y gemidos de placer de mi hermosa hija, de mi apasionada mujer. La amaba en todos los sentidos y no la perdería por nada del mundo.

Mataría a quien fuera que me estorbaba. De un modo u otro, pero lo haría. Nadie iba a impedir que fuese feliz con ella.

—Papi —gimió Violet mientras me montaba y arqueaba el cuerpo—. Coges delicioso, mi amor. Maldita sea, me muero.

—Si te mueres, nos vamos juntos —respondí sin pensarlo y ella sonrió—. No nos vamos a separar nunca, ¿me oyes?

—Nunca —gimoteó.

En ese momento la atraje hacia mí, y la sensación placentera aumentó. Violet se restregaba contra mí de manera errática, solo dejándose llevar por el deseo que le recorría el cuerpo y que me inyectaba más excitación. No recordaba que ninguna mujer fuese tan natural en el sexo como lo era ella, que no le importara moverse sin temor a fallos, solo entregada al momento.

—Tú también me matas —dije muy cerca de su rostro.

Mis besos no fueron hacia sus labios, sino a su mentón, a su mandíbula y luego al cuello. Ella no paraba de gemir y cada vez sonaba sin más fuerza en la garganta, lo que me indicaba que se correría de un momento a otro.

Y cuando pasó tensé mi cuerpo, dado que sus movimientos se sentían tan deliciosos que me costó no eyacular; incluso lo hice un poco antes de que pudiera terminar, y al final me dejé ir con todo lo que tenía.

Ella apoyó la frente en mi pecho y respiró agitada durante varios minutos. Mi erección ya no estaba allí, pero seguía dentro de ella y su calidez me invadía de una forma exquisita.

La deseaba incluso sin estar excitado.

—¿Estás bien, mi amor? —le pregunté y ella alzó la cara.

—No mucho —admitió con tristeza—. No sé cómo...

—Todo saldrá bien, mi amor. —Sonreí—. Te dije que debes confiar en mí.

—¿Y cómo puedo hacerlo si no te tomas las cosas con calma? —preguntó—. Haces muy evidente lo que está pasando entre nosotros, y todavía no puede saberse, maldita sea.

—Perdóname —susurré avergonzado, mas no arrepentido de haber logrado mi objetivo.

—Quiero darme una ducha, ¿me permitirías estar un rato a solas?

—Pero...

—Por favor, Adrien, estoy abrumada.

Violet intentó levantarse, pero no la dejé y la miré con miedo. Ella me suplicó con la mirada que la soltara y, tras ver la angustia en sus ojos, decidí hacerlo.

—Nos vemos más tarde, Adrien —susurró antes de levantarse de la cama, lo que hizo que de inmediato extrañara su calor y su aroma, el cual prefería tener muy cerca de mí.

Me llevé las manos al rostro cuando ella se fue y, mientras lo hacía, no dejaba de pensar en todo lo que se avecinaba. Tenía que cumplir con mi promesa de intentar revocar la adopción.

—Perdóname por no querer hacerlo —murmuré—. No quiero dejar de ser tu padre.

32.

♠Violet♠

Mi nana al final pareció recapacitar y volvió a casa durante la noche. Ella ya parecía más tranquila, puesto que había hablado con su hermana y esta la tranquilizó con respecto a todo lo que había pasado.

—Ella tiene razón —le dije cuando nos sentamos en la sala para beber un té—. Yo te quiero y jamás permitiría que mi padre te corra de esta casa.

—Lo sé, mi niña —contestó, acariciando mi mejilla—. Pero el señor Leblanc tiene la potestad para hacerlo cuando quiera.

—Pues no, yo te aseguro que no lo hará.

—Eso es exactamente lo que me preocupa y me agobia —susurró mientras miraba hacia arriba para cerciorarse de que Adrien no estuviera viéndonos—. Violet, quiero ser honesta contigo.

—Nada, yo creo que...

—Por favor, escúchame —me pidió—. No podemos escapar a esta conversación. Tú y yo sabemos lo que ocurre.

—Nana, por favor no —dije con angustia—. Yo...

—El señor Leblanc no te mira como un padre mira a su hija —me cortó—. Eso es grave.

—Nana, te dije que ya basta —insistí, pero ella no parecía querer detenerse, así que tuve que resignarme a escucharla para no empeorar la situación.

—Déjame terminar, cielo —me rogó—. Dudo mucho que tengamos otra oportunidad para poder hablar.

—¿A dónde quieres llegar?

—¿Él te ha hecho algo indebido? —me preguntó con nerviosismo, temiendo la respuesta—. Por favor, tienes que ser honesta.

—Creo que no tengo por qué responder eso —murmuré, incapaz de seguir mirándola a los ojos—. Solo te puedo decir que todo está bien, que Adrien nunca me ha hecho algo que yo no le permita.

—De acuerdo —asintió, aunque no parecía nada convencida—. Pero de todos modos te aconsejo que te cuides, mi niña. Yo hago todo lo posible, pero...

—¿Qué insinúas? —pregunté molesta y me levanté del sofá—. Habla claro.

—Ya lo he hecho: el señor Leblanc quiere algo más contigo, llegar a... tocarte de maneras indebidas. Son padre e hija, aunque no los una la sangre.

—Te agradezco que te preocupes por mí, pero por favor no volvamos a hablar del tema —dije con tono cortante—. Tú no tienes por qué preocuparte, al menos no con respecto a nosotros dos.

—Tú lo quieres de la misma forma, ¿cierto? Te está envolviendo —dijo horrorizada—. Lo siento por entrometerme, pero sabes que eres mi niña, que solo quiero tu bien.

—No me haces bien dejando de meter a Mario y a Bianca en todo momento, en perseguirnos —repliqué—. Te lo pido de la manera más atenta: deja de hacer eso. Tú mejor que nadie debes saber que estoy...

—Sé que no estás bien, puedo ver tu dolor —dijo apenada—. Perdóname, Violet, yo... yo solo quiero que estés bien, que no eches a perder tu vida. Por favor, no te enojes conmigo, no volveré a meterme, pero piensa en todas las consecuencias.

—No sé de lo que...

—Nadie puede ser feliz a costa del dolor ajeno, cuando las cosas no comienzan bien —me atajó y yo sentí que mi pulso se aceleraba más—. Me temo que alguien te lo tenía que decir, y esa soy yo, porque te he visto crecer.

Me quedé contemplando el rostro de la señorita Thompson durante un rato. Tenía muchas ganas de romperme y pedirle que me protegiera, que me ayudara a decidir qué hacer, pero sabía de antemano cuál sería su respuesta, y eso implicaba alejarme de Adrien para siempre, volver a vivir nuestra vida, separados el uno del otro. Ya no me sentía capaz de volver a lo mismo, no después de haber tenido su amor.

—Me alegra que hayas vuelto —murmuré—. Descansa, nana.

—Descansa, mi niña —contestó cabizbaja.

A ella le dolía saber la situación y no poder hacer nada para evitarla. Más me dolía a mí que pensara en mí como una víctima de Adrien y no como una mujer que siempre lo deseó, que desde antes de que ocurriera todo esto ya se tocaba pensando en él.

Cuando subí las escaleras, estaba Adrien esperándome afuera de mi habitación. Verlo me aceleró aún más el corazón y me hizo pasar saliva. Su expresión muy seria me decía que tal vez lo había escuchado todo.

—No pensarás hacer caso de lo que esa mujer te diga, ¿no es así? —preguntó.

—No, pero te ruego que esta noche te vayas a tu habitación —respondí con fastidio.

—Violet...

—Dame un poco de espacio.

—Te he dado muchas horas.

—Pues necesito más. —Me encogí de hombros—. Necesito descansar, mañana tenemos trabajo que hacer.

—Bien. —Adrien se acercó para besar mi frente—. Buenas noches.

Ninguno de los dos se separó del otro. La tensión estaba creciendo entre los dos y, aunque quería ignorarla, resultaba imposible. Alcé el rostro y me encontré con los labios de Adrien, que se movían ansiosos por los míos.

Al final no hicimos caso de nuestros instintos y cada uno se fue a su respectiva habitación, lo cual hicimos bien, pues pocos minutos después escuché que la señorita Thompson subió. Esta también tocó a mi puerta y asomó la cabeza para desearme buenas noches.

Aquello me hizo llegar a la conclusión de que no era buena idea mantener relaciones con ella estando aquí.

Durante la noche me dio la sensación de no haber dormido nada, pues no paré de darle vueltas a todo lo que estaba pasando. En mi mente se creaban muchos escenarios y muy pocos eran buenos. Las palabras de mi nana sobre que no podíamos ser felices a costa del dolor de otros me habían calado más de lo que me gustaba, pero también me hacían sentirme enojada con ella por querer hacer que me sintiera terrible.

Cuando por fin dejé de pensar en eso y me dispuse a descansar de verdad, sonó la alarma que indicaba que era hora de levantarme. Al no tener sueño, me levanté de inmediato y fui a ducharme con desgana, sin pensar demasiado en el tema para que mi cerebro pudiera enfriarse un poco.

—Buenos días, Violet —me saludó la señorita Thompson, quien estaba afuera de mi habitación cuando salí. En sus manos tenía una bandeja con mi desayuno—. Pensé que estarías cansada, así que te lo he subido.

—Muchas gracias. —Sonreí y tomé la bandeja entre mis manos.

—Le diré al señor Leblanc que no te moleste —dijo antes de marcharse para que no pudiera reclamarle nada.

Solté un gruñido, pero de todos modos me apresuré a entrar a mi habitación para cerrar la puerta y comer en paz, cosa que no iba a poder hacer si estaba Adrien a mi lado, ya que este intentaría acariciarme o besarme cuando ella se volteara a hacer algo.

No tenía demasiada hambre, pero comí todo lo que pude porque me esperaba un día largo. Adrien, por suerte, no me había venido a buscar, aunque sí despotricó largo y tendido en el auto por el atrevimiento de la señorita Thompson, por su empeño en separarnos a toda costa.

—No la soporto más, Violet, no la soporto —dijo enfurecido al estacionar frente a la empresa—. Sé que ella fue como una madre para ti, pero lo que hace es excesivo, está colmando mi paciencia.

—Te entiendo, Adrien. —Suspiré—. Ella está empeñada en que tú eres el que me busca a mí como algo más.

—Deberías aclararle que...

—Le daría un maldito infarto y tal vez vaya y se lo cuente a Bianca para que esta...

—Pues mejor, así... —Adrien se detuvo a la mitad de la frase y negó con la cabeza—. No, no merece sufrir así, pero de todos modos quiero que deje de entrometerse. Si tú no le pones un alto, lo haré yo y no va a gustarte.

—Ni se te ocurra correrla o hacerle algo —advertí enojada—. Ella cree que está protegiéndome, eso es todo.

—No estoy en contra de que se preocupe por ti, pero por Dios, no eres una niña —dijo exasperado y le pegó al volante. Al darse cuenta de que di un respingo, soltó un suspiro—. Lo siento, mi amor, pero me altera demasiado que intenten separarnos.

—A mí también, pero debemos entender que esto no lo verán con buenos ojos, al menos no en un principio.

—Por favor no te rindas —me pidió mientras me tomaba de una de las manos y me miraba con intensidad—. Yo estoy dispuesto a arriesgarme por esto, por lo que sentimos. Te pido que no me abandones, no ahora.

—No lo haré —contesté—. Pero creo que tú eres el más fuerte de los dos. Yo... Yo tengo tanto miedo.

—Déjame tus miedos a mí, yo voy a cargar con eso —contestó—. No voy a permitir que nadie nos dañe, que nadie termine con esto.

Yo solo me limité a asentir, y Adrien se acercó para darme un beso en los labios antes de bajarse del auto para venir a abrirme.

Los dos caminamos uno cerca del otro, pero sin tomarnos de las manos. Aquella pequeña distancia entre los dos producía una electricidad agradable en mi cuerpo, la sensación de que en cualquier momento no nos importaría nada y sucumbiríamos a nuestro amor enfrente de todos.

Me odiaba un poco por no ser tan valiente como Adrien, pero a su vez me parecía bien ser la persona racional de esta relación. Si bien ya no había opción a dejarlo, al menos debía pensar en maneras de adaptarnos a la situación, ver todos los caminos posibles para no sufrir el acoso de las personas.

Incluso todo lo pensaba a nivel empresarial y me causaba escalofríos. La gente solía ser cruel, prejuiciosa, y tal Adrien tendría problemas con los accionistas. ¿Y si las acciones caían en picada? Nadie querría invertir aquí por el posible escándalo que nuestra relación representaría.

—Violet, amor, ¿te sientes bien? —preguntó Adrien cuando estuvimos dentro del ascensor.

—Estoy bien —murmuré—. Estoy un poco nerviosa todavía, pero...

Adrien se colocó frente a mí y me dio un beso rápido. Su mirada por fin estaba llena de entendimiento y no parecía que fuese a tener una crisis o a aterrorizarme.

—Mientras estemos juntos, todo va a marchar bien —me aseguró—. Deja que yo me encargue, te lo he dicho cientos de veces.

—Está bien.

Él se dio la media vuelta a tiempo para que las puertas se abrieran en nuestro piso y nadie sospechara que estábamos frente a frente. Los dos salimos y notamos algo extraño en el entorno.

—Señor, señorita Leblanc, buenos días —saludó Elizabeth.

—Buenos días —dijo Vivian, que estaba más seria de lo normal.

—¿Alguna novedad? —preguntó Adrien, mirándolas extrañado.

—Adentro de la oficina lo espera el señor Fournier, señor Leblanc —anunció Elizabeth, lo cual hizo que él gruñera.

—¿Por qué llegó tan temprano?

—No lo sé, señor, pero ya le hemos ofrecido café y lo dejamos instalado en la sala.

—Bien —murmuró Adrien, quien me miró—. Violet, puedes quedarte aquí, todo esto será...

—El señor Fournier mencionó que quería verlos a ambos.

—Está bien, papá, voy contigo —dije—. También creo que es importante que lo conozca.

—Está bien —asintió Adrien de mala gana—. Pero vas a obedecerme en lo que te diga.

—De acuerdo.

Los dos caminamos hacia la oficina y de pronto toda mi inquietud volvió de golpe, pero no por mi situación con Adrien.

Dentro de la oficina, sentado en el sillón que daba de frente a la puerta, se encontraba Vincent Fournier, quien era un hombre bastante atractivo, cuyo rostro estaba enmarcado por una bien cuidada barba, y sus ojos eran de un color verde aceitunado. El poder que destilaba solo con estar sentado me dejó impresionada, incapaz de apartar la vista de él. Quería averiguar por qué me miraba de forma tan intensa a pesar de su evidente frialdad.

No era para nada lo que Adrien me hacía sentir. Esto era diferente, extraño y me daba mucho miedo.

De pronto enfocó su vista en Adrien, y una sonrisa maquiavélica y sarcástica adornó sus labios.

—Buenos días, Adrien —saludó mientras se levantaba con elegancia y se acomodaba el saco—. Es un placer volver a verte.

33.

♠Adrien♠

—Buenos días, Vicent —saludé con tono seco, aunque este no pareció darle importancia—. Parece que tienes urgencia de verme.

—No te equivocas, Adrien, me es urgente tratar un tema contigo y —su mirada se enfocó de nuevo en Violet, a quien, disimuladamente, cubrí con mi cuerpo— tu hija.

—No entiendo por qué ella —respondí, inquieto por la manera en que había dicho lo último—. Violet...

—Ella será dueña de todo esto, ¿no es así? Le incumbe este asunto. Además, la opinión de mentes frescas y jóvenes me interesa.

Me quedé callado durante unos segundos, mirando con desconfianza a Vincent. Llevaba tantos años conociéndolo como para saber que para nada le interesaban las opiniones ajenas, a menos que fueran estudios de mercado; él solía hacer en su canal lo que le venía en gana y consideraba mejor. Funcionaba, por supuesto, tenía una buena visión.

—Bien, tú dirás —dije para disimular aquella desconfianza frente a Violet.

Después de todo lo que habíamos pasado, tal vez era mejor no alterarme demasiado en su presencia. Lo prohibido o enigmático, por naturaleza, atraía la atención de las mentes jóvenes. No quería que Violet tuviese interés alguno en este tipo.

—¿Por qué no se sientan? —sugirió Vincent, retrocediendo para sentarse de nuevo en el sillón en el que estaba—. No nos quedemos ahí parados. Esta conversación creo que da para un rato.

Violet y yo nos miramos y asentimos. Los dos nos disponíamos a sentarnos cuando de pronto Vincent se levantó y se acercó a Violet para extenderle la mano. El movimiento había sido tan inesperado y rápido que no lo pude evitar.

—Qué mal educado soy. Mucho gusto, Violet.

Tuve que controlarme a mí mismo para no impedir que ella levantara la mano y respondiera al saludo. Aquel simple gesto hizo que el estómago me ardiera, pero me contuve; Violet iba a enfadarse si tenía un comportamiento tan infantil.

Mi raciocinio lo procesaba demasiado bien, pero no esa parte de mí que amaba a Violet con locura. No toleraba sus interacciones con otros hombres, pues sabía que todos tenían una situación menos comprometida que yo. Cualquier hombre era un mejor prospecto para Violet que yo, si lo veía desde un punto de vista objetivo.

Por supuesto, no haría caso de la objetividad; me entregaba y me seguiría entregando a lo que sentía, que era amor por ella. No dejaría que nadie representara un peligro. A mí nadie podía quitarme lo que me pertenecía.

Una vez que se alejaron y cada uno se sentó en su lugar, decidí abrir la conversación.

—Y bien, Vincent, ¿qué te trae por aquí?

Vincent soltó un largo suspiro y metió los labios para remojárselos de forma disimulada, gesto muy característico de su parte cada vez que iba a exponer un tema importante.

—Bien, el motivo que me trae aquí hoy es un nuevo canal cultural —dijo sin más preámbulo.

—Si quieres mi opinión, creo que los canales culturales van en...

—No he terminado todavía, Adrien. —Se rio Vincent, que miró a mi mujer de nuevo.

Mis ganas de mandarlo al infierno se acrecentaron. Presentía que lo del canal era tan solo una maldita excusa para verla. ¿Acaso nos había visto en esas notas ridículas? ¿Le interesaba el futuro de esta compañía? Quería de verdad creer que era eso y no que pretendiera conocerla, ignorando por completo nuestra situación. O tal vez lo sospechaba, y el morbo lo había traído hasta aquí. Fuera como fuese el caso, permitiría todo menos que estuviera interesado en mi Violet.

—Es aquí donde necesito tu opinión —prosiguió Vincent, dirigiéndose a ella—. Sé que la juventud ya no ve la televisión como antes, pero...

—Bueno, afirmar eso, en este año, es un error. —Violet sonrió—. En estos últimos tres años, las redes sociales han perdido un poco de impacto, y la gente joven, que está un poco obsesionada con lo antiguo, ha vuelto poco a poco a la televisión. Aunque, claro, a programas dirigidos hacia ellos.

—Vaya, parece que te tomas tu trabajo en serio —la elogió Vincent, mirándola fascinado.

—Por supuesto que sí —intervine, tomando la mano de Violet entre las mías.

Si no hubiese estado tan al pendiente del rostro de Vincent, no habría advertido el instante en el que miró nuestras manos y entrecerró los ojos. Solo fue un instante, tan solo uno, pero que me bastó para tener claro que debía cuidar de mi hija.

—Sí, lo tomo muy en serio —asintió ella—. Además, me parece algo muy interesante.

Apreté la mandíbula durante un momento, odiando por primera vez esa manera de expresarse tan desenvuelta y sencilla, la cual encantaba a todo el que la conocía. ¿Por qué no podía ahora mismo mostrarse como una chiquilla inmadura? ¿Por qué no escondía su encanto o se quedaba callada?

—Es un proyecto un poco arriesgado, a decir verdad —comentó Vincent mientras echaba la cabeza hacia atrás—. Pero estoy seguro de que va a tener éxito, o al menos no será un fracaso.

—Te veo inseguro, Vincent —dije con un tono un poco mordaz—. Tú nunca apuestas por proyectos y dices que es arriesgado. ¿Por qué ahora quieres hacerlo?

—Así como el mercado, las personas también cambiamos —repuso Vincent sin perder el buen ánimo, uno que me parecía nauseabundo—. Considero que es hora de explorar nuevos horizontes en lugar de ir siempre por lo seguro.

—Vaya con tu nueva filosofía —masculle—. Sabes que si esto fracasa vas a perder...

—Malgastar un poco de dinero no me viene mal. —Sonrió él, pero seguía con aquella sensación de que esto tan solo era un pretexto para un fin que lo beneficiaría más. Lo conocía bien, él no actuaba solo porque sí—. Adrien, me da la impresión de que mi presencia te es...

—No, no, para nada —mentí cuando Violet volteó a verme—. Tan solo me extraña. Tú no eres así.

—Bueno, no nos hemos visto en algunos meses. Han pasado cosas que me hicieron replanteármelo todo.

Me mordí las mejillas por dentro para evitar preguntar qué clase de cosas. Él no iba a contestar a nada que yo le preguntara sobre su vida personal y, siendo honesto, no me interesaba. Lo único que me preocupaba era que no tuviera interés en Violet.

Si eso era así, debía buscar una manera contundente de deshacerme de él.

Tras expresar esas últimas palabras, miró a Violet de tal manera que está bajó la cabeza. Estuve a punto de reclamárselo a Vincent, pero este continuó hablando sobre su proyecto, el cual consistía en tomar a personas jóvenes de renombre, cuyo contenido fuese cultural. La idea me parecía una absoluta mierda sin sentido, pero me dediqué a escucharlo como la buena educación dictaba.

—Creo que tienes que volver con una mejor idea —opiné cuando terminó—. No me parece que tengas un proyecto sólido.

—Por eso esperaba conocer a Violet —dijo él—. Esperaba una opinión sincera de ella, ya que, por lo que has llegado a mencionar, ella estará a cargo algún día. ¿Por qué no aprovechar esta oportunidad?

—Como bien dice mi padre, el proyecto carece de solidez —intervino Violet, con ese tono tan profesional que, si Vincent no hubiese estado, me habría endurecido. Ahora lo único que sentía eran náuseas, deseos de mandar al infierno a nuestro visitante—. Pero creo que podemos pulirla, contar con la participación de aquellas personas que mencionas y hacerlos colaborar. No tengo mucha idea de cómo es que funciona todo con sus empresas, sin embargo, debería considerarlo. A veces quien menos esperamos tiene una buena idea.

—Así es, Violet —asintió Vincent—. Eso acaba de pasar justo ahora. Tu idea me parece de lo más innovadora e interesante.

Apreté los dientes para no dejar salir mis pensamientos. ¿Qué demonios pretendía? ¿Por qué esa adulación hacia Violet? No saberlo estaba martirizándome de una manera horrible.

—Violet apenas inicia en este mundo —dije—. No sabe demasiado de lo que habla.

—Perdón que te contradiga, pero ella sabe bien de lo que habla —replicó Vincent con tono molesto.

—Por supuesto que sí —se defendió Violet, que alejó su brazo para que este no me rozara—. No soy experta, y sé que lo que dije no fue nada brillante, pero yo no quiero mandar al diablo un proyecto que podría tener futuro, aunque ahora mismo no tenga forma definida.

—Adrien, ¿te sucede algo? —inquirió Vincent. Él fingía estar preocupado, pero notaba la burla detrás de ellas; posiblemente lo sabía todo—. De verdad estás...

—No me pasa nada —le mentí—. Es solo que este tipo de cosas tal vez deberías consultarlas conmigo antes.

—Gracias por tomarme en cuenta, señor Fournier —dijo Violet mientras se levantaba—. Pero veo que mi padre me subestima.

—Cosa que está muy mal. —Vincent entornó los ojos—. Adrien, realmente estás siendo muy irrespetuoso con tu hija.

Violet en ese momento se marchó de la oficina. Vincent frunció el ceño e intentó levantarse para ir en su búsqueda, pero yo me paré para impedirle el paso.

—Mi hija no está libre —le advertí y él se rio.

—¿Piensas que me puedo interesar por ella de esa forma?

—Me da igual, no te quiero...

—Yo no soy un enfermo como otros. —Sonrió. Aquello fue la confirmación de lo que sospechaba: él lo sabía—. El motivo para venir aquí fue ella, a decir verdad, pero no por los motivos retorcidos que te estás imaginando. ¿Qué te pasa, Adrien?

—Ambos sabemos que me mientes, que esa idea estúpida del canal no es más que una excusa, que jamás vendrías tú aquí con un proyecto que no esté bien diseñado —contesté furioso.

—La gente cambia de opinión, ¿por qué te es difícil aceptarlo?

—Porque llevo más de media vida conociéndote.

—Crees conocerme, pero no, Adrien, ni tú ni nadie me conoce.

—En tu vida personal, tal vez no, pero sí en tu manera de actuar en este medio. Violet no está dentro de esto, que quede claro.

—Espero que lo pienses mejor —respondió—. Sería una lástima que ella se desanime.

—Gracias por tus consejos, pero no los quiero. Soy el padre de Violet y sé bien lo que es mejor para ella.

Por un instante me pareció distinguir un brillo de rabia en sus ojos, pero él se despidió rápidamente y se marchó por fin. Todavía no estaba del todo tranquilo, aunque al menos me había deshecho de él por este día.

Cuando salí a buscar a Violet, esta no estaba. Mi primer pensamiento fue que había ido al baño, pero Vivian me informó algo que me angustió sobremanera.

—Ella se marchó —dijo, mostrándome el gafete de Violet—. Dice que no quiere trabajar más aquí.

34.

♠Violet♠

Sabía que lo que había hecho era completamente inmaduro y producto de un arranque de rabia, pero no lo pude evitar. Que Adrien desacreditara mis opiniones enfrente de otro empresario me hizo sentir verdaderamente mal y prefería tomarme tiempo para pensar las cosas. No tenía todavía claro si renunciaría o no, sin embargo, no quería verlo.

Como yo ya no llevaba guardias siguiéndome, mi celular comenzaba a tener varias llamadas perdidas de Adrien, por lo que decidí apagarlo y mejor disfrutar de mi malteada de oreo a solas, sin nadie que me molestara. Era poco probable que él me encontrara aquí, puesto que no se trataba de un lugar que soliera frecuentar; las malteadas llegaban a mi casa o me las compraba Mario.

Mario...

Qué fácil hubiese sido mi vida si me hubiese enamorado de él, si Adrien hubiese decidido volver a mi vida cuando yo hubiese estado más comprometida con esa relación. Estaba segura de que, con un poco más de tiempo, habría logrado ser feliz a su lado.

Sorbí un poco más a mi malteada y miré por la ventana. Unas desagradables mariposas en el estómago me impedían disfrutar del todo lo que me estaba tomando. La malteada ahora me resultaba un tanto empalagosa y me detuve.

La necesidad de volver a casa se estaba acrecentando en mí, pero luego recordaba mi furia y me mantenía quieta en mi asiento, viendo a los autos pasar. ¿Me esperaría alguna clase de castigo por lo que había hecho? ¿Adrien tomaría en serio mi renuncia? ¿Aprendería algún día a valorarme o dejar de decir estupideces a causa de los celos? Porque pensándolo de forma racional, aquello parecía un ataque de celos. No se daba cuenta de que ese hombre no me interesaba en lo absoluto como él creía. Sí, era muy atractivo, pero no más que él, o no a mi parecer. Adrien me robaba el aliento con tan solo estar cerca; ya era incapaz de voltear a ver a otro hombre con deseo.

Dejé de mirar la ventana y vi cómo una mujer se sentaba frente a mí. Me quedé boquiabierta y mi corazón se aceleró demasiado al reconocerla: era mi madre. A pesar de que sus ropas ya no eran viejas (todo lo contrario, portaba un vestido de diseñador), no se me olvidaba aquel rostro bello y esos ojos que se parecían a los míos.

—Hija, Violet...

—¿Qué estás haciendo aquí, mamá? —le pregunté, aún sin salir de mi asombro por verla con el cabello brillante y maquillada; incluso sus dientes estaban arreglados—. ¿Qué quieres?

—Verte, eso quiero.

Intentó extender la mano hacia mí y yo la aparté. No es que sintiera un rencor terrible hacia ella, pero no formaba parte de mi vida y sentía recelo. ¿Por qué me buscaba?

—No entiendo para qué —dije con frialdad—. Me diste en adopción.

—En su momento fue lo mejor. —Suspiró—. Quería una vida plena para ti.

—Eso lo comprendo, pero no el que te aparezcas de repente.

—Violet, amor...

—No, no quiero hablar contigo. —Sin importarme mi bebida, me levanté de golpe. En ese momento deseé no haber sido tan estúpida y huir de Adrien—. Por lo visto, tu vida ha cambiado y me alegro por ello, pero no pretendas que después de años...

—Créeme que no te habría buscado si no estuviera en condiciones de hacerlo. Jamás me olvidé de ti, cariño, yo...

—No, no, no, no sigas —negué con la cabeza—. Por favor, déjame en paz.

Por más que mi madre intentó llamarme, no hice caso. Me dolía mucho tratarla de esta manera y tal vez en algún momento me arrepintiera, pero estaba tan llena de problemas en mi vida como para lidiar con eso. Por ahora no quería saber sobre su vida, no la quería de vuelta en la mía. ¿Qué pensaba? ¿Qué me lanzaría a sus brazos después de darme en adopción? Por más que lo hiciera por mi bien, me había abandonado.

Sin saber a dónde ir, caminé sin rumbo fijo hasta que me detuve en un parque a encender mi celular. La cantidad de llamadas que tenía casi hizo que me atragantara y, asustada, decidí llamarlo.

—¡Violet! —jadeó él. La desesperación en su voz me aceleró el pulso—. ¿Dónde estás?

—Voy a volver a casa en un taxi —contesté.

—No, yo...

—Nos vemos en tu casa, sabes a cuál me refiero.

—Nuestra, es nuestra —me corrigió y yo le colgué.

Todavía con el nerviosismo recorriéndome el cuerpo, me apresuré a pedir un taxi. Las manos me temblaban y la voz me salía entrecortada, producto del miedo que sentía de que mi madre me alcanzara y me detuviera, pero también por saber que vería a Adrien en su casa. Estaba demasiado furiosa con él; sin embargo, también necesitaba su calor, su protección. A pesar de todo, no quería que me arrancaran de su lado.

El taxista abrió de par en par los ojos cuando le dije a qué dirección iba. Fue así como me enteré de que la casa de Adrien era bastante conocida.

—¿Es usted su hija? ¿Hija del señor Leblanc?

—Trabajo para él —contesté con desconfianza y él sonrió.

—Pues qué afortunada. Es un hombre muy poderoso.

—Supongo que sí —asentí.

—Lo es. Adrien Leblanc controla casi todos los canales y comunicaciones de este país.

—Sí.

Al ver que yo no tenía más intenciones de hablar, dejó de preguntarme cosas, pero sí soltaba comentarios de vez en cuando sobre el rápido servicio de Internet y la variedad de canales que teníamos en Lebs.

Casi me dieron náuseas cuando me bajé del taxi, luego de pagar. Todavía continuaba enfurecida, con ganas de levantar mi mano y darle una bofetada.

—Buenos días, señorita Leblanc —me saludó el portero cuando llegué a la entrada—. Su padre la espera.

—Muchas gracias —contesté mientras pasaba.

No tuve tiempo de decir nada de camino a la casa, puesto que Adrien salió y se encontró conmigo.

—Adrien, yo...

Él se apresuró y me envolvió entre sus brazos sin importar que nos viera el portero. Toda la rabia pareció difuminarse y pasar a segundo plano cuando sentí su aroma envolverme y los latidos rápidos de su corazón.

—Violet, no me vuelvas a hacer esto, ¿me entiendes? —me dijo—. Estaba angustiado, yo...

—Vamos adentro —lo interrumpí—. Necesitamos hablar.

Adrien asintió y me tomó de la mano para recorrer juntos el resto del camino, pero lo que sucedió una vez que cruzamos la puerta estuvo lejos de una conversación en forma. Adrien y yo comenzamos a besarnos de forma apasionada, sin que me diera cuenta cuando me alzó en brazos.

—Perdóname, Violet —suplicó entre besos—. No puedo verte con otro hombre.

—No quiero a nadie, solo a ti —jadeé—. No tengo ojos para nadie.

—Júralo —pidió—. Júralo, jura que no dejarás de amarme a mí.

—Lo juro —contesté, y eché la cabeza hacia atrás para que besara mi cuello cuando me recargó en la pared—. Solo papi puede tocarme.

—Sí, solo yo. —Su cuerpo se balanceaba sobre el mío, como si ya estuviese dentro de mí—. Mi amor, solo yo. Eres mía, Violet, mía completamente.

—Tuya —afirmé.

Adrien no tardó en llevarme sin ninguna dificultad al piso de arriba, hacia su habitación. Fue ahí donde nos desvestimos por completo y comenzó mi castigo. Las nalgadas que él me daba eran tan fuertes que me sacaron lágrimas.

—Esto es por irte sin mi permiso —masculló—. Esto es por hacerme sufrir, por angustiarme. ¿Acaso no tienes idea de que si algo te pasa me muero?

—P-Perdón —gimoteé y su mano se impactó de nuevo contra mi trasero antes de que me tomara por las caderas y me penetrara—. Perdón, papá.

—Violet, eres mi vida, no vuelvas a hacerlo —pidió con un tono extraño, como si llorara o estuviese a punto de hacerlo—. No vas a renunciar, lo eres todo para mí.

—Adrien, te amo —jadeé—. Pero tú...

—Estaba muerto de celos, compréndeme —se justificó al mismo tiempo en que aumentaba la velocidad de sus embestidas—. Me causa terror que puedas dejarme, que tú... No, no puedo decirlo.

—Jamás, Adrien, jamás —sollocé—. Te amo.

Él de pronto salió de mí e hizo que me volteara. Al volver a entrar en mí, los dos gemimos.

—Es delicioso, reconciliarme contigo es... —No pude seguir hablando, ya que su boca sobre mi pezón me hizo gemir.

—Es lo mejor del mundo —terminó por mí—. Nunca nos vamos a separar, Violet.

—No, no lo haremos —musité.

Él siguió hundiéndose con fuerza en mi interior, y antes de que pudiera correrme, cambiamos de posición. Estar de cucharita nos ofrecía un momento más íntimo y exquisito, pues él podía besar mi cuello, acariciar mi cuerpo y tocarme los pechos.

—Violet, amor, me fascinas —susurró mientras me acariciaba el clítoris, luego de que yo abriera más una de mis piernas—. Tu cuerpo, tu aroma, tu forma de ser, carajo, me estás matando. Me encanta ser tu padre, tu hombre.

—Papi, me encanta ser tu hija, te necesito —gruñí—. Te necesito con locura.

—Te amo. Me encanta cogerte, hacerte el amor.

Ninguno de los dos volvió a decir nada, solo seguimos moviéndonos de forma lenta. El aroma a sexo inundaba y me estimulaba como nada en mi vida; no quería parar, pero a su vez necesitaba correrme y sentir mi vagina llena de su simiente.

Cuando por fin alcancé ese húmedo orgasmo, grité como una loca y él también lo hizo. No dejamos de movernos desesperados y no pasó demasiado tiempo para volver a dar rienda suelta a nuestra pasión, solo que esta vez decidí montarlo.

—Violet, eres perfecta. —Sus dedos pellizcaron mis pezones con tanta habilidad que me era difícil concentrarme—. Tienes que perdonarme, mi amor, no puedo vivir sin ti.

—Te perdono, pero no vuelvas a...

—No, jamás —me interrumpió—. Te amo.

En ese momento me incliné para besarlo. Él siguió estimulando mis pezones, pues sabía cuánto me gustaba eso.

—Oh, Adrien. —Mis ojos se enfocaron en los suyos, los cuales brillaban de pasión por mí.

Una de sus manos soltó mi pecho y bajó hasta mi trasero. Jadeé de sorpresa, pero fue tan excitante que acariciara mi ano que no pude evitar correrme de una manera más escandalosa e intensa que la anterior. No sé cuánto tiempo me perdí, pero cuando fui consciente de la realidad, estaba recostada sobre el pecho de Adrien, a quien le latía muy rápido el corazón.

—Lo siento por lo que hice —se disculpó—. No sé cómo manejar mis celos.

—Fue horrible —gruñí—. Sentí que me consideraste una idiota.

—No, mi amor, nunca pienses eso —me pidió, abrazándome más fuerte—. Eres la mujer más lista, más capaz que he conocido.

—Pero entonces...

—Estoy aterrado aún por lo que te escuché decir. Temo que cualquier hombre te arrebate de mi lado, y no porque desconfíe de ti, sino porque...

—Tú me salvaste de cometer la estupidez de dejarte, ya no tienes nada que temer —respondí—. Adrien, no porque cualquier hombre aparezca o porque me muestre entusiasmada por hablar significa que te voy a dejar. ¿Qué clase de persona crees que soy?

—Eres la mejor mujer, por eso temo. Tengo miedo, Violet, jamás me he enamorado de nadie, es la primera vez; es la primera vez que amo a una mujer, que deseo de esta manera.

—También para mí —suspiré—. Pero...

—Tenemos que aprender, pero juntos, sin separarnos —dijo con angustia—. Lo siento tanto, Violet, perdóname por ser un mal padre, un mal hombre.

—No puedo estar sin ti, así que te perdono. —Sonreí—. Pero no lo vuelvas a hacer, mi amor.

—No, no lo haré. Dame un pellizco si empiezo a ponerme pesado —bromeó.

—Van a decir que soy una hija mimada y maleducada. —Solté una risita.

—Eres mi pequeña mimada. —Se encogió de hombros.

—Entonces tu pequeña hija mimada te pide que le vuelvas a hacer el amor —sugerí de forma coqueta mientras alzaba la vista.

—Por supuesto, cariño —gruñó—. Papá siempre va a consentirte.

35.

♠Adrien♠

Violet y yo nos quedamos dormidos después de la tercera película que habíamos visto y comer aquellas deliciosas hamburguesas que habíamos pedido. Los dos decidimos apagar nuestros teléfonos y olvidarnos del resto del mundo para disfrutarnos y reconciliarnos. ¿Qué importancia tenía Vincent? Él nunca conseguiría ser deseado por mi Violet, que me había demostrado cuanto me amaba al entregarse una y otra vez a mí. Por la salud de nuestra relación debía aprender a cuidarla de formas más sutiles, tener confianza en Violet y hacer todo para que ella siguiera amándome.

Cuando los dos nos despertamos, e¡''sol´e estaba metiendo, pero todo lo que hicimos fue sonreírnos y quedarnos abrazados, mirándonos el uno al otro.

Estábamos demasiado enamorados. Jamás había deseado quedarme con una mujer así, sin pensar en nada más; me bastaba con mirarla a los ojos para sentir una paz de la que no quería irme. ¿Cómo era posible que la misma mujer que agitaba mi cuerpo fuese la misma que me tranquilizaba como nada? Solo se me ocurría una respuesta: Violet era el amor de mi vida.

—Creo que tenemos que volver a casa —susurró cuando el cuarto se oscureció.

—¿Y si pasamos la noche aquí? —sugerí.

—Créeme que me encantaría, pero no, Adrien, debemos volver y también llamar a Elizabeth y hablar sobre qué citas tenías.

—No te preocupes por eso —le aseguré—. Yo le dije a Elizabeth que aplazara todo.

—Adrien, creo que deberíamos dejar todo esto atrás —dijo con mucha seriedad. Antes de que pudiera asustarme, ella añadió—: Estamos actuando como dos personas inmaduras, que no confían la una en la otra. Tú crees que me iré con cualquier hombre que se aparezca, no me dejas crecer dentro de la empresa cuando detectas una amenaza, y yo…

—Sí, tienes razón —suspiré—. No debí hacer lo que hice, lo lamento.

—No, no debiste. Espero que no pase otra vez —dijo antes de levantarse.

Me habría gustado detenerla, pero no lo hice, también me levanté para ponerme la ropa. Cuando encendí mi celular, vi que tenía llamadas perdidas de Bianca y, por extraño que fuera, también de Mario. Ninguno de los dos había marcado de manera obsesiva, pero sí más veces de lo normal.

Una repentina molestia se instaló en mí. ¿Acaso la señorita Thompson los había alertado y les dijo que desaparecimos? Si aquello era así, me costaría demasiado no matarla.

—¿Pasa algo? —me preguntó Violet.

—Bianca y Mario llamaron —contesté, aún sin dejar de mirar la pantalla. Ella se acercó y le mostré la pantalla—. Seguro que tu nana…

—Puede ser —asintió—, pero también pudo haber sucedido algo, ¿no lo crees?

—No creo —dije entre dientes—. Me parece que siguen con esos pensamientos paranoicos.

—Pensamientos que tienen razón de ser —me recordó con tono sombrío.

Guardé mi celular en el bolsillo del pantalón y abracé a Violet en medio de la oscuridad.

—Sí, pero no estamos haciendo nada malo. Hemos terminado nuestras relaciones con ambos.

—Yo lo hice con Mario —gruñó—. Tú quedaste en término medio con Bianca.

—Porque tú…

—Sí, sí, sé lo que dije. —Soltó un suspiro—. Lo siento, no debo sentirme mal.

—No te culpo por estar celosa, soy tuyo —contesté y la apreté más contra mi pecho—. La voy a dejar, Violet. Ella ya no me interesa.

—¿Es lo mismo que me harás a mí cuando te canses? —preguntó asustada.

—A ti no puedo dejar de amarte —dije con seguridad—. Estamos unidos de por vida, en todos los aspectos.

—Esto es enfermo, pero no quiero dejar de amarte así.

—No dejes de hacerlo —le pedí—. Quiero serlo todo, Violet. Quiero ser tu hombre, tu padre, todo. No quiero que busques en otros lo que en mí tienes.

—No lo haré —susurró—. Eres el único.

Luego de unos minutos de estar así, Violet se separó de mí y me sugirió que le llamara a Bianca.

—Por favor, Adrien. Tal vez ocurrió algo —dijo preocupada.

Lo único que se me ocurría para explicar el motivo de tales llamadas era aquella nana entrometida, pero de todos modos hice caso de Violet y llamé a Bianca, que tardó dos llamadas en contestarme.

—Hola, Bianca —saludé—. Tengo llamadas tuyas y de Mario. ¿Pasó algo?

—Sí —dijo ella con voz ronca, como si hubiese llorado—. Papá…

—¿Qué pasó? —inquirí preocupado y ella pasó saliva.

Pese a la oscuridad, pude distinguir el rostro de preocupación de Violet, lo que aumentó mi nerviosismo.

—Murió hace unas horas, Adrien. —Tras decir eso, se quebró y comenzó a llorar de forma desconsolada.

No supe que decir en aquel momento, pues no podía creerlo. Ese hombre estaba bien, yo mismo lo había comprobado en las llamadas. ¿Qué demonios había sucedido?

—No, no puede ser —susurré.

—Yo tampoco puedo creerlo. Estaba bien, mamá lo notó bien, pero tras cenar dijo que dormiría un poco y ya no pudo despertarlo. Está muerto, Adrien, mi papá está muerto.

Pasé saliva. Francesco no tenía una edad demasiado avanzada, por tanto, me costaba asimilar aquella noticia. Una parte de mí (y bastante egoísta) se alivió de no tener que darle explicaciones cuando hubiese terminado con Bianca, pero mayormente me sentía consternado. Ese hombre, más que mi suegro, era un amigo, alguien en quien podía confiar.

—Lo siento mucho —le dije a Bianca cuando pude encontrar las palabras—. Lo siento, de verdad lo siento.

—Te necesito —gimoteó—. Sé que estamos distanciados, pero te necesito. No quiero ir sola, Adrien, no quiero.

—Iré al funeral —respondí antes de colgar.

—¿Murió el señor Ferreti? —jadeó Violet y yo asentí.

—Sí.

—Supongo que debes ir con ella —murmuró cabizbaja.

—Sí, tengo que hacerlo.

—Está bien.

—Violet, mi amor, tienes que venir conmigo.

—No, alguien debe quedarse al frente, Adrien —respondió—. Y yo no quiero ver como consuelas a Bianca, tampoco soy capaz de ver a Mario a los ojos.

—Tienes razón —suspiré—. No desconfíes de mí, no volveré a ella por esto.

—Confío en ti —dijo Violet, que me tomó por las manos—. Sé que me amas a mí.

—Exacto, te amo a ti, mi amor, solo a ti —declaré y la alcé en mis brazos—. Eres la única en mi vida. Nada me haría regresar a los brazos de Bianca, absolutamente nada.

36.

♠Violet♠

A pesar de que sabía que a Adrien no le iba a gustar nada, le envié un mensaje a Mario para preguntarle qué tal estaba. Él me respondió de inmediato y me llamó, así que tuve que esconderme en el baño para poder hablar y decirle lo que sentía, que estaba con él en aquellos duros momentos.

—Ojalá pudieras venir conmigo. —Soltó un largo suspiro—. Eso me haría sentir mejor.

—Lo siento —respondí—. No es lo mejor.

—Lo sé, y duele bastante. Pero creo que lo mejor es eso, que pensemos las cosas.

—Sí...

—Voy a extrañarlo —dijo con tono sereno, pero que denotaba su inmensa tristeza—. Me arrepiento de no haber estado más a su lado.

—Eras un excelente hijo.

—No basta con ser una buena persona, debí demostrar más que lo quería —contestó apesadumbrado—. No pensé que fuese a suceder tal cosa, no me lo explico, Violet.

—Tal vez algo salió mal en la cirugía —sugerí.

—Sí, tal vez —concordó—. Espero que se aclaren las cosas en la autopsia. Mamá no quiere que se le realice una porque odia la idea de que lo dañen, pero creo que es necesario. No me trago el cuento de una muerte natural.

—Yo tampoco —admití. No era mi intención avivar los sentimientos de rabia de Mario, pero sabía que él prefería que dijera lo que pensara a que buscara palabras de aliento—. Todo es extraño.

—Por favor, cuídate, Violet —me suplicó—. Te llamaré cada que pueda, pero quiero saber que estás bien.

—Voy a estar bien —le aseguré—. No debes preocuparte por mí.

—No puedo evitarlo, te amo —replicó—. ¿Cómo le pides a mi corazón que deje de amarte?

Me quedé callada, sintiéndome incómoda y destrozada por no poder corresponder. Lo amaba a mi manera, como ese hombre y amigo que estuvo siempre para mí, pero ahora sabía de sobra que mi amor estaba con Adrien, que nunca dejaría de ser así por más que doliera y fuese difícil.

—Debo irme —dijo él ante mi silencio—. Debo empacar.

—Está bien. Cuídate, Mario —contesté en voz más baja.

—Tú más, *mia cara* —murmuró antes de colgar.

Me llevé una mano al pecho y derramé más lágrimas ante ese apodo. Sin duda, yo no me merecía a un hombre tan bueno como él, incluso aunque lo mío con Adrien se llegara a acabar.

Me levanté del borde de la bañera, en donde me había sentado, y salí del baño. Por fortuna no estaba Adrien ni nadie escuchando mi conversación. Si Adrien lo hubiese escuchado, estaría enfermo de celos.

Aun así, no borré aquellas llamadas. Yo no tenía nada que ocultar; estar con Adrien no me impedía seguir queriendo a Mario y estar para él en estos terribles e inesperados momentos. Todavía no podía creer que ese hombre que vi tan saludable a pesar de la operación estuviese muerto, ¿sería acaso una mala praxis del hospital?

Salí de mi habitación y, teniendo cuidado de que nadie me viera cruzar, entré a la habitación de Adrien, que estaba cerrando su pequeña maleta. Al verme, dejó todo de lado y caminó hacia mí para abrazarme.

—Ya te estoy extrañando, mi amor —dijo angustiado—. Por favor, por lo que más quieras, no te acerques a ningún hombre, no salgas. No te lo permito, Violet.

—Eres demasiado controlador —gruñí—. Ni que fueras mi...

Los ojos de Adrien se oscurecieron y me sujetó por la cintura.

—Soy tu padre, te puedo prohibir lo que quiera —murmuró mientras retrocedía para sentarse en la cama y que yo me pusiera a horcajadas sobre él—. Papá no te da permiso.

—Adrien, yo...

—Papá —me corrigió—. No puedes, mi amor, no puedes acercarte a otros en mi ausencia.

—Te voy a extrañar —dije antes de besarlo—. Por favor, por favor no vuelvas con ella. Sé lo que dije antes, pero...

—No, mi amor, solo te amo a ti.

Los dos volvimos a besarnos con intensidad, perdiendo la noción de donde estábamos. Los dos queríamos despedirnos, y al parecer la señorita Thompson lo presentía, ya que no se apareció ni impidió que hiciéramos el amor como dos locos. No hicimos ningún escándalo, pero nos revolcábamos por toda la cama, llorando de pena por tener que separarnos unos días.

—No te quiero dejar, mi amor —me dijo mientras me embestía y entrelazábamos nuestras manos.

—Vas a volver y yo voy a esperarte —juré, luego de alcanzar un orgasmo intenso—. Pero tampoco quiero que te vayas.

—No me iré si tú no...

—Te voy a esperar, confío en ti, mi amor —respondí convencida—. Tú y yo vamos a estar juntos para siempre.

37.

♠Violet♠

Decir que la partida de Adrien me destrozaba era poco. Pensé muy en al fondo que sentiría algo de alivio de tener unos días para pensar las cosas, pero lo cierto es que lo extrañaba con locura, que desde el segundo uno en que cruzó la puerta para irse, me sentí asfixiada. Tuve que disimular mis ganas de llorar ante la señorita Thompson, quien lamentaba mucho el fallecimiento del señor Ferreti, pero también mencionó que ojalá esta situación sirviera para poner las cosas en su sitio entre Bianca y Adrien.

Aquel comentario no lo pude soportar y estuve a punto de gritarle que se callara, sin embargo, me detuve a tiempo y me limité a asentir. Luego de eso, me encerré en mi habitación a llorar amargamente. Me sentía una egoísta por lamentar que se fuera, ya que por dentro tenía una sensación horrible, me moría de celos. ¿Cómo fui tan absurda y lo dejé ir?

Me abracé a la almohada de Adrien, que había tomado de su habitación, y aspiré su aroma. Estos días sin su presencia serían demasiado difíciles, pero tenía que confiar en que todo se resolvería cuando volviera. Distraería mi mente en otras cosas y los días se pasarían rápido; cuando menos lo pensara lo tendría de nuevo diciéndome cuanto me amaba.

Papá, mi hombre, él me amaba.

Poco a poco me fui quedando dormida, arrullada por los recuerdos y su olor. No me preocupé por cambiarme la ropa o desmaquillarme, estaba demasiado cansada como para hacerlo. Pero me arrepentí por la mañana, cuando vi mi camisa arrugada y mi cara sucia por el maquillaje que se me corrió.

Para cuando revisé mi celular, tenía algunos mensajes de Vivian para preguntarme cómo estaba. Al necesitar de una amiga, decidí llamarla y me sentí mejor cuando escuché su voz llena de alivio.

—Me alegra que no te vayas —dijo contenta—. Entonces te esperaré en la oficina con el café.

—Sí. Gracias, Vi.

—¿Arreglaste las cosas con tu padre? —inquirió. Realmente sonaba interesada, no ávida de la primicia, así que respondí.

—Nos arreglamos, pero pasó algo muy malo y tuvo que irse. Nos vemos en la oficina, ¿sí?

—Está bien, nena —contestó antes de que colgáramos.

El resto de la mañana fue dura, pero no me costó mucho disimular ante mi nana, que parecía más tranquila y me hablaba de las mismas cosas que antes. Yo le presté atención y en mi fuero interno agradecí que no tocara el tema de Adrien y aquella muerte inesperada de su aún suegro. No me sentía con la capacidad de hablar del tema sin romperme, y romperme ante ella no estaba en mis planes. Ya no quería escuchar las razones por las que no debía estar con Adrien, ya me había decidido por completo a las consecuencias de mis decisiones y no había marcha atrás.

Adrien y yo estaríamos juntos. Y tal vez, cuando pasaran algunos años, tendríamos hijos. Tal vez hasta nos podíamos mudar y criarlos en un mejor entorno, donde no estuviésemos en el ojo del huracán. Me había costado mucho llegar a esa conclusión, incluso todavía ciertos miedos latían con fuerza dentro de mí, pero quería ignorarlos, no fallarle al amor que Adrien me tenía.

Para ir al trabajo, lo hice con el chófer que Adrien había puesto. La única condición que le puse para aceptar eso fue que confiara en mí y no me pusiera guardaespaldas. Él se mostró en contra, pero logré convencerlo luego de un rato.

Cuando llegué a la oficina, Elizabeth y Vivian me recibieron de forma amable, pero también comentaron sobre que lamentaban la muerte del señor Ferreti. Vivian pareció darse cuenta de mi incomodidad y cambió el tema, también me mandó a la oficina.

—Por favor, Vivian, necesito hablar contigo cuando me traigas el café —le dije y ella asintió, disimulando su entusiasmo para no alarmar a Elizabeth, que ya conocía de sobra nuestra amistad.

Les sonreí a ambas y por fin me adentré a la oficina, la cual se sentía demasiado vacía sin él. Me costó demasiado separarme de la puerta e ir hacia su silla, la cual me parecía gigante sin estar sentada en sus piernas. ¿Acaso esto es lo que habría sentido si tan solo hubiésemos sido padre e hija y él muriera? Pensar eso provocó que el corazón me palpitara descontroladamente y que quisiera sucumbir a mis ganas de ver mi celular. Le dije a él que tendría problemas para ver los mensajes y no llorar, así que no había sentido tantas vibraciones del aparato. Sabía que él esperaba ansioso una respuesta, y se la iba a dar, pero no sin antes soltarle a Vivian todo.

Mi amiga entró a la oficina y se acercó con el café, el cual puso en la mesa de la sala, puesto que yo me había sentado allí.

—¿Dormiste bien? —me preguntó en voz baja—. Pareces muy triste.

—Me reconcilié con Adrien, Vivian —contesté y solté un suspiro—. Pero sucedió esto, así que él tuvo que viajar donde Bianca.

—Rayos —masculló—. Eso es peligroso.

—Sí, y ahora soy consciente de que en realidad fui una idiota al pedirle que no terminara con Bianca cuando lo pudo hacer. Él insistía.

—Amiga, no es que quiera decir nada malo sobre el señor Leblanc, tampoco es que piense que él no te ama, porque sería mentira, sin embargo, creo que él habría desobedecido lo que dijiste si él de verdad...

—Lo sé, lo sé, pero no lo puedo culpar por ello. Bianca es una buena persona, no se merecía...

—Violet, los dos tienen que aprender a tomar decisiones, no se pueden quedar a medias —refunfuñó—. O solo es un juego o se lo toman en serio. Si ambos quieren estar juntos, pues adelante, pero no se estanquen por otros.

—Ya no lo haré —dije decidida—. Le diré a Adrien que quiero ser su pareja.

Mi amiga esbozó una sonrisa amplia y que me hizo saber que había dicho lo correcto.

—Eso es genial, muy genial —contestó con alegría—. Entonces debes esperar a que vuelva.

—Sí, y es eso lo que me mata —gruñí—. Espero que él termine su relación o por lo menos que le deje claro que no van a volver después de ese tiempo.

—Confiemos en que lo hará. ¿Qué te dice ese corazón?

—Qué él me ama —sonreí—. En el fondo de mi corazón sé que él me ama, que lo hará, que está decidido.

—Entonces ya no te angusties más, cielo —replicó—. ¿Por qué no salimos a distraernos? Así pasan más rápido los días. Por cierto, mi mamá quiere conocerte, le hablé mucho de ti.

—Espero que no me hayas presentado como tu novia —bromeé y ella soltó una carcajada.

—Dios mío, Violet, me encantas —dijo entre risas—. No, me habría gustado antes, pero ahora no, qué asco. Ahora te quiero como una hermanita menor.

—Y yo también te quiero a ti —contesté conmovida.

—Todo va a estar bien, y si no, ya sabes que me tienes. —Me guiñó el ojo—. Te dejo para que tomes tu café, señora Leblanc.

Mi corazón pareció dar un enorme brinco al escuchar eso. Vivian se echó a reír y salió de la oficina. Seguramente Elizabeth la reprendería por quedarse más tiempo del normal adentro, pero a mi amiga le importaba poco si eso implicaba estar para mí.

Vivian sin duda estaba convirtiéndose en mi mejor amiga. Siempre estaba para aconsejarme y sin pedirme nada a cambio, sin aprovecharse de nuestra amistad para tener más ventajas, las cuales quería darle, mas entendía que eso no era lo correcto. Ya encontraría alguna forma de retribuirle todo lo que hacía por mí, desde luego, aunque no lo aceptara.

Mientras me tomaba mi café, tomé valentía para revisar mi celular y por fin ver los mensajes de Adrien, que estaba desesperado por saber de mí, que ya había llegado a Roma.

Respondí segura de que él no podría responderme de inmediato, pero me sorprendí al notar que me llamó en menos de un minuto.

—*Violet* —dijo contento—. *¿Cómo estás, mi amor?*

—Extrañándote con locura —respondí—. Pero estoy bien, llegué a la oficina.

—*Quiero verte, pero tengo que esperar a llegar y estar solo* —gruñó—. *Mi amor, por favor cuídate.*

—Hoy voy a salir con Vivian —comenté—. La invitaré a almorzar.

—*Bien, ese me parece un buen plan* —dijo aliviado—. *Compra todo lo que quieras, pero solo con ella o Elizabeth, Violet, solo te permito...*

—Confía en mí, Adrien, por Dios —gruñí, aunque en realidad no me sentía molesta. Podía comprender su inquietud—. Te amo, solo te amo a ti.

—*Y yo. Perdona, es que...*

—Lo sé, lo entiendo —lo atajé—. Hoy iré a nuestra casa, hazme una videollamada y tal vez te espere una sorpresa.

—*Mmm... ¿Como cuál?* —preguntó con voz ronca.

—Ya lo verás.

—*Quiero regresar, te lo juro, Violet. Solo han sido unas horas, pero esto es un maldito infierno.*

—Pronto nos veremos, mi amor —suspiré—. Manda mis condolencias a la familia, y cuídate, cuídate mucho.

—*Sí, tú más. Te amo, Violet, te amo.*

—Y yo a ti, mi amor.

Colgué la llamada y me eché a llorar. Estaba siendo muy infantil de mi parte portarme de esta forma, pero tenía un presentimiento horrible, que no conseguía sacarme de encima. Esperaba que ahora que me había decidido a vencer mis miedos y enfrentar al mundo por nuestro amor, no se nos viniera todo encima.

—No, Violet —susurré—. Debes confiar, Adrien te ama, te ama con todo su corazón.

Una vez que me calmé un poco, llamé a Elizabeth para revisar los pendientes del día. Adrien había aplazado las juntas más tiempo, con excepción de una con el personal de intendencia, a los cuales tenía que darles un oficio en donde se indicaran las nuevas pautas y el cambio en los productos de limpieza. Esta tarea tal vez no le correspondiera a Adrien, pero a él le gustaba hacerla, escuchar en primera fila lo que sus empleados tuvieran que decir. ¿Cómo no amarlo? Él era perfecto en todos los sentidos, y mi admiración por él en lo profesional solo crecía.

Aquella reunión fue un poco desastrosa, ya que titubeé algunas veces, sin embargo, los empleados fueron cariñosos conmigo y la terminé pasando muy bien. Además, resolví las dudas que tenían y expliqué los puntos que no quedaban demasiado claros. Vivian, a quien le había pedido que me acompañara, me miraba con orgullo, y no dudó en felicitarme cuando subíamos por el ascensor.

—Estuviste extraordinaria.

—No, creo que me equivoqué mucho. —Me reí.

—Sí, pero eres encantadora, les fascinaste —me aseguró—. Lo vas a hacer estupendo.

—Ojalá. —Suspiré—. Ojalá me tuviera la mitad de fe que tú me tienes.

—Tranquila, lo seguirás haciendo genial. Además, nos tienes a mí y a Elizabeth para guiarte, sobre todo a ella, que es veterana.

Cuando regresamos al piso, Elizabeth nos esperaba ansiosa y nos preguntó sobre nuestra aventura. Ambas respondimos con entusiasmo y ella me felicitó. Tenerlas me haría todo más fácil, sin duda.

—Las invito a almorzar a ambas —dije en el calor del entusiasmo—. Bueno, si no...

—¡Claro que sí! —exclamó Vivian.

—Señorita Leblanc, no hace falta —dijo Elizabeth, avergonzada.

—Nada de eso, claro que sí. Celebremos que... que soy la dueña por unos días —bromeé—. Vengan conmigo o las despido.

—Uy, yo no voy a desobedecer las órdenes de la jefa —dijo Vivian, que me seguía la corriente. Elizabeth, en cambio, se puso pálida.

—Oye, era una broma —le aclaré—. Jamás las despediría.

Elizabeth sonrió y suspiró con alivio. Las tres tardamos otro rato en dejar todo listo y nos fuimos a almorzar. Como yo no tenía idea de que era lo que quería, dejé que Vivian sugiriera y terminamos en un restaurante de sushi que a ambas les encantaba y que yo no conocía.

Las tres estábamos pasándola increíble, incluso Elizabeth se relajó más y, a pesar de la diferencia de edad, nos ganaba a mí y a Vivian en el sentido del humor. Sus chistes en doble sentido me hicieron sonrojar y morir de risa. Nuestras carcajadas se escuchaban por todo el restaurante y tuvieron que venir los meseros a callarnos un poco. Aun así, no me sentía avergonzada; todos esos chistes se los contaría a Adrien y nos reiríamos juntos.

Pero mi buena suerte no duró toda la velada. Vivian fue la primera en ver a ese imponente empresario entrar al restaurante y me avisó de inmediato para que lo viera, lo que me ocasionó un malestar inexplicable en el estómago, pues me olía a problemas.

Me quedó claro que él venía a buscarme, puesto que no pareció sorprendido cuando nuestros ojos se encontraron y caminó hacia mí de forma certera.

—Señor Fournier —dije sorprendida.

—Violet, señoritas —saludó de forma encantadora, para luego volver su atención hacia mí.

—¿Necesitaba algo? —le pregunté de manera cortés y él asintió.

—Me gustaría hablar contigo, ¿es posible?

—Yo...

—No te pediré que vayas conmigo a ningún sitio, es cuestión de ir a otra mesa, a las de arriba.

—Pero...

—Es algo de suma importancia, me temo. Y no estaremos solos, alguien quiere hablarte también.

Pese que aquella conversación, en efecto, sería muy importante, me arrepentiría de haberla tenido. Solo tuve que haber dicho que no, pero entonces él mencionó a mi madre y no pude resistir a la curiosidad.

—Está bien, señor Fournier —asentí—. Hablemos.

38.

♠Violet♠

Elizabeth y Vivian regresaron a la empresa en un taxi pagado por mí, puesto que no querían utilizar al chófer y yo tampoco deseaba que fueran inseguras, además, habría sido algo bastante sospechoso el que yo corriera a ese hombre.

Aun así, estaba incómoda por estar sentada frente a Vincent Fournier, que me miraba de una manera que me ponía nerviosa para mal. No dejaba de evaluarme como si fuese lo más interesante que hubiese visto en su vida.

—Señor Fournier, no quiero ser grosera, pero ¿necesita algo de mí? Me está poniendo nerviosa.

—Necesito todo, Violet —respondió, e intentó extender su mano para tocar la mía.

—Defínalo —le pedí mientras alejaba la mano—. No lo entiendo, y espero que no sean motivos que vayan más allá de lo laboral.

—Me temo que no puedo complacerte con eso. —Sonrió, y por primera vez no lo decía de manera segura—. Sí, tu opinión para ese canal me importa demasiado, pero tan solo era una excusa, como sé que sospecha Adrien.

—Entonces él tenía motivos para alejarme —dije incrédula y sintiendo que el pecho me iba a explotar por la incomodidad y miedo que tenía—. Señor Fournier, cualquier cosa personal que tenga que hablar conmigo, le pido que sea dentro de las instalaciones de Lebs.

—Me temo que no, Adrien tampoco permitiría que entrara.

—Bueno, pero...

—Violet, escucha —me interrumpió—. No me malinterpretes, por favor. Mis intenciones no son las mismas que él o tú están pensando. Eres muy joven para mí. Evidentemente, es algo que Adrien no respeta, menos el vínculo legal que comparten.

—Oiga, no le permito...

—Adrien no respeta que existió la posibilidad de que fuera tu padre biológico —volvió a cortarme y yo jadeé.

—¿Cómo?

—No lo es —me aclaró—. Pero estuvo con Candem, tu madre.

—Él... Él dijo... No, no te creo.

—Ese fue su motivo para adoptarte. Candem no estaba segura de quien era tu padre biológico, así que al primero que encontró fue a él —dijo mientras sacaba dos fotografías viejas del saco de su camisa.

Me tomé unos segundos para verlas, pero al final la curiosidad me ganó y entonces las vi. Las fotografías eran del 2006, un año antes de que naciera, y en ellas se mostraban a un Adrien más joven y también a mi madre; ambos estaban en un estado evidente de ebriedad. No se besaban o hacían algo comprometedor, pero la mano de él estaba sobre su pierna. En la otra fotografía estaba ella con Vincent, no en el mismo sitio y fecha, pero sí en una situación parecida.

Para cuando alcé la vista hacia Vincent, tenía los ojos llenos de lágrimas.

—¿Adrien puede ser mi...? —casi tuve una arcada al decirlo. Vincent negó con la cabeza.

—No, Adrien no es tu padre biológico. Por las fechas en que se te concibió, pudo serlo, pero no.

—Entonces...

El entendimiento llegó a mí antes de que él asintiera. Mis pulmones casi se desinflaron y negué con la cabeza.

—No —fue lo único que pude decir—. No, tú no puedes...

—Lo soy. Soy tu padre biológico, Violet —dijo él con tono dulce—. Cuando quieras podemos someternos a un ADN.

—Puede que mi padre sea otro —gruñí.

—No, Candem no estuvo con más hombres. Ella estuvo con Adrien por venganza hacia mí. Nos habíamos peleado y habíamos terminado..

—No —dije asqueada—. No sigas, por favor, maldita sea, no sigas.

Me levanté de la silla e intenté irme, pero entonces Vincent se interpuso en mi camino y me abrazó. Quise apartarme, pero este me lo impidió y noté que había comenzado a llorar mientras besaba mi cabeza.

—Perdóname —susurró—. Perdóname por todos estos años. El no saberlo no me justifica.

—No, no, no puede ser —sollocé, sintiendo que el pecho me ardía—. Déjame, déjame por favor.

—No, Violet. No puedo, no te puedo dejar ir. Eres mi hija.

—Se lo has dicho —dijo mi madre. Vincent y yo nos separamos y la observamos. Ella lucía igual de hermosa que la última vez que la vi.

— No, ya, por favor —rogué.

— Sí, se lo dije —le informó Vincent.

—Ya no quiero escuchar nada más —les espeté mientras me limpiaba las lágrimas y me trataba de apartar—. ¿Cómo se atreven a dejar pasar los años y...? No, ¿saben? Puedo entender, pero no quiero saber nada. Mi vida es otra.

—Tu vida es esta —dijo Vincent—. Soy tu padre y como tal voy a actuar. Voy a sacarte de esa asquerosa situación en la que Adrien te metió. Porque lo sé, Violet, lo sé todo. Llevo meses investigándote.

—No, mi vida es al lado de mi padre, de Adrien. Él tal vez no hiciera todo bien, pero me ama y yo a él. Déjenme en paz los dos, no quiero nada de ustedes.

—Hija —dijo Candem llorando—. Por favor, escucha, escúchanos.

—No los odio, no se equivoquen, pero no pueden esperar a que me lance a sus brazos, a que esto cambie mi vida, porque no lo voy a permitir. —Me limpié las lágrimas sin importarme que mi maquillaje se escurriera—. ¿Por qué tenían que decirme todo esto?

—Porque te queremos en nuestra vida —respondió Vincent con tono seguro—. Porque no voy a dejar que ese maldito...

—No, no te permito que hables mal de él. No, no te lo permito —contesté con rabia y señalándolo con el dedo—. Adrien es el único para mí, y mi nana. Ellos son la única familia que tengo.

—Tu nana facilitó la información —dijo mi madre—. Ella también está de acuerdo en que no debes estar cerca de Adrien Leblanc. Me ha contado lo que sabe, y las dos estamos preocupadas.

—¡Mentirosa! —vociferé, pese a saber que probablemente era cierto.

Antes de que alguno pudiera detenerme, me di la media vuelta y comencé a caminar hacia las escaleras. Tenía que irme, olvidarme de todo esto y obviar el hecho de que Adrien hubiese estado entre las piernas de mi madre.

«Es su pasado, es su pasado. Él no lo sabía», pensé para dejar de sentirme asqueada por ese hecho y por la posibilidad de que él hubiese sentido algo profundo por ella. ¿Acaso me quería por su recuerdo? No parecía probable, dado que hubiese ido a por ella en caso de haberla amado como me amaba a mí; no se habría limitado solo a adoptarme.

No aminoré la marcha, pero de todos modos Vincent logró atraparme en la salida del restaurante.

—No te vas a ir todavía —me dijo con tono amenazante.

—Tú no me mandas —repliqué, fingiendo que no le tenía miedo—. Vete al infierno, Vincent. Para mí no eres nadie, ¿me oyes? No sé qué diablos es lo que sabes, pero no me importa. Esto lo sabrá Adrien.

—Díselo, díselo para que tenga motivos para destruirlo. —Sonrió de una manera cruel y que me dejó claro que tras su confesión había intenciones ocultas, tal vez una venganza.

—Se lo diré todo, claro que lo voy a hacer —le aseguré—. Le diré todo.

En realidad no sabía qué haría todavía, pero necesitaba mostrarme fuerte, que no pudieran acabar conmigo.

Aparté con brusquedad a mi supuesto padre biológico y caminé de manera digna hasta el chófer, quien me abrió la puerta. Cuando vi que Vincent le decía algo, me quedé boquiabierta, pero no pude bajarme del auto, ya que este tenía el seguro bloqueado y no podía abrir las ventanas.

—¿Qué demonios está pasando? —pregunté furiosa—. ¿A dónde me llevas?

—Todo esto es por su bien, señorita Fournier.

—Leblanc —corregí—. Violet Leblanc. Donde me vuelvas a llamar con ese apellido asqueroso, yo... ¡Ábreme ya o llamaré a la policía por secuestro!

—No es un secuestro —dijo él mientras arrancaba—. La llevaré a casa, sana y salva.

—Por favor —sollocé—. Por favor, déjame salir.

Bajé la vista hacia mi bolsa y traté de sacar mi celular, sin embargo, este no estaba por ningún jodido lado.

Vincent debió haberlo sacado cuando me abrazó.

Pensé muchas veces en atacar al conductor, quien tomó una ruta extraña, pero decidí permanecer tranquila. No les daría la satisfacción de verme desesperada; se lo explicaría todo a Adrien en cuanto tuviera oportunidad, o sea, cuando regresara. No me atrevía a llamarlo y que regresara de manera apresurada, llamando la atención de Mario, que sabía que no dudaría en venir si sabía que algo me había pasado.

Debía actuar con cabeza, pensar las cosas.

Para cuando finalmente me dejaron en el edificio y me abrieron la puerta, salí corriendo e insulté al hombre.

—¡Estás despedido, maldito, no te quiero volver a ver! —le grité por último.

En el ascensor no dejaba de temblar y de temer por mi celular. Por suerte recordaba el número de Adrien, también el de Vivian, a quien le llamaría para que viniera a casa. No quería quedarme a solas con mi nana, por quien me sentía traicionada.

—No lo puedo creer —le dije cuando atravesé las puertas y la vi en la cocina—. No puedo creerlo de ti.

El rostro de la señorita Thompson palideció y soltó la cuchara con la que estaba preparando chocolate caliente. Conocía de sobra esa expresión como para saber que sabía a qué me refería.

—Mi niña, yo...

—Vete —espeté furiosa—. Vete ahora mismo.

—Violet.

—Vete, mujer —rugí, mirándola con rabia y, sobre todo, dolor. Jamás podría odiarla, pero me sentía tan herida que no podía hacer otra cosa—. Estás despedida.

39.

♠Adrien♠

Venir al funeral y dejar de pensar en la muerte de Francesco como algo abstracto fue bastante fuerte, pero eso no aminoró para nada mis ganas de volver, aquellas que me consumían cada día. Bianca no me había insistido en regresar, Mario tampoco había buscado peleas conmigo; sin embargo, notaba en toda la familia que aún me seguían considerando como uno de los suyos, como la pareja de Bianca.

No lograba encontrar un momento propicio para plantear la ruptura, puesto que ella estaba destrozada y yo me había comprometido a ayudar a esclarecer el asunto, que al final resultó ser, como todos temíamos, una mala praxis del hospital. Francesco debió haber tomado medicamentos para la prevención de coágulos que no se le indicaron, ya que parecía que todo había salido bien, pero en realidad todo derivó en una trombosis que le ocasionó la muerte.

Era un caso inusual, pero de todos modos se pondrían las denuncias correspondientes. Mi exsuegra y Bianca estaban agradecidas conmigo por quedarme a atender todos estos asuntos, pero yo en el fondo cada día era más miserable. Violet casi no respondía a mis llamadas o mensajes, solo sabía que estaba bien por los reportes que el chófer me hacía y porque ella misma me lo aseguraba. También me había quedado esperando una videollamada que jamás llegó, y su excusa fue estar muy cansada.

Mi lado posesivo ansiaba gritar y regresar a casa, pero en mí debía caber la prudencia. Si dejaba ver todo mi amor por Violet, ella se enfadaría conmigo. Tenía que soportarlo todo y, cuando volviera, no la soltaría jamás. Haríamos todo como correspondía y la convertiría en mi esposa, así tuviese que comprar a cualquier autoridad. Aquello no cambiaría mi decisión de volverla mi heredera; no me importaba que dijeran los papeles o que tan depravado fuera. Violet seguiría siendo mi hija, mi mujer, mi todo.

—Adrien —me llamó Giulia cuando estábamos todos sentados a la mesa, cenando—. ¿Te ocurre algo, hijo?

—Mamá, creo que a todos nos pasa algo —dijo Bianca, quien puso una mano sobre la mía.

—Lo sé, pero he notado que Adrien no ha hablado nada durante la cena —contestó su madre, con lágrimas en los ojos. Ella trataba por todos los medios de mantener los ánimos arriba, pero era obvio que estaba rota por dentro—. ¿Necesitas algo?

—No, me encuentro todavía un poco aturdido, lo siento —dije con una leve sonrisa. Mario, que estaba frente a mí, me miró fijamente y tensó la mandíbula—. Aún no puedo creer que Francesco no esté.

—Ni yo —susurró Bianca, que quitó la mano al darse cuenta de que no se la estrecharía.

Bianca estaba siendo paciente, pero se notaba su tristeza en cada uno de mis sutiles rechazos. Aun así, seguía mirándome con amor, con la esperanza de que yo reaccionara y le pidiera volver. No pasaría, y tenía que decírselo esta noche.

Por más que mi exsuegra trató de animar la conversación, no consiguió que siguiéramos el hilo de esta. Esta semana había sido bastante pesada y nadie quería hablar, menos yo, que no solo me sentía mal por el ambiente depresivo de la casa, sino por mis ansias de volver a Violet. ¿Acaso no me extrañaba? ¿Por qué me ignoraba de esa manera? Sabía en el fondo que no quería que levantáramos sospechas ante Bianca o Mario, pero cortar casi toda comunicación y limitarla a llamadas escuetas de padre e hija me parecía una soberana tontería. Lo único que me reconfortaba era que me decía que me amaba, nunca había habido una llamada sin que lo dijera.

Una vez que estuve en mi habitación, entré a darme una ducha. Cerré con seguro para evitar cualquier cosa extraña. Sabía que Bianca no solía hacer ese tipo de cosas, menos en estos momentos, pero era mejor prevenir que lamentar. Rechazarla sería algo que la humillaría y no quería vivir con aquel cargo de conciencia.

Durante la ducha no pude evitar hacer lo que siempre hacía: tocarme pensando en ella. Cada vez que tenía un momento a solas pensaba en esa hermosa mujer, en cuanto quería tenerla, en lo preocupado que estaba de que estuviese sola y conociera a alguien más.

—Violet —susurré—. Violet, amor.

Cerré los ojos y la imaginé desnuda ante mí, con esa piel suave y esos ojos que siempre brillaban para mí cuando hacíamos el amor, cuando tenía algún detalle con ella, cuando buscaba en mí al padre que nunca tuvo por culpa de quien la engendró y por la mía. Haberla sacado de las calles no era suficiente, debía darle todo mi amor.

¿Existía la muerte por extrañar tanto a alguien? En mi caso, era más que probable. Me encontraba mal, mi apetito era poco y de pronto parecía tener muchos años más de los que ya tenía. Seguía sin verme como un anciano, pero definitivamente no lucía como aquel hombre que era cuando estaba al lado de Violet. Ella era lo que necesitaba para estar bien.

—Te extraño, ya no puedo más, mi amor, ya no puedo más, me muero —musité mientras eyaculaba.

Aquel orgasmo me supo a poco y maldije entre dientes. Tenía que llamarle, no importaba qué estuviese haciendo. Necesitaba escuchar de nuevo que me amaba, que me deseaba, que nada cambiaría entre nosotros por este viaje.

Cuando salí del baño, me encontré con Bianca sentada en mi cama.

—Te llegó un sobre, Adrien —dijo, señalando un sobre amarillo—. ¿Pediste algo? Mario quería traerlo, pero no creo que fuese conveniente. Además, quería hablar contigo.

—No, Bianca —respondí, negando con la cabeza—. No he pedido nada. ¿Cómo…? ¿Cómo estás?

—Mal. —Sonrió de manera triste y bajando la cabeza—. Extraño a papá.

—Es muy duro. También sufrí cuando perdí al mío. Pero al menos tú estás preparada para hacer frente a todo.

—Pero eso no cambia nada, Adrien, me duele, tengo el corazón roto —dijo llorando. Realmente se veía demacrada y con la nariz roja por tanto llorar—. Yo no quiero las empresas, lo quiero a él.

—Lo siento —fue lo único que pude decir y ella alzó la vista.

—Perdón por venir aquí, yo..., es que yo te amo.

Guardé silencio ante aquella declaración. Si bien no la amaba, dolía que me mirara y esperara un «te amo» de vuelta. No lo hice, seguí sin decir nada.

—Tú ya no me amas, ¿cierto? —preguntó con tristeza—. Lo sé desde hace un tiempo, algo cambió.

—Bianca...

—¿Sería muy idiota de mi parte pedirte que intentemos...?

—No, Bianca, creo que no hay posibilidad —dije con más firmeza de la que esperaba tener.

—Entiendo —asintió y apretó los labios—. Yo todavía te amo y mientras te ame esperaré, porque sé que eres un buen hombre.

—Bianca...

—Buenas noches, Adrien —se despidió mientras se levantaba para abrazarme a pesar de que yo estaba mojado.

Sintiendo una pena grande, no pude hacer otra cosa más que estrecharla entre mis brazos. Bianca me causaba ternura, pero ya no había nada que hacer para quererla a mi lado como mujer. Violet era la única dueña de mi corazón, la única a la que podía amar de esa manera y posiblemente de todas las formas que existieran.

Bianca se apartó de mí después de unos minutos y se fue de la habitación. No sentí ninguna urgencia de revisar aquel sobre, por lo que me vestí y llamé a Violet, pero esta no me respondió.

—¿Por qué, mi amor? —mascullé mientras tomaba el sobre para verlo, sin imaginarme del todo el contenido. Seguramente sería alguna otra carta del hospital para llegar a un acuerdo que terminaríamos por rechazar—. ¿Por qué no me respondes?

Solté un fuerte suspiro y entonces saqué lo que había adentro. Fruncí el ceño al ver que no se trataba de ningún papel, sino de fotografías, a las cuales les di la vuelta para verlas.

Mi respiración se detuvo al igual que mi corazón. No, no podía ser cierto lo que mis ojos veían. Violet... ¿Abrazada de Vincent? ¿Ella yendo a un hotel?

—No, no, no, debe ser un maldito truco, un maldito truco, no, ella no me puede traicionar así, no, maldita sea, no, no, no —susurré para no alarmar a nadie pese a que la cólera se estaba apoderando de mí—. Debe ser un truco, una broma pesada, mi Violet no me haría esto, no, no.

Con las manos temblorosas lancé aquellas fotos abominables y marqué el número de Violet, esperando a que contestara. Insistí una y otra vez hasta que esta pudo contestarme.

—Adrien, amor...

—Dime que no es verdad lo que estoy viendo —le espeté.

—¿Qué? ¿A qué te refieres? —preguntó muy nerviosa.

—Tú y Vincent. Lo vi, estaban abrazados, te viste con él. Júrame, que no lo viste, que tú no...

—Lo vi, Adrien, sí, lo vi, y yo...

—¡¿Cómo pudiste?! —solté, cegado por los celos—. ¿Cómo pudiste traicionarme con él?

—Adrien, déjame explicarte, por favor.

Aquella frase terminó de hacer que explotara todo. Aquella frase era la que alguien decía cuando todo se había ido a la mierda y trataba de justificarse.

—No quiero tus explicaciones, Violet —la interrumpí—. Me queda claro que para ti fui un maldito juego, que a la primera oportunidad me traicionas. Tú jamás quisiste estar conmigo.

—Adrien, no es así —sollozó—. Regresa, hablemos.

—No, no voy a regresar ahora —dije furioso—. Disfruta, disfruta con ese bastardo. Disfruta los días de mi ausencia, porque en cuanto vuelva lo voy a matar.

—Mi amor, por favor, no, no hagas...

—No voy a anular nada contigo. Eres mi hija, eso siempre debiste ser, pero ahora...

—Adrien...

—No te quiero escuchar —la corté de nuevo—. No hay nada que justifique esto.

40.

♠Violet♠

Por más que intenté llamar a Adrien, este no respondió ni una sola de mis llamadas, lo que hizo que me desesperara hasta un grado insoportable. Nunca había sufrido de asma o algo parecido, pero me faltaba el aire y sentía que necesitaba algo para que los pulmones dejaran de arderme con la intensidad que lo hacían.

¿Por qué Adrien no me escuchaba? ¿Por qué no creía en mí? Sí, las pruebas del delito las tenía, pero yo no le había sido infiel, yo lo amaba.

—Vi, nena, calma —me dijo Vivian, quien llevaba algunos días quedándose conmigo, desde aquel día en el restaurante.

Gracias a ella, no había perdido mi celular; presintió que ese tipo tenía malas intenciones y decidió sacarme el celular de la bolsa. Luego de entregármelo me dijo que debía buscar hablar con Adrien sobre todo esto, pero pronto la hice entrar en razón diciéndole que él pasaba por una situación difícil, que no podía alarmarlo, mucho menos a Mario. Pese a no estar de acuerdo, decidió apoyarme y quedarse a cuidar de mí para que ese idiota de Fournier no volviera a acercarse más.

—No me quiso escuchar —sollocé—. No quiso, lo perdí.

—Bah, claro que no, solo está celoso —resopló—. Así son los hombres celosos, se ciegan.

—P-Pero...

—Tranquila, te va a llamar cuando se le enfríe ese cerebro de troglodita y sepa que dos más dos son cuatro —me consoló—. Y no quería decir «te lo dije», pero...

—Ay —gemí—. Lo sé, soy una idiota.

—No, solo que eres muy confiada, Violet —gruñó—. Daba igual si Mario venía, debiste reventarle el teléfono a llamadas. Amiga mía, la comunicación inmediata es la base de toda relación formal como la que ustedes quieren tener.

—Lo sé —asentí—, ahora lo sé.

Vivian me abrazó por los hombros y suspiró.

—Tranquila, todo va a estar bien.

—¿Y si no lo está? ¿Y si de verdad me deja?

—Pues sería tremendo idiota. Eres una hermosa mujer, que tiene sus errores, por supuesto, pero vales muchísimo.

—Te quiero.

—Y yo a ti —contestó—. Aquí voy a estar, y si se requiere jugarme el puesto por decirle sus verdades a ese orangután, pues lo haré.

—Jamás dejaría que te corrieran. —Me reí un poco.

—Lo sé, eres un amor, pero no me importa. Si me han de correr, que sea por una buena causa. Ya me darás cartas de recomendación.

—Eres un caso.

—Anímate, él solo está furioso.

—¿Y si se acuesta con Bianca?

—Mierda —masculló—. Bueno, confiemos en que no.

—Eso no me anima, Vivian.

—Mira, a un hombre se le notan esas cosas. Cuando lo vuelvas a ver lo sabrás. Pero, si quieres mi opinión más sincera, creo que tienes al señor Leblanc comiendo de tu mano. Solo hay que ver cómo te mira.

—¿Crees que me ama mucho?

—Dios mío. —Se rio—. El sujeto babea por ti. Y ni siquiera me hace falta verlo más de cinco minutos, se le nota en cuanto llegan. Elizabeth también lo sospecha en el fondo, pero es discreta y se sonroja cuando tú y Adrien están en la misma oración.

—Rayos, somos muy obvios.

—El amor y el embarazo no se pueden ocultar —respondió y yo tragué saliva ante esa palabra. Vivian, al notar eso, se apartó de mí y me miró boquiabierta—. No estás embarazada, ¿o sí?

—No, no he tenido atrasos, además, me cuidaba con la pastilla.

—¿La tomabas a diario?

Me quedé callada. Me avergonzaba admitir que las había dejado a la primera semana de uso y solo la tomaba de forma ocasional.

—Ay, no, no, ¿tuviste atrasos? ¿La dejaste?

—Sí, pero...

—¿No usaron preservativos?

—No.

—Ay, Violet —gruñó—. Bueno, ya qué, seré tía. Y cuidado, que puede ser múltiple.

—Dios, eso es solo un mito. —Rodé los ojos.

—Hola, mis pequeños dos sobrinos —dijo mientras agitaba la mano en dirección a mi vientre—. A una tía de su tía le han salido mellizos por ese tipo de descuidos.

—No estoy embarazada —farfullé—. No puede ser.

—Ya veremos…

Negué con la cabeza y miré otra vez hacia mi celular. Moría de ganas de llamarle de nuevo a Adrien e intentar que me escuchara, pero al final opté por un mensaje de voz, donde le pedía disculpas y le contaba la verdad sobre el asunto de Vincent. Esperaba que cuando se hubiese tranquilizado un poco lo escuchara.

«Por favor, mi vida, cree en mí. Cree en mí y te prometo que haré bien las cosas a partir de ahora», pensé mientras veía cómo se enviaba el audio.

—Muy conmovedor —dijo Vivian, quien volvía de la cocina con dos tazas de chocolate caliente—. Aunque yo le hubiera dicho que más le valía que me creyera o si no le cortaba los servicios para siempre.

No pude evitar soltar una pequeña risa. Había sido un acierto enorme decidir traer a Vivian. Aunque hubiese tenido sentimientos por mí antes, ahora se comportaba como una hermana y, a pesar de que me aconsejaba o me reprendía a veces, era completamente respetuosa conmigo y con mis decisiones, justo lo que mi nana y los demás no lograban hacer. Tal vez mi situación con Adrien no era la más correcta tanto a nivel moral como legal, pero ninguno de los dos éramos unos niños. Los dos sabíamos lo que hacíamos cuando decidimos entablar nuestra relación, la cual esperaba que no se fuera a la mierda.

«Tú no puedes dejarme, mi amor, por favor. Yo quiero estar contigo, estoy completamente decidida a luchar por ti», le dije en mi mente, con la ilusa esperanza de que algo de esas palabras tocara su corazón de manera inconsciente.

Para mi desgracia, no fue así. Cuando me levanté y volví para revisar los mensajes, Adrien me había bloqueado sin haber escuchado el audio. El aire se volvió a escapar de mis pulmones y sentí que todo a mi alrededor se tambaleaba.

—Nena, ¿estás bien? Ya me voy a la oficina. Mamá va a relevarme —me dijo Vivian al entrar a la habitación. Al verme llorando sentada en el piso, corrió hacia mí—. Vi, ¿qué pasa?

—Me bloqueó —gimoteé—. Adrien me bloqueó.

—Hijo de puta —farfulló—. ¿Estás segura?

Sin decir palabra alguna, le mostré mi celular.

—Imbécil, desgraciado —renegó—. Es un puto inmaduro.

—Es que...

—No, nada lo justifica, Violet —me cortó—. Está actuando como un niño de cinco años. Hasta mi hermanito de doce años es más maduro.

—Lo perdí —susurré.

—¿Y si viajas a Roma? —sugirió—. Y así le das una patada en las bolas de mi parte. Y sí, se lo dices así, aunque me corra.

—No tengo pasaporte. —Sorbí por la nariz—. Y si lo tengo, no sé dónde demonios está, Adrien debe tenerlo.

—Maldita sea.

Vivian se sentó a mi lado y yo me recargué en su hombro para llorar de manera amarga. Este era mi castigo por no haber luchado antes, por no ser más lista y jugármela por Adrien, por sembrar la duda desde que me escuchó hablando con Vivian.

—Lo siento, Violet —me dijo mi amiga—. Siento mucho que esto esté pasando de esta forma.

—Yo tuve la culpa —sollocé—. Yo no debí callarme, debí...

—Sí, eso es verdad, pero él tampoco debería actuar como lo hace. El señor Fournier y tu madre son los más culpables por meterse en lo que no les incumbe.

—Y mi nana —añadí—. Ella dio información sobre mí.

—A propósito de ella, te ha buscado.

—Pues no la quiero ver. —Me separé de Vivian—. Todavía la quiero, creo que eso nunca cambiará, pero traicionó mi confianza, me puso en riesgo.

—En eso tienes mucha razón. Ella debió actuar de otra forma. Soltó tu información a ese par de dementes —bufó—. Maldita sea, no sé a quién quiero patearle más el trasero en esta historia.

—Empieza por mí —dije con desánimo—. Soy la que más se ha equivocado.

—No te tortures así —me pidió—. Mejor date una ducha y come tu desayuno. Yo te avisaré sobre cualquier cosa que pase en la oficina.

—Gracias por todo, Vivian —dije—. Eres mi soporte en estos momentos.

—Sabes que te quiero, que aquí estoy. —Me sonrió y me limpió las lágrimas—. Yo sé que tú también estarías para mí. Incluso sin conocernos mucho te preocupaste por mí.

—Claro que sí, tú también me tendrás siempre.

—Ya no llores, cielo. Si ese hombre es para ti, las cosas se van a solucionar. Y si no lo es, te presento a algún hombre muy sabroso.

—Bien. Eso haremos.

Ninguna de las dos creía realmente que yo quisiera conocer a otro hombre, pero el sentimiento de tener apoyo era muy reconfortante. Quisiera o no, tenía que pensar en lo que sería de mi vida cuando todo acabara entre los dos.

Mientras me duchaba, la idea del embarazo me asaltó la cabeza. Todavía faltaban algunos días para que el periodo tuviera que venirme, pero varias veces durante mi llanto por la noche quise vomitar.

—No, es imposible —susurré, pero tras decir eso me llevé las manos al vientre—. ¿Será posible?

Aquel no era un buen momento para quedar embarazada, de hecho, era lo peor que podía ocurrir, así que aparté el pensamiento y terminé la ducha.

Al salir de esta, revisé de nuevo el celular con la esperanza de que Adrien me hubiese desbloqueado. No fue así, y tampoco podía llamarle de manera normal o mandar mensajes de texto.

—Ojalá lo pienses, mi amor —musité—. Te amo, quiero explicarte. Dame la oportunidad.

—¿Cómo estás, cielo? —me preguntó Johanna cuando bajé a la cocina—. Te preparé un sándwich, Vivian dijo que querías algo ligero.

—Muchas gracias, Jo —respondí mientras me sentaba en el taburete de la esquina—. No estoy bien, como debió haberte dicho Vivian.

—Ella no me da detalles, amor —repuso Johanna con una sonrisa maternal—. Así que yo te pregunto si hay algo en lo que pueda ayudarte.

—Adrien... Adrien me bloqueó de todos lados —confesé mientras jugueteaba con la lechuga del sándwich—. Me siento muy mal, me siento confundida.

—Dios, qué tonto —gruñó ella con un tono parecido al que usaba su hija. Me causaba gracia, pero yo no estaba de ánimos para reír—. Lo siento.

—Es que sí es un tonto —dije al borde del llanto—. Entiendo su enojo, sus celos, todo, lo entiendo, entiendo que en el momento no deseara hablarme, pero... pero lo necesito.

Johanna dejó lo que hacía y corrió para abrazarme. A pesar de que solo la conocía desde hacía poco tiempo, me abracé a ella y lloré como una niña pequeña.

—Lo lamento, Violet. Esta situación es espantosa —dijo—. Aquí estamos para ti.

—Gracias, gracias, Jo.

Después de haber llorado conseguí sentirme un poco mejor, incluso tuve ganas de salir de casa. A estas alturas, encontrarme con Vincent ya no era ningún maldito problema, por el contrario, le podía gritar a la cara todo lo que se merecía.

Tal y como me lo temía, nada más salir al estacionamiento, ahí estaba él. Lucía un traje gris plomo que le daba un aire de superioridad insoportable.

—Hablemos —dijo—. Vamos a...

—Yo no voy contigo a ninguna parte —contesté furiosa—. Supe ya que tú mandaste esas fotos a Adrien para hacerle pensar en lo que no es. ¿Acaso estás enfermo? ¿Qué clase de padre hace esto?

—¿Qué clase de padre se acuesta con su hija? —replicó Vincent con asco—. Porque no me vas a negar que...

—Sí, Vincent, me acuesto con Adrien —dije sin más—. ¿Y qué? No compartimos sangre.

—¿Te das cuenta de lo que estás diciendo? —La ira en sus ojos era más que evidente y pasé saliva—. ¿Te das cuenta de lo enfermo que es eso? Sí, posiblemente él no te cuidara, pero pudo ser tu padre biológico, te adoptó, debió verte al menos como una hija, tuvo sexo con tu madre.

—Esas fotos no son prueba alguna, y si lo hizo, eso es parte de su maldito pasado —lo defendí—. No quieras venir a decirme qué hacer cuando lo único que nos une, y todavía tengo mis dudas, es la sangre. ¿Quieres que te dé las gracias por eyacular dentro de mi madre? Genial, gracias, papá. Ahora, lárgate. No tienes ningún derecho sobre mí.

—No, ahora no lo tengo, pero me lo ganaré —dijo con decisión y trató de acercarse a mí—. Soy tu padre, te guste o no.

—Aléjate, aléjate, yo...

En ese momento trastabillé y él se apresuró a sujetarse antes de que me cayera. Me sentía muy débil, mareada, nauseosa.

—Violet, ¿qué tienes? —me preguntó preocupado—. Violet, responde.

—Me siento mal —susurré—. Suéltame.

—Vamos al hospital. Estás pálida.

—Contigo no voy a ningún lado —gruñí.

A pesar de mis protestas, Vincent logró llevarme a rastras hacia su auto cuyo olor era agradable; sin embargo, eso solo me calmó las náuseas, mas no el mareo. La cabeza me daba vueltas y no podía pensar en nada con claridad.

Solo hasta llegar al hospital y que me recostaran en una camilla comencé a sentirme un poco mejor. La doctora había ordenado que me hicieran análisis de sangre para verificar que todo estuviera en orden, puesto que, a decir verdad, no era la primera vez que tenía mareos.

—Señorita Leblanc —dijo una doctora al correr la cortina de la cama en la que estaba.

—El señor que me trajo se fue, ¿verdad? —pregunté ansiosa.

—No, la está esperando.

—Quiero que se vaya —pedí.

—Bien, le pediremos que se retire, pero debería pensarlo. Está teniendo mareos.

—Ya solo dígame cuanto me queda de vida —refunfuñé—. Porque seguro algo va mal conmigo.

—No. —Sonrió—. Usted es una mujer sana. Los mareos son normales en su situación.

—¿Qué situación? —indagué con el corazón latiéndome a toda velocidad.

La doctora vio su expediente y suspiró.

—Es muy temprano, pero la prueba ya dio positivo.

—¿Positivo para COVID o influenza? Dígame que es para...

—No —soltó una pequeña risa—. No es ninguna enfermedad.

—Entonces estoy...

—Sí, señorita Leblanc —asiente ella—. Está usted embarazada.

41.

♠Violet♠

Embarazada.

Aquella palabra no paró de repetirse en mi cabeza una y otra vez hasta que fui capaz de mirar a la doctora a los ojos.

—¿Estoy embarazada? —pregunté sin poderlo creer—. No, tiene que haber...

—No, no es ningún error. La prueba de embarazo dio positivo —respondió, mirándome con ternura y paciencia.

Llevé las manos a mi vientre y mis ojos se llenaron de lágrimas. No sabía si sentirme contenta o desdichada, pero sí que era una preocupación más para añadir.

Estaba embarazada de mi padre adoptivo. Todo esto cambiaba las cosas y no podía seguir siendo su hija, incluso aunque nuestra relación amorosa se terminara.

—¿Todo está bien?

—Sí, sí, es que... no me lo esperaba. —Sonreí débilmente y ella imitó mi gesto.

—¿El padre del bebé es el que...?

—No, no, él no es el padre —la interrumpí—. Preferiría llamar a mi amiga, ella me va a ayudar.

—De acuerdo. Debe quedarse un poco más aquí, ¿de acuerdo? Vendrá un compañero a darle unas indicaciones.

—Muy bien, muchas gracias. Por favor, que ese hombre no pase, no quiero verlo.

La doctora asintió y se retiró. Yo busqué mi bolsa y llamé a Vivian a su celular. Luego de colgar no pude evitar revisar si Adrien seguía en ese plan de mantenerme bloqueada, y por desgracia era así.

—Vamos a tener un bebé, mi amor —dije con la voz temblorosa—. Deja de ignorarme, por favor.

Media hora después, mi amiga apareció, justo cuando el doctor, el cual me había dado una lista de instrucciones para el control del embarazo, estaba saliendo.

—¿Cómo estás? —preguntó preocupada.

—Embarazada —musité y ella jadeó.

—¡Cristo!

—Sí, pero no puedes gritar —le pedí—. Por favor, nadie puede saberlo.

—El señor Leblanc tiene que...

—Sí, él lo sabrá —asentí—. Pase lo que pase, él tiene que saberlo, es el padre.

—¿Todavía no te ha desbloqueado?

—No, así que necesito un número nuevo. Tengo que comunicarme con él a como dé lugar, Vivian, tiene que escucharme.

—Sí, haremos que escuche, no te preocupes —me tranquilizó—. Ahora vamos a casa para que descanses.

—¿El señor Fournier sigue afuera?

—Sí, Violet, y tu madre igual. A mí solamente me permitieron la entrada.

—Bien, gracias a Dios —suspiré—. Vámonos.

—¿No vas a hablar con ellos?

Mi primer pensamiento fue decir que no, pero algo me detuvo. No hablar las cosas y poner límites me había traído a esta situación tan horrible, así que debía dejar las cosas claras por el bien de todos.

—Bien, pero quiero que vengas conmigo.

—Eh...

—Por favor —supliqué—. No quiero que me vean con él y comiencen las fotografías, te necesito al lado.

—Tienes razón —asintió Vivian—. Ese perro desgraciado no se va a salir con la suya, porque ¿quién más pudo enviar evidencias al señor Leblanc?

—Así es. Me niego a estar a solas con ellos.

Vivian y yo salimos de aquel cubículo y nos dirigimos a la sala de espera de urgencias, en donde nos esperaban Vincent y Candem. Realmente lucían preocupados y se acercaron en cuanto me vieron, cosa que me hizo titubear.

—Violet, amor —jadeó mi madre antes de intentar abrazarme.

—No. —La sujeté con suavidad del brazo para detenerla—. Solo quiero saber qué es lo que quieren de mí.

—Eres nuestra hija —dijo Vincent con un tono muy serio, aunque en sus ojos podía percibir la preocupación—. No hace falta decir más.

—Claro que hace falta decir más. ¿Por qué hasta el día de hoy? Es demasiado tarde.

—Hija, nosotros...

—No, mamá, es que no hay justificación. Acaban de meterme en un problema con Adrien, y esas cosas no las tolero. Y sí, me refiero a las fotos.

—¿Qué fotos? —preguntó mi madre, mirando a Vincent y luego a mí—. ¿De qué hablas, Violet?

—Hice lo que tenía que hacer —murmuró Vincent—. Adrien puede pensar lo que quiera.

—¿Y así es como pretendes que te acepte? —bufé.

—Amiga, tranquila —susurró Vivian. Vincent la miró y entornó los ojos.

—¿Podrías dejarnos a solas?

—No, ella es mi mejor amiga y aquí se queda —la defendí.

—Así es, no voy a irme, y no me importa que me quiera perjudicar a mí también la vida.

—Estás muy segura porque sabes que Violet te protege —dijo Vincent con tono burlón.

Antes de que pudiera ella decir algo, yo intervine.

—Sí, ella tiene toda mi protección y mi confianza. Jamás dejaré que nadie le haga daño.

—Y aunque no fuera así —farfulló Vivian—. La apoyo y la defiendo. Ah, pero que conste —giró uno de sus dedos, señalando a Vincent— que si algo me pasa, si amanezco encajada en una cerca, sabremos que fue usted.

Vincent la miró de arriba a abajo como si fuese un ser extraño, para luego rodar los ojos.

—Así es —secundé—. No me interesa verlos como padres, me pueden dejar en paz.

—Pues no, Violet —dijo Vincent.

—Creo que deberíamos dejarla en paz —dijo mi madre—. Hija, por favor tienes que tratar de entender.

—¿Y quién me entiende a mí? —repliqué. Mi voz había sonado más temblorosa de lo que quería, pero al menos eso funcionó para que me miraran con culpa—. ¿Saben que es lo que siento? Que me usan para vengarse de su pasado con Adrien.

—No es así, Violet, yo no tenía problema alguno con él hasta que descubrí la verdad —gruñó Vincent y, pese a que lo detestaba, tenía que admitir que parecía sincero—. Él no te quiere como un padre.

—Tal vez no, pero no puedes reprocharle nada cuando tú tampoco lo haces. —Me crucé de brazos—. Apenas me conoces, no sabes cómo fue mi vida.

—¡No lo sé porque no sabía de tu existencia! —exclamó exasperado—. Si tan solo me dieras una oportunidad...

—La oportunidad pudiste tenerla, si tan solo no hubieras hecho todo esto. No, ni siquiera a mi nana le dejé pasar tales cosas, ¿piensan que lo haré con ustedes? —me reí, pero después me puse seria—. Aléjese de mí, no me obliguen a poner una orden de restricción, porque lo haré sin dudarlo.

—Hija...

—No, no me llames así, Vincent —lo atajé y traté de ignorar el llanto de mi madre—. No soy tu hija y nunca lo seré.

—Eres mi...

—No soy hija de nadie —dije, mirando a los ojos a la mujer que me había dado la vida—. Me costó entenderlo, pero lo hice por fin.

Al llegar a casa, no supe cuánto tiempo lloré en los brazos de Vivian, que no dijo nada, solo se limitó a estar allí hasta que terminara de drenarme. Pero a diferencia de otras ocasiones, el llanto solo hacía que mi dolor aumentara. Era tan cruel saber que no tenía padres que me amaran, que el amor de Adrien tuviese un límite, que le bastara tan solo una excusa para bloquearme de todos lados.

42.

♠Adrien♠

Dormir fue una tarea imposible después de aquella llamada. Varias veces pensé en desbloquearla, en escucharla, pero cada vez que lo intentaba o la idea asaltaba la mente, el dolor y el rencor me lo impedían. Vincent y ella abrazados. Fuera cual fuera la situación, no tenía razón de ser; nada justificaba el que se encontraran.

¿Por qué Violet me hacía esto?

Mis ojos se llenaron de lágrimas cuando dieron las dos de la mañana. Mi mente me asaltó con recuerdos de esa noche en la que nos tocamos, en que le pedí disfrutar de lo que teníamos, pues no se repetiría. ¿Acaso Vincent le pedía lo mismo? Tal vez los dos ya se conocían y nunca me percaté y solo esperaban el momento oportuno para verse.

—No, no, no —sollocé y le pegué a mi almohada una y otra vez.

Tenía que ser fuerte, pero no lo era. Esta traición me estaba destrozando, matándome. Nunca en mi vida me habría imaginado que lloraría por una mujer, y odiaba hacerlo, mas no podía evitarlo. No solo era mi orgullo herido, también me había roto el corazón, había destrozado mi amor.

Al dar las cinco de la mañana, me levanté de la cama y salí disparado de la habitación. Tenía que salir a tomar aire, pues me iba a volver completamente loco si no lo hacía. Pero estar en el jardín no calmó para nada mis sentimientos, solo me estaba enfriando el cuerpo; aun así, no me sentí capaz de regresar a la habitación y me quedé sentado en la piscina, con los pies sumergidos en ella.

—Adrien, ¿qué haces aquí? —me preguntó Bianca de pronto. Su llegada no la había advertido, pero estaba demasiado perdido en mis pensamientos como para asustarme—. ¿Te pasa algo?

—Lo siento, no podía dormir —dije en voz baja, y ella se quitó los zapatos para sentarse a mi lado.

—Te comprendo, yo tampoco tuve una buena noche. —Soltó un suspiro—. ¿Estás bien?

—Bianca, ¿tú me amas? —le pregunté y volteé a verla.

—Claro que sí —contestó sin dudar—. ¿Por qué lo preguntas? ¿Acaso no te lo digo siempre?

—Lo siento —me disculpé y acaricié su mejilla—. Perdóname por herirte, yo…

—¿Qué pasa?

Sí, tenía que darme una oportunidad con ella. Bianca me amaba, era una mujer que valía la pena. ¿Por qué perder esta estabilidad? Además, ella me frenaría para no ir detrás de mi hija cuando volviera a verla.

Mi hija, Violet era mi hija. Bianca tenía que ser mi esposa.

Sin previo aviso, me incliné hacia Bianca y la besé. Ella suspiró con fuerza y me correspondió. Por un instante me imaginé que era Violet y moví mis labios con más pasión, aunque sin atreverme a ir a más. No era ella. No era mi Violet.

Frené el besó y bajé la vista, pero pude percatarme de que Bianca sonreía.

—Volvamos, intentemos de nuevo —pedí antes de arrepentirme.

Bianca asintió.

—Claro que sí, mi amor —contestó—. Para mí nunca terminamos.

43.

♠Violet♠

Con el pasar de los días, mi corazón se endureció y me hice más consciente de que Adrien no regresaría, que me había dejado sola de nuevo, pero esta vez no era una niña e hija no deseada a quien dejaba a su suerte, sino a una mujer que lo amaba y a su primer hijo, ese que me había pedido alguna vez para nunca separarnos.

¿Podía ser más injusta la situación? Sí, por supuesto.

Aquella mañana amanecí con náuseas, las cuales quería calmar con cualquier cosa en el refrigerador. Vivian no estaba en el pasillo o haciendo ruidos como cada mañana, así que supuse que estaba abajo con su madre. Y sí, lo estaban, pero entre las dos hablaban en susurros en la sala, así que me quedé en medio de las escaleras.

—No sé cómo se lo diré, mamá, le voy a romper el corazón —gimoteó Vivian—. Es un malnacido, lo odio.

—Lo sabrá tarde o temprano —repuso Johanna—. No la traiciones tú también, mi amor, díselo.

—Está embarazada, mamá, ¿y si le sucede algo a mi sobrino por mi culpa? Me moriré.

—¿Qué es lo que pasa? —pregunté.

Madre e hija se sobresaltaron y me voltearon a ver. Las dos estaban pálidas, sobre todo Vivian, que lloraba.

—Vi...

—Si no quieres que deje de confiar en ti, dime qué pasa —dije enojada y bajé las últimas escaleras—. Dime qué pasa.

—Se trata de Adrien.

Cerré los ojos ante la mención de ese nombre. Dos lágrimas bajaron por mis mejillas, ya que me imaginaba lo que iba a decirme.

—Volvieron, ¿cierto? —inquirí y abrí los ojos. Al ver que Vivian también lloraba.

—Sí —susurró, y aquello resquebrajó mi corazón, aunque también lo hizo comprender que todo entre nosotros se había terminado—. Están comprometidos de nuevo. También regresaron a la ciudad, a su residencia.

—Entonces voy para allá —suspiré—. Tengo que...

—¿Qué? ¿De verdad?

—Ven conmigo, por favor —imploré—. Necesito decirle la verdad.

—Pero...

—No le haré daño a Bianca. ¿Cómo podría? Ella ha sido una buena persona, no lo merece.

—No lo digo por ella, lo digo por ti.

—No pienso estar a su lado —respondí. Johanna nos observaba con angustia, pero estaba callada, respetando mi decisión—. No lo haré, pero no me voy a callar, estoy harta.

—De acuerdo. ¿Me dejas patearlo? Es un perro —masculló.

—Hija, prudencia, por favor —intervino su madre—. No es momento.

—Lo siento, lo siento, pero se me retuercen los ovarios. Lo odio —gruñó ella antes de abrazarme.

Luché con todas mis fuerzas no derrumbarme de nuevo, pues tenía que pensar en el bebé que esperaba. Mi aturdimiento fue lo único que me mantuvo serena, y aquello lo necesitaba para por fin enfrentarme a él.

Vivian y yo nos alistamos para salir, no sin antes pedirle a Johanna que me hiciera el favor de empacar algunas de las cosas que le indiqué. Durante el camino deseé que todo lo que decía esa nota fuese falso, que ellos dos no estuvieran juntos de verdad. Tal vez después de todo no me resignaba a perderlo, a que las cosas fueran así. Vivian, en cambio, estaba sobándose los nudillos para aquella pelea que quería tener con Adrien.

—Llegamos —dijo Vivian cuando el taxi se detuvo. Yo estaba paralizada, con un horrible ardor en el estómago y ganas de vomitar—. Vi, anda.

—Yo... —Mis dientes comenzaron a chocar unos con otros y sentía rígido el cuerpo—. No puedo.

—Sí, puedes. —Me tomó del brazo—. No te vas a guardar eso, le vas a decir todas sus verdades a ese idiota y vamos a reírnos cuando él se arrastre como un gusano, ¿me entendiste?

—Tienes razón —asentí—. Vamos.

A pesar de todavía sentirme rígida, pagué al taxi y las dos nos bajamos. En la entrada nos encontramos con el portero, que no me permitió pasar.

—Lo lamento, señorita Leblanc, pero el señor se encuentra con su prometida adentro, no la puede atender.

—Soy su hija aún, tengo derecho a pasar —contesté—. Solo vengo a decirle algo y me largo.

—No puedo...

—Abra la puerta o si no vamos a vandalizar —amenazó Vivian—. Y yo puedo hacer muchas cosas antes de que llegue la maldita policía.

—Déjeme consultarlo —dijo el señor, que volvió a su pequeña casita para llamar.

—Hijo de la gran puta —farfulló mi amiga—. Déjame romperte las piernas. Tengo un amigo que lo puede dejar en silla de ruedas y que ya no le funcione el...

—Vivian, basta —le pedí—. No vas a dejar paralítico a nadie.

—¿Y él sí puede? —refunfuñó—. Porque a estas alturas, la señorita Ferreti debe tener la espalda partida.

Pasé saliva al imaginar aquello. Sí, seguramente ya se habían acostado.

—Dice que pueden pasar, pero solo se encontrarán con su mujer —nos dijo el portero.

Si Adrien quería darme otra puñalada, lo había conseguido.

—Vámonos —bufó Vivian—. Ya encontraremos...

—No, está bien, se lo diré todo a Bianca —asentí—. No tengo nada que perder.

—¿Y si no se lo dice?

—Confío en que ella lo hará. Es una buena persona.

—Sí, pero...

—Vamos —la insté—. Digamos todo de una vez.

Mi amiga estaba dudosa, pero entrelazó su brazo con el mío y caminamos hacia la casa. Una empleada nos recibió y nos dejó pasar, y a mi mente acudieron todos los recuerdos de mí y Adrien amándonos de forma descontrolada. Dolía como nada, y más me dolió cuando Bianca bajó las escaleras con una camisa de Adrien puesta y los pies descalzos.

Definitivamente se habían acostado y ya todo estaba perdido.

—Violet, amor, ¿cómo...?

—No. —Alcé la mano para que no se acercara más—. No, por favor.

—¿Qué sucede, cielo? —preguntó preocupada—. ¿Te he hecho algo?

—No, pero no soy capaz ahora mismo de esto.

Bianca frunció más el ceño y miró a Vivian en busca de respuestas.

—Vinimos a explicar lo que pasó, dado que el señor Leblanc tiene bloqueada a Violet por todos lados.

—¡¿Cómo?! —gritó Bianca, completamente consternada—. A ver, no, no puede ser.

—A Adrien le enviaron unas fotos de mí y el señor Fournier, nos abrazábamos —comencé—. Adrien enfureció y no quiere saber de mí.

—P-Pero ese no es motivo para que...

—Vincent Fournier me confesó que es mi padre biológico —continué y ella jadeó—. Supongo que Adrien lo presentía y por ello cortó nuestra comunicación. Quería esperar a que terminara sus asuntos en Italia para decírselo yo misma, pero...

—Violet, lo siento tanto —dijo avergonzada—. Adrien ha estado demasiado raro y furioso últimamente, no pensé que fuera por eso. Ahora lo entiendo.

—Me voy a ir —proseguí—. En estos días me di cuenta de que no quiero relacionarme ni con Fournier ni con Adrien. Si Adrien quiere comunicarse conmigo alguna vez, lo pensaré, pero por ahora necesito un tiempo.

—Tienes que decirle, si subes...

—No, no voy a subir, no quiero verlo, ya no —la atajé—. Por favor, díselo, o puedes callarte si así lo quieres. Haz lo que te dicte el corazón.

—Cielo...

—Lo siento, Bianca —me disculpé—. He sido injusta contigo.

—No, ¿qué dices? Nena, espera aquí, haré que Adrien baje y...

—No, por favor no —supliqué—. Adiós, Bianca.

Vivian y yo nos dimos la vuelta y caminamos hacia la puerta. Por más que ella nos llamó para que nos detuviéramos, no logró convencernos de quedarnos. Ya no tenía caso, todo estaba claro y terminado. Tal vez él supiera sobre nuestro hijo algún día, pero no sería su padre de manera legal.

—¿Crees que se lo diga? —le pregunté a Vivian de camino a casa.

—No lo sé, tú estabas muy segura de que lo haría —respondió ella—. Pero ya lo sabremos si te empieza a llamar como un loco.

—Lo dudo, dudo que lo haga, dudo que le crea a Bianca.

Pero me equivocaba. Un par de horas después, mientras yo me instalaba en un pequeño departamento cerca de la casa de Vivian, mi celular comenzó a reventar a llamadas de Adrien. Miré con una sonrisa triste sus mensajes de desespero, en donde me preguntaba dónde estaba. Tuve que ser fuerte e ignorarlo, así como él había hecho.

Lo nuestro estaba irremediablemente roto.

44.

♠Adrien♠

Cada día era más insoportable que el anterior y me arrepentía más y más de haber reanudado mi relación con Bianca. Cada vez que la besaba me parecía un suplicio, sentía que estaba traicionando a Violet, a esa traidora de Violet.

Ella no se merecía mi fidelidad, pero, aun así, no me sentía para nada capaz de buscar a Bianca en la intimidad. Ella, por estar de luto, tampoco presionaba o me buscaba para eso. Lo más importante para ella era que se ganara la demanda contra el hospital.

Muchas veces casi sucumbí a mis ganas de llamarla para pedir una explicación, pero entonces volvía a ver las fotos y esas ideas se iban al diablo. En algún momento tendríamos que hablar, desde luego, pero no hasta que lograra olvidarla y sacarla de mi corazón.

¿Cuándo sería eso? Nunca, pero me gustaba creer que lo lograría, que por lo menos me volvería más fuerte a su presencia y al deseo que me recorría las venas.

Como ella ya no acudía a la empresa, Elizabeth se comunicó conmigo y me dijo que ya no podía aplazar más mis compromisos, así que era hora de volver. Aquello fue otro golpe de realidad; seguro Violet había dejado botado el trabajo, ya no le interesaba la empresa que le iba a heredar. Bianca, sabiendo que yo pasaba por un difícil momento, había decidido venir conmigo; los dos estaríamos aquí hasta que fuese hora de regresar a Roma para seguir atendiendo la demanda al hospital. Todo parecía marchar bien, aunque los directivos seguían peleando por llegar a un acuerdo.

—¡Maldición! —se quejó Bianca cuando se ensució la camisa a causa del yogur que estaba tomándose.

—¿Estás bien? —le pregunté y ella asintió.

—Sí, pero préstame la camisa que acabas de quitarte, amor. Iré por mi maleta a la sala...

—Sí, tómala —dije distraído.

Ella se quitó la blusa, quedando desnuda de la cintura para arriba, y como solo tenía puesto un bóxer femenino, era como si lo estuviera por completo. De pronto se mordió los labios y se acercó a mí.

¿Acaso ya quería que le cumpliera?

Pese a que no me sentía tentado por su hermoso cuerpo (porque sí, era una mujer hermosa a pesar de ser mucho mayor que Violet), dejé que me besara. Intenté con todas mis fuerzas excitarme, pero solo me venía Violet y su traición a la cabeza.

—No, perdóname —dije mientras la alejaba—. Yo...

—Lo siento, Adrien —se disculpó sonrojada—. Creo que...

—Perdóname tú a mí, es solo que estoy cansado. —Solté un suspiro.

—Claro, amor, no te preocupes.

Bianca se apartó y fue a buscar mi camisa para ponérsela. En ese momento sonó el teléfono y me acerqué a la mesa de noche para contestar.

—¿Sí?

—Señor —dijo el portero—. Sé que siempre dice que no debo dejar pasar a nadie, pero su hija está aquí junto a una amiga. Quiere hablar con usted.

—¿Qué? —solté un jadeo y mi corazón comenzó a latir desbocado. No, no era posible—. ¿Por qué demonios vino?

—No lo sé, pero parece ser de vida o muerte.

«Sí, lo único que quiere es justificarse», pensé lleno de rencor. Quería verla, claro que quería verla, pero sabía que si la veía de nuevo no iba a tardar en sucumbir, que me vería arrastrado hacia el amor que le tenía. Terminaría por perdonarla, pero también la encerraría para que nunca más viese a nadie.

—No, no...

—Señor, creo que debe ser urgente.

—Pues que hablen con mi mujer —dije a regañadientes—. Yo no quiero recibirlas.

—Pero...

—Solo así, si no, que se marchen —dije con severidad.

—Adrien, ¿qué pasa? —inquirió Bianca cuando colgué.

—Violet y creo que Vivian están aquí —respondí, sentándome en la cama—. Ve a ver que quieren, hazme ese favor.

—Pero, mi amor...

—Ve.

—Mi cielo, ¿qué te sucede? Es tu hija —me dijo con tono tierno, el cual me irritó. «Mi hija, a la cual me he cogido más veces que a ti», quería decirle—. ¿Por qué la evitas?

—No quiero hablar del tema, ¿irás a verlas o no? Para no dejarlas...

—Ya, ya, ya, me voy a...

—No, así —la interrumpí—. Ve así, quiero que se dé cuenta de que estamos ocupados, que no puede venir a molestarnos.

—Adrien, estás muy mal —dijo enojada—. Mira, jamás me ha gustado demasiado meterme, pero creo que deberías...

—¿Vas a ir o no? Dímelo, la correré personalmente.

—No, no, ya voy yo —gruñó—. Solo espero que no te arrepientas de cómo la tratas. Violet es una chica que vale oro.

—Luego hablaré con ella, es solo que ahora no lo quiero.

Bianca negó lentamente con la cabeza en señal de decepción, pero no dijo más y salió del cuarto. Una vez que me quedé a solas, la desesperación se adueñó de mí. Quería verla otra vez, quería acercarme, escuchar su voz. ¿Cómo era capaz de desear todo eso sabiendo que me había traicionado? ¿Cómo mi cuerpo seguía sin reaccionar a Bianca cuando a Violet no le había costado nada acercarse a un hotel? El mismo chófer me lo había confirmado, los dos se vieron allí y renunció después de admitir que trabajaba para Vincent a partir de ese momento.

Mientras esperaba, caminé por toda la habitación, y varias veces me detuve en la puerta con intenciones de abrirla.

—Quiero verte, mi amor, quiero verte —susurré, dejándome llevar un poco por la ansiedad—. No, no debo verte, si no, habrás pasado por encima de mí.

La amaba, pero me negaba a ser su objeto de burla. Bajar a verla me haría perder la cabeza, me costaría mucho disimularlo todo y terminaría por explotar.

—No te puedo ver —dije con la frente recargada a la puerta—. No, no te puedo ver porque todo se irá a la mierda.

Lentamente me fui alejando de la puerta y la miré como si fuese la entrada al infierno. En el fondo sabía que era una soberana estupidez tenerle miedo, pero se lo tenía, mejor dicho, me lo tenía a mí mismo y de mi poco autocontrol.

Decidí después de unos minutos encerrarme en el baño y darme una ducha, aunque ni siquiera el agua fría calmaba la agitación de mi cabeza y de mi cuerpo. Sabía bien que me daría otro ataque de pánico, uno de los tantos que había vivido por la abstinencia de ella.

—Vete, vete, Violet, por favor, vete —sollocé—. Vete.

Todavía no había conseguido calmarme cuando Bianca tocó a mi puerta.

—Adrien, necesitamos hablar —me dijo, tocando la puerta con desesperación.

—Luego —respondí—. No quiero escucharlo, ¿ya se fue?

—Sí, ya, pero...

—Sal, por favor.

—Está bien, Adrien, pero me vas a escuchar cuando salgas. No puedes evadir el tema, no te dejaré hacerlo. Eres responsable de ella.

—Ya no quiero serlo —susurré, pese a saber que mentía.

—Adrien —insistió Bianca—. Sé que puedes estar celoso, pero ella nunca dejaría de ser tu hija. Si ella decidió conocerlo, pues...

—¡NO ME HABLES DE ELLA! —vociferé—. No sé qué mierda te ha dicho Violet, pero no la quiero escuchar.

—Bien, me voy hasta que te calmes, pero vamos a hablar, Adrien. Hoy. Hoy vamos a hablar.

Aquellas palabras las sentí como una sentencia, pero no pude decirle nada más porque se había ido.

No supe cuánto tiempo permanecí en la ducha, pero no había conseguido serenarme para nada. Nada podía calmar la rabia que ese hombre despertaba en mí por haberse fijado en mi mujer, porque sí, Violet seguía siendo mía. Por más que quisiera negarlo, era así.

Una vez que salí, Bianca ya había vuelto y estaba vestida con ropa deportiva. En su rostro estaba dibujado un disgusto que por un momento me hizo sentir culpable.

—¿Ya te calmaste? —preguntó—. ¿O quieres que te espere dos horas más?

—No...

—Sí, has estado encerrado ese tiempo, por favor, Adrien, por favor, escucha lo que tengo que decir.

—¿Qué demonios quieres decirme? —resoplé—. ¿Qué Violet fue a meterse con...?

—Sé que quieres recuperar su cariño, pero no puedes ir por la vida siendo un padre celoso, ella ya es una mujer que toma sus propias decisiones —me contestó—. Es muy injusto lo que has hecho, ella te necesitaba y no la dejaste explicar.

—¿Qué? Todo estaba claro.

—Vincent Fournier es el padre biológico de Violet —soltó con pesar y al borde de las lágrimas. Yo me quedé paralizado, sin poder procesar aquello—. Violet está destrozada, se veía muy pálida. Ella intentó llamar muchas veces, pero tú la has evitado.

—No, no, no puede ser —dije horrorizado y acercándome a ella—. ¿Cómo?

—Sí, Vincent es su padre biológico, y tiene sentido, se parecen.

Por mi mente transitaron aquellos recuerdos de aquel año, de las fiestas, de Vincent enamorado de una mujer cuya identidad no conocí, de Candem, de sus dudas, de ese negativo en el ADN.

—Voy a buscarla —dije con urgencia.

—Me temo que es demasiado tarde. No quiere saber de Vincent, tampoco de ti. Me dijo que se iría.

—¡¿Y no la detuviste?! —le grité.

—No, ella se fue. ¿Cómo iba a detenerla si lo que querías era que se fuera? ¿Qué te pasa, Adrien? No te entiendo.

—Tengo que ir a buscarla —susurré—. Lo eché todo a perder.

—Sí, eso es lo que deberías hacer. Es tu hija, tienes que arreglarlo antes de que sea demasiado tarde, si no es que ya lo es.

—No, no, no puede ser tarde —dije angustiado—. No, no puede ser tarde.

Pero supe que sí era tarde cuando atravesé la puerta del pent-house y no vi a nadie, tan solo había una nota en donde ella me decía que lo nuestro se había terminado y que no volvería.

—¡No, no, mi amor, no, no! —grité mientras volvía a llamar. No sabía cuántas veces lo había hecho, pero no dejaría de intentarlo, tenía que encontrarla para arrodillarme y pedirle perdón—. Violet, no, no, por favor, por favor.

Subí a su habitación, la cual estaba ordenada de una manera extraña, como si ella no lo hubiera hecho. En sus cajones no quedaba casi nada de ropa, y en sus closets solo había vestidos de fiestas, tampoco estaban sus maletas.

—No, ¿qué te hice, Violet? No, no, no, mi amor, no, tienes que responder, por favor, por favor.

Sentía que me faltaba el aire, peor que en los días anteriores. Lo había arruinado, Violet iba a odiarme, ¿cómo había podido ser tan imbécil?

Después de un rato buscándola como un loco, con la esperanza de que tan solo quisiera asustarme, decidí que haría lo que fuese para encontrarla, que necesitaba hacerlo. No podía haberse ido, me pertenecía para siempre, no la dejaría escaparse de mí ni terminar cediéndola a ese malnacido de Vincent Fournier.

—No, no, mi amor —dije antes de salir para comenzar una búsqueda masiva—. Tú no vas a desaparecer de mi vida.

45.

♠Adrien♠

Seguí con las llamadas y mensajes desde mi propio celular, pero al darme cuenta de que eso no tendría efecto alguno, comencé a pensar en otras opciones. Ella tendría que contestarme en algún momento; no podía desaparecer, yo me encargaría de que eso no sucediera.

Sabía muy dentro de mí que debía conservar la calma para pensar con claridad e imaginar a dónde demonios pudo haberse ido, pero ella tenía la habilidad de enloquecerme, de empobrecer mis pensamientos para ser solo un autómata que busca lo que necesita para sobrevivir. Sí, mi mente hizo un repaso mental de todos los sitios a los que podía haberse refugiado, pero no estaba en ninguno de ellos. Sus restaurantes y cafeterías favoritos no eran opción por ser lugares obvios, pero de todos modos contacté al personal de seguridad de mi empresa para que la fueran a buscar a todos estos.

Yo me fui directamente a la empresa, en donde le pedí al personal que estuviera (y el que no) que la llamaran. Su teléfono explotaría probablemente, pero no me importaba, tenía que encontrarla. Sin ella no podría vivir.

—Señor Leblanc, esto no funciona —me dijo uno de los trabajadores de intendencia—. No va a responder las llamadas.

—Sigue llamando, les voy a pagar extra a todos por eso, maldita sea.

Las personas a mi alrededor me miraban asustadas, ya que nunca me había comportado de semejante manera frente a ellos. Pero suponía que podían entenderme, dado que se trataba de mi propia hija; sus mentes tal vez no comprendieran o se imaginaran que no solo buscaba a mi hija, también buscaba a mi mujer, al amor de mi vida, ese que estaba perdiendo por estúpido orgulloso, por no escucharla.

—Tienes que aparecer, Violet, por favor —dije mientras la llamaba y caminaba por toda mi oficina, pues ya no soportaba estar entre la gente—. Mi amor, por favor, no me puedes hacer esto, no, por favor.

En algún punto caí sentado en el sofá y comencé a llorar con desespero. Todavía no era capaz de soltar el celular, y cada llamada perdida dolía más. Aun así, no perdía la fe y seguí intentando, también utilicé otro teléfono para ofrecer una recompensa a quien la viera.

Haría todo cuanto estuviera en mis manos para recuperarla, para tenerla en mis brazos de nuevo y demostrarle todo mi amor. Nos iríamos lejos, tendríamos muchos hijos, seríamos felices y nadie más nos separaría.

Salí de la oficina porque sentía que me asfixiaba. Al voltear a ver el escritorio de Vivian mi cerebro se iluminó. Por algún motivo no la había puesto a llamar, dado que no estaba, tan solo pensé en Elizabeth. ¿Cómo no se me había ocurrido? Ellas dos eran amigas, Vivian la apoyaba en todo.

Comencé a marcar el número de Vivian inmediatamente, pero me detuve para pensarlo mejor. Si ellas dos eran amigas, era lógico que la cubriera, así que tenía que llegar a su casa de sorpresa para que no le diera tiempo a Violet de huir.

—*Señor Leblanc, los anuncios de la recompensa ya están en circulación* —me dijo Elizabeth cuando me llamó, luego de que le pidiera que se encargara de ello—. *Por favor, mantenga la calma. Violet es una chica lista, aparecerá.*

—Gracias, Elizabeth —le respondí con voz monocorde.

De verdad esperaba que ella tuviera razón, que apareciera. Por momentos me temía que, llevaba por el dolor, hubiese hecho alguna tontería. Por esa misma razón también reuní un grupo para que llamara a hospitales y estaciones de policía. Nadie iba a descansar hasta que ella apareciera, así tuviera que recurrir a actos injustos como amenazar con despedir al personal. No me importaba nada, Violet me estaba llevando al borde de la locura con su desaparición, con lo que dijo sobre ya no querer saber nada de mí o de Vincent, a quien iba a matar en cuanto lo viera.

Yo no podía quedar fuera de su vida. Ella tenía que resignarse a que lo nuestro nunca se terminaría pasara lo que pasara.

Llegué al conjunto de departamentos en donde Vivian vivía. Yo siempre estaba al tanto de donde vivía cada empleado que trabajaba muy cerca de mí por cualquier eventualidad. Algunas veces había recogido a Elizabeth a su casa para determinadas tareas, y ahora me tocaba buscar a Vivian. Jamás hubiese creído que necesitaría buscarla, pero me alegraba de haber sido precavido.

Me bajé del auto sin fijarme si el lugar era adecuado para estacionarme. Era urgente ver a Vivian y, tal vez con algo de suerte, a Violet. Algo me decía que ella estaba aquí, que no podía haberse ido a otro sitio.

Pero cuando Vivian me abrió la puerta, ella lucía confundida.

—Señor Leblanc, hola —me dijo.

—¿Dónde está Violet? —le solté y ella frunció el ceño, lo que me hizo empezar a temer que no supiera dónde estaba.

—¿Pasa algo, hija? —preguntó la que supuse sería su madre—. Oh, tu jefe. Señor Leblanc, pase.

—Solo quiero saber si... mi hija está aquí —respondí sin dejar de mirar a Vivian—. Vivian, si sabes algo, dímelo, por favor. Ella está enojada conmigo, pero...

—Sí, me lo imagino, me comentó que algo sucedió y que se marcharía, aunque no me dijo a dónde. ¿Ya le llamó?

—Tantas veces que ni siquiera puedo contarlas.

—Bien, yo... intentaré llamar.

—Vivian, tan solo dime la verdad, ¿ella está aquí? —pregunté—. Por favor, necesito encontrarla.

—No, y si quiere puede registrar la casa, señor Leblanc —me dijo ofendida y abrió más la puerta—. Violet no está aquí. Pase, la llamaré.

Decidí hacer caso de lo que decía y pasé al departamento, el cual era pequeño. Para mi desdicha no había rastro de Violet en él ni de cualquier pista que me indicara que ella estaba aquí.

—No hay caso, no responde —dijo Vivian después de hacer unas cuantas llamadas más—. ¿Por qué no mejor deja de insistir por hoy? Estoy segura de que va a aparecer luego.

No contesté de inmediato y evalué su expresión. No parecía especialmente asustada, lo que era extraño, dado que ella solía preocuparse por Violet. Además, me miraba con cierto recelo, cosa que antes no hacía. Ella sabía algo o todo.

—Sí, puede ser —murmuré mientras me levantaba de la silla del pequeño comedor que tenían—. Si sabes algo, por favor comunícate.

—Por supuesto, señor Leblanc, lo haremos —me aseguró la madre de Vivian.

—Gracias, señora —respondí antes de retirarme.

Ellas lo sabían, claro que lo hacían, pero ¿cómo iba a poder convencerlas de que me lo dijeran?

Miré por todo el lugar y agudicé la vista. Violet no estaba por ningún lado, al menos no a la vista. Podía ser una locura, pero sentía su presencia en este lugar. Ir puerta por puerta se me pasó por la mente, pero decidí que no lo haría, al menos no sin un arma.

Mi mente pensaba en cosas bastante enfermizas mientras conducía de vuelta al pent-house. Mi cordura pendía de un hilo y no supe cómo fue que llegué intacto al edificio. Lo único que mi cerebro pensaba era en ella, en encontrarla para hacerle el amor, para ponerme de rodillas y pedir que me perdonara.

Me quedé sentado durante unos instantes, recordando la vez en que hice mía en este lugar a Violet. Quería hacerlo de nuevo, llenarla de mí y sentir su cuerpo contra el mío.

—Imbécil, imbécil, imbécil. —Estrellé mi frente contra el volante y terminé sollozando de nuevo—. Violet, por favor, maldita sea, contéstame.

Llamé de nuevo, pero ya no tenía sentido, su teléfono se había apagado.

—¡NO, MALDITA SEA, NO! —bramé y lancé el celular lejos de mí—. No, Violet, no, no.

En ese momento alguien me tocó el cristal de la ventana. Por un segundo me imaginé que era Violet, pero la decepción me invadió al ver que era Bianca.

—Adrien, ¿la encontraste?

—No, no lo hice —dije al bajar la ventanilla.

—Yo también estoy muy preocupada, pero poniéndote así no vas a...

—Ve a casa, vuelve mañana —le pido—. No quiero hablar.

—Pero...

—Ve a casa —repetí, a punto de perder los estribos.

—¿Estás llorando?

—Bianca, por favor...

—Está bien, está bien —dijo consternada—. Me iré, pero seguiré buscando también. Tranquilo, Violet va a aparecer.

Solo asentí y dejé que se marchara. En estos momentos no estaba de humor para lidiar con nadie. Solo quería a Violet; ella era la única persona en el mundo a la que me interesaba ver.

Me costó muchísimo trabajo salir del auto, pero finalmente lo hice y arrastré los pies hasta el ascensor. Me sentía sumamente mareado, pero conseguí llegar a casa sin caerme. Tener un accidente mientras la buscaba era lo último que me podía permitir.

O tal vez eso fuese lo más conveniente. Si Violet se enteraba de que me había sucedido algo tal vez viniera. Pero también ella podía sufrir uno de camino a verme, o pudiera ser que eso le diera más motivos para pensar que Bianca estaría conmigo.

Mi cabeza estaba por reventar y ya no sabía siquiera lo que pensaba. Me dejé caer en el sofá y no supe cuándo me quedé dormido, solo sabía que me despertó el sonido de mi celular. Pese a sentirme mal, lo tomé de inmediato.

—*Señor Leblanc* —me dijo uno de mis empleados—. *Alguien llamó para decir...*

—¡Dime que la encontraron! —exigí mientras me levantaba.

—*Sí, señor, una mujer asegura que sabe dónde está su hija* —respondió y yo sentí que me volvió el alma al cuerpo—. *La encontramos, señor Leblanc, encontramos a su hija.*

46.

♠Violet♠

Durante las primeras horas fue algo divertido, pero cuando mi celular comenzó a hervir, ya no lo fue. Ese hombre no paraba de llamar y eran tantas llamadas y mensajes que ni siquiera podía apagar el teléfono. Se había trabado.

Las llamadas no solo provenían de él, sino de otros números, y algunos los reconocía como de personas de la empresa; Adrien había puesto también al personal a llamar.

—¿Cómo…? —Vivian se quedó callada al ver que mi celular se movía como loco sobre la pequeña mesa que estaba junto a la ventana—. Ay, mi Dios, tenemos que sacarle la batería a esa cosa, va a reventar.

—Me da miedo acercarme —dije asustada y ella se acercó a mí con la bolsa de compras que tenía mi cena adentro—. Siento que pronto lanzará humo.

—¿Ese celular es viejo?

—Un poco —admití—. Creo que es hora de ahorrar para comprar otro. Primero debo conseguir trabajo.

—Eso no es justo —refunfuñó—. Tú...

—No, no quiero ser su hija. De hecho, estoy pensando en que Fournier me dé su apellido, que reconozca su paternidad.

—¿Qué? —jadeó—. Pero...

—Es la única manera que veo factible para deslindarme de Adrien. No quiero tener nada que ver con Vincent, pero no creo que se niegue a ayudarme.

—Bien, tiene sentido —asintió—. Pero, ¿qué pasa si él quiere heredarte cosas?

—No me puede obligar a nada y si me hereda algo, te lo donaré a ti.

—No —gruñó—. No quiero ese dinero asqueroso.

—Entonces a una fundación de cachorros o niños con hambre, lo que sea.

—Eso está mejor. —Sonrió—. Mucho mejor.

El celular por fin se apagó por sí mismo y ambas suspiramos con alivio.

—¿Cuánto tiempo planeas perderte? El señor Leblanc ya vino a casa —dijo Vivian y yo hice una mueca—. Actué lo mejor que pude, le dije que me habías avisado que te irías, incluso me uní a las llamadas para que no sospechara.

—Gracias, Vivian —contesté—. Gracias por todo lo que haces por mí, incluyendo prestarme efectivo para que no me encuentre.

—No es nada, cielo, estamos para lo que necesites, lo sabes.

—Con respecto al tiempo que estaré aquí, tal vez sea por unos meses, pero por supuesto que tengo que darle la cara a Adrien, yo no soy él.

—Eso, mátalo con tu indiferencia.

—¿Y si no puedo? —pregunté nerviosa—. ¿Y si no soy capaz de resistirme si él quiere regresar?

—No lo veas en un lugar privado, visítalo en un lugar neutral, donde no te pueda poner las manos encima.

—Y tienes que estar ahí —rogué—. No voy a poder estando a solas con él.

—Amiga, yo te quiero muchísimo, pero no lo sé. —Suspiró—. Si vas a contarle del embarazo, considero...

—Por ese mismo motivo, no quiero estar a solas con él —la interrumpí—. Él se va a sentir con mucho más derechos sobre mí.

Vivian entornó un poco los ojos y pareció reflexionarlo durante unos minutos. Yo aproveché eso y tomé el pan y la leche que había comprado. A pesar de sentirme fatal, tenía hambre y además necesitaba comer algo por mi bebé. Mi corazón estaba roto en mil pedazos, pero había decidido que sería fuerte por él, que yo ya había llorado demasiado en todos estos días.

Ahora era el turno de Adrien de llorar sobre la leche derramada. Mi amor lo tiró a la basura con su desconfianza, con sus celos enfermizos y su indiferencia. No podía decir que mató mi amor por completo, pero sí mis ganas de seguir a su lado. Ya no veía ningún futuro para nosotros, salvo el ser cordiales el uno con el otro por el bien de nuestro hijo.

—Tienes razón —dijo mi amiga finalmente, cuando yo ya me estaba terminando el pan y me tomaba un trago de leche—. Ese idiota se volverá loco cuando lo sepa. ¿Y si vas a tenerlo?

—Sí, claro —asentí—. Es mi bebé.

—¿Vas a dejar que Adrien esté en su vida? Digo, decírselo es lo correcto, pero va a complicar las cosas entre ustedes.

—Tengo que hacerlo. —Suspiré—. No haré lo mismo que hizo mi madre, que prefirió darme una vida precaria a enfrentarse a mi verdadero padre y luego entregarme a alguien.

—Eso sí —susurró—. Ese bebé tiene derechos, es un Leblanc, uno de sangre.

—Sí.

—¿Y si él no se hace cargo? Porque puede pasar.

—Entonces tocará sacarlo adelante por mí misma, pero jamás me voy a desprender de él o ella. —Toqué mi vientre—. Lo amo con mi vida, siempre quise tener hijos, así que es deseado.

Vivian me sonrió con ternura y me abrazó.

—Y yo seré la mejor tía, lo prometo —me dijo y yo comencé a llorar—. No lo harás sola, nunca vas a estar sola.

—Gracias, de verdad, gracias —sollocé—. Gracias por estar para mí, nunca voy a dejar de decirlo.

—Ya, ya, no llores. —Vivian se separó de mí y limpió mis lágrimas—. Le hará mal al bebé. Por cierto, te compré pasta dental, está en la bolsa.

—Eres fantástica, gracias.

—No hay de qué. Por favor, dime si necesitas algo y vendré corriendo. Está un poco complicado que tu casa esté hasta el cuarto piso, pero fue lo mejor.

—Sí, porque Adrien me habría encontrado.

—Así es. ¿Cuándo vas a ir a...?

—No lo sé, no lo sé —negué con la cabeza—. Hoy solo quiero dormir.

—Bien, solo dormirás.

Unos minutos después y tras ayudarme a tender mi cama, Vivian se fue. Mi celular ya estaba apagado, pero de todos modos sentía mucho miedo de ponerlo a cargar. La cantidad de llamadas y mensajes rayaba en la locura total: las de Adrien sobrepasaban al mil, las de aquellas personas sobrepasaban de diez mil, además de muchos, pero muchos mensajes. No quería ni pensar en que alguien estuviese buscando casa por casa y que todos en la ciudad se enteraran.

Traté de olvidarme del tema y me dirigí al baño, que sin duda era muchísimo más pequeño que el que tenía en esa casa. Me alegraba que no me molestara para nada, que todavía tuviese muy presente que yo había nacido con pocos privilegios y que no me costaría nada regresar a vivir de manera modesta.

Una vez que regresé a mi cama, las ganas de llorar volvieron y me permití hacerlo. Mientras no sucumbiera ante Adrien, todo estaría bien. Yo tenía que ser fuerte, no dejarme vencer por el amor y deseo que le tenía. Claro que tenía mucho miedo de enfrentar la situación, pero no me podía detener, pues ahora había un pequeño que dependía totalmente de mí.

—Seré fuerte por ti, cielo —susurré—. Mamá será muy fuerte por ti, lo prometo.

Poco a poco me fui quedando dormida. La cama no era tan cómoda como la mía, las sábanas tampoco eran de la mejor calidad, pero no estaba mal. Mi último pensamiento fue Adrien y en lo arrepentido que debía estar por todo lo ocurrido. Tal vez fuese infantil de mi parte desaparecer de esta forma, pero por mi paz mental necesitaba alejarme, pensar, organizar mis ideas. Ya me comunicaría con él y llegaríamos a un acuerdo.

Para cuando volví a abrir los ojos, luego de soñar demasiado con él, los primeros rayos de sol ya se filtraban por la ventana. Me quedé un rato viendo cómo todo se iba iluminando hasta que decidí levantarme.

La pequeña cocina integral se encontraba a tres pasos de mi cama, así que me pude sostener a tiempo de la península de la cocina para evitar que el mareo me derrumbara.

De pronto tocaron a la puerta y yo fui a abrir, pensando que era Vivian.

Pero no fue ella quien se abalanzó sobre mí como un bólido y me acorraló contra una pared, llorando deshecho y besándome de forma desquiciada.

—Violet, Violet, Violet, mi amor —sollozó Adrien, dejándome paralizada por el miedo y por todos los sentimientos que él me provocaba—. Te encontré, te encontré.

—Largo —pedí, pero él negó con la cabeza e intentó quitarme la camisa del pijama.

—Perdóname, perdóname, te lo imploro.

—Adrien...

Sus labios sellaron a los míos, pero esta vez, aunque me muriera de ganas y tuviese el pecho a punto de reventar, no le correspondí. Él tardó unos segundos en entenderlo y se separó un poco, por lo que pude ver que tenía los ojos enrojecidos de tanto llorar. Aun en esta situación, él seguía pareciéndome el hombre más hermoso, al cual nunca dejaría de amar.

—Violet, mi vida...

—Vete, Adrien. Ahora no quiero hablar contigo —le dije con toda la firmeza que pude—. Lo nuestro se terminó para siempre.

47.

♠ Violet ♠

—No, no puede ser —Adrien negó con la cabeza e intentó besarme otra vez.

—¡Suéltame! —grité mientras ponía las manos sobre su pecho—. Hablo en serio, Adrien, escúchame por una maldita vez en tu vida sin sexo de por medio.

—Violet, te he estado buscando por todos lados, ¿por qué? ¿Por qué te has ido? Es tu casa, no voy a permitir que vivas aquí, olvídalo, tu lugar es...

—Mi lugar no está definido aún —contesté—. Pero es obvio que contigo no.

—No, no digas eso. No, mi amor, por favor, no.

—No me llames así. Dime quién te dejó entrar.

—Fue la dueña —dijo Vivian entrando al departamento—. El señor Leblanc ofreció una recompensa económica a quien te encontrara.

Solté un jadeo al ver la expresión nerviosa de Adrien, que me confirmaba que aquello era cierto: esa mujer había vendido mi seguridad por una maldita recompensa.

—Tenía que hacerlo —se justificó Adrien—. Violet, me moría de angustia.

—Yo también —solté con voz temblorosa—. Yo también me moría de angustia cuando me mandaste al demonio sin dejar que te explicara, cuando ignorante todas mis llamadas y me dejaste sola, desprotegida, deseando todavía que me escucharas y que cuidaras de mí.

—Fui un imbécil —gimoteó él, tomándome de los brazos—. Fui un completo imbécil.

—Claro que sí, claro que lo fuiste. Asume tu error y lárgate de una buena vez —le contesté.

—Vivian, márchate —exigió Adrien.

—Oh, no, me temo que no —replicó mi amiga, indignada—. Y si me va a amenazar con correrme, hágalo, no me importa.

—Vete, Adrien, no me siento lista para hablar contigo.

—No, no te puedo dejar, no puedes quedarte en este sitio, no.

En ese momento, Adrien se puso de rodillas, abrazado a mí. Yo me quedé estupefacta y Vivian rodó los ojos. Con vergüenza debía admitir que tenerla en estos momentos era lo único que me mantenía con fuerza de voluntad, ya que me partía el alma ver a Adrien así.

—Lo eres todo para mí, Violet —sollozó—. No te puedo perder, mi amor.

—Nunca fui todo para ti —repuse con amargura—. Si eso fuese cierto, me habrías escuchado.

—Entiéndeme, las fotos eran comprometedoras.

—Sí, Adrien —dije mirándolo—. Eso lo entiendo, entiendo que te enfurecieras, pero no el que me abandonaras sin dejar que te explicara, que para creerme tuvieses que escuchar a Bianca, pues a ti no se te dio la gana bajar a escuchar lo que tenía para decirte.

—Perdóname —insistió—. No me va a alcanzar la vida para pedirte perdón, pero...

—Lo siento por desaparecer —me disculpé—. Ahora entiendo que no fue lo más maduro de mi parte. Vas a saber en donde estoy, porque voy a quedarme aquí a iniciar mi nueva vida.

—No, de ninguna manera. —Adrien se levantó y me miró con furia—. Eres mi...

—No lo digas —lo interrumpí—. Ya no soy tu hija, no soy tu mujer, no soy nada. Vete de aquí si no quieres que llame a la policía.

—Yo la llamo —dijo Vivian, pero antes de que pudiera hacerlo, Adrien fue hacia ella y la sujetó del brazo.

—Tú no vas a hacer nada, ¿me oíste? —amenazó, lo que hizo que me horrorizara.

—¿De verdad vas a amenazarla? —le pregunté incrédula—. ¿De verdad te vas a comportar de esta forma?

—Violet, por favor escúchame —dijo mientras la soltaba y se volvía hacia mí—. Hablemos a solas.

—No, Adrien, no aquí —negué con la cabeza—. Nos vemos en tu oficina, en un restaurante, en donde digas, pero no aquí, no ahora. No puedo hacer esto.

—Violet, no, te escaparás.

—No, tengo motivos de sobra para hablar contigo —respondí, al tiempo en que retrocedía para alejarme—. Así que no puedo escaparme, además, no soy como tú, no voy a evadir esto.

—Violet...

—Adrien, vete, por favor, me estás ahogando, no te quiero ver ahora.

—No, por favor no, mi vida —imploró e intentó acercarse—. Te amo, te amo y no me importa que me escuchen.

—Tu amor no es fuerte, no pudo con la duda —repliqué.

—Tú no me tuviste la confianza para llamar y decirme lo que estaba pasando. Dejaste que las cosas llegaran muy lejos.

—Sí, ese fue mi error —asentí—. Pero consideré no molestarte, no alarmar a Mario, porque eso es lo que iba a pasar si regresabas de pronto. Sí, me equivoqué por encerrarme en casa, a esperar a que volvieras, por correr a mi nana para defender nuestro amor. Ella, Adrien, ella hizo lo mejor, intentaba apartarme de ti, y yo sin dudarlo la corrí sin dejar que me diera explicaciones, lo mismo que hiciste conmigo, solo que, a diferencia de ti, yo sí le di oportunidades antes.

—Señor Leblanc, le aconsejo que se vaya. Violet no está bien de salud ahora y no necesita sobresaltos —intervino Vivian.

—¿Qué es lo que tienes, mi amor? —preguntó él.

—Estoy embarazada —solté y él jadeó—. Me acabo de enterar ayer.

—¿Qué?

—Es tuyo, por si lo dudas —masculé—. Quiero que me dejes en paz.

—No, menos ahora, estás embarazada —dijo maravillado y mirando hacia mi vientre—. Vas a darme un hijo, un hijo que deseo porque es tuyo y mío.

—Vete, Adrien —exigí cuando él posó las manos en mi vientre—. Vete, no quiero hablar ahora.

—No, por favor, no...

—¡Qué te vayas! —grité furiosa y tomé fuerzas para tomarlo del brazo y empujarlo.

Me costó demasiado cerrar la puerta, pero al final lo hice y me eché a llorar desconsolada mientras me deslizaba hacia abajo.

—Violet —dijo él desde afuera—. Violet, te amo, te amo, no me hagas esto.

No le respondí y seguí llorando con fuerza, sin poderme detener. Él también lloraba desconsolado, pegándole a la puerta una y otra vez. Los golpes se escuchaban abajo, por lo que supe que también estaría en el suelo.

—Violet, no puedo dejarte aquí, vuelve conmigo, a casa. Te daré lo que quieras, todo el tiempo que quieras, pero regresa, tienes a mi hijo, eres mi mujer. No puedo tenerte lejos.

—Vete, Adrien —susurré.

—Violet, Violet, por favor.

Tras unos cuantos minutos me alejé de la puerta y me metí otra vez a la cama. Mis audífonos estaban sobre la mesa de noche y me los puse de inmediato para escuchar música. No supe cuánto tiempo estuve así o si me dormí, pero cuando reaccioné, alguien tocó mi hombro.

—Se fue hace un rato —me dijo Vivian cuando la volteé a ver y me quité los audífonos—. Nos costó demasiado sacarlo, pero lo hicimos.

—Gracias —murmuré. Estaba sorprendida, pero no tenía la energía suficiente para hablar en voz alta y expresarlo.

—La renta de los próximos tres meses es gratis —me informó—. Casi mato a la señora Smith por atreverse a aceptar el dinero de la recompensa, así que accedió.

—Pues eso sí que lo voy a aceptar —gruñí enojada—. ¿Cómo pudo hacerlo?

—Lo siento, Vi, no pensé que fuera a pasar eso.

—No, tú no tienes la culpa. Me habría encontrado en cualquier otro lugar, así que menos mal que te tengo cerca.

—Otro que te vino a buscar fue el señor Fournier, pero él fue más civilizado y me dejó esto. —Me entregó una pequeña tarjeta negra—. Es su número, quiere que lo contactes.

—Yo...

—Bueno, has dicho que debe darte su apellido. Me parece que deberías llamarle.

—No hoy. Hoy no quiero hacer absolutamente nada.

—Bien, que por hoy se vayan al diablo. —Sonrió mi amiga—. ¿Quieres ir a mi casa a desayunar?

—Sí, me encantaría.

Vivian me ayudó a levantarme con cuidado para que no me mareara, y las dos juntas bajamos hasta su casa. Las personas a mi alrededor murmuraban, incluso a una la vi persignarse cuando pasé por su lado.

—Es una moralista de mierda —dijo Vivian—. No hagas caso.

—No me afecta. —Suspiré—. Creo que llegué a un punto en donde haberme acostado con mi padre adoptivo es el menor de mis cargos de conciencia.

—Irónico que lo digas si fue por eso que estás aquí.

—Creo que no me estoy explicando bien. —Sonreí de forma débil mientras caminábamos por el rellano de la escalera—. Me refiero a que ese hecho me dejó de importar. Solo estoy viendo a Adrien como el hombre al que no quiero de regreso en mi vida, como a una pareja. Lo amo, pero ya entendí que no hay un futuro.

—Bueno, cariño, yo no sé exactamente qué hay en tu corazón. Prefiero no apresurarme.

—¿Insinúas que vamos a volver? —Enarqué una ceja y ella se detuvo a la mitad de las escaleras.

—¿Quieres que te sea honesta? No lo sé, no sé si van a regresar, y sí sé que él ahora no te merece, que es un perro al que quiero moler a golpes. Sin embargo, los dos están sufriendo, se aman con locura y todo puede pasar.

—Pero Vivian...

—Violet, tranquila, pasará lo que tenga que pasar. Y hagas lo que hagas, nunca te juzgaré —me prometió.

A pesar de que no estaba en mis planes volver con Adrien, aquellas palabras me tranquilizaron y conmovieron tanto que la abracé con fuerza. Saber que tenía a alguien que estaría para mí en mis errores y aciertos era grandioso.

El desayuno en el departamento de Vivian fue ameno, aunque para nada dejé de sentirme nerviosa. No sabía con quién diablos hablar primero ni por dónde comenzar.

Pero la decisión la había tomado el destino, ya que cuando subí, mis padres biológicos me esperaban frente a mi puerta.

—Teníamos que venir, no pudimos esperar —me dijo Vincent—. No podemos permitir que...

—¿Qué? ¿Qué viva aquí? —me burlé—. ¿Esto es en serio, mamá? —le pregunté a ella—. ¿Después de que vivimos prácticamente en la calle me dices que no puedo estar aquí?

—Violet —me reprendió Vincent—. Basta.

—Bien —asentí—. No tengo energías para pelear, tampoco debo hacerlo por...

—Lo sabemos —me cortó Candem—. Llevas un hijo suyo en el vientre.

—Sí, estoy embarazada —dije sin titubear y Vincent apretó la mandíbula—. Y voy a tenerlo, estoy en mi derecho de tenerlo.

—Nadie te dirá que no lo tengas —dijo mi madre, que ya tenía los ojos llorosos—. Violet, cielo, por favor déjame hablar contigo. Sé que me odias, que estás furiosa, quiero contártelo todo.

—¿Y de qué me sirve eso?

—Para que no cometas mis errores.

—Gracias, pero sé bien lo que tengo que hacer —dije de forma altanera, aunque de inmediato recordé en lo mal que me sentí por no haber sido escuchada en su momento, así que suspiré—. Bien, supongo que no pasará nada por escucharte, pero quiero que sepan ambos que no quiero estar en su vida o que me traten como hija. Yo...

—Yo no sabía de ti —insistió Vincent—. Tampoco supe más sobre tu madre.

—Mira, Vincent, sé que no es tu culpa el no saber de mí, pero sí el problema que me causaste.

—Tal vez no fue lo mejor, pero abriste los ojos y te diste cuenta de cómo es él en realidad —argumentó Vincent—. ¿Te amaba de verdad? ¿Cuánto tiempo le tomó volver a su relación con su prometida?

—Basta —pedí furiosa—. Basta, Vincent.

—Solo intento que veas la situación desde fuera —resopló—. Y desde la perspectiva de quienes conocemos a Adrien. Él jamás tomaría a nadie en serio. Él no te tomó en serio ni como hija ni como pareja.

—No necesitas decirme lo que ya sé. Adrien no me amó ni me amará jamás —respondí al borde del llanto—. Pero tú no jugaste limpio.

—No, no lo hice —él negó con la cabeza—. Pero era la única manera de hacerte abrir los ojos, pues estabas ciega, completamente manipulada por él.

—¿Y tú no estás haciendo lo mismo? —bufé—. Intentas...

—No, no voy a insultar tu inteligencia, solo quiero que tomes el lugar que te corresponde como mi hija.

—Solo necesito tu apellido, lo demás no me interesa.

—Llevar mi apellido...

—Si no quieres...

—No dije eso, Violet. No voy a permitir que sigas siendo su hija.

En ese momento se escucharon unos pasos apresurados subir por las escaleras, los cuales pertenecían a Adrien, quien me hizo a un lado para propinarle un puñetazo a Vincent.

—¡SOBRE MI CADÁVER VAS A DARLE TU APELLIDO! —vociferó—. Vete al infierno, infeliz.

Vincent no tardó en regresarle el golpe a él, pero Adrien apenas y se inmutó.

Estaba a punto de dar otro cuando me le puse enfrente.

—¡Basta, Adrien! —le grité, pero él no me miraba, solo intentaba apartarme—. ¡Adrien!

—Lo voy a matar, hazte a un lado, Violet.

—No, no lo haré —dije enojada—. Eres tú el que se tiene que largar.

—No, eres mía, Violet, mía —declaró él, ahora mirándome.

—¿Crees que permitiré que sigan con esa aberración? —se burló Vincent, que estaba siendo detenido por mi madre.

—Vincent, no respondas —le pidió.

—No puedo, Candem, es nuestra hija —gruñó él.

—Ya veo, están juntos de nuevo —se burló Adrien—. Pues bien, hagan su vida juntos, pero déjennos en paz a Violet y a mí. Ustedes nunca la quisieron.

—Y tú tampoco —le dije.

—Yo te amo, Violet, te amo. —Me tomó del rostro con ambas manos—. Vámonos, ven conmigo, regresa a casa.

—No. Contigo no voy a...

—Pues entonces no me queda otra opción.

Adrien me soltó y sacó un arma para apuntar a Candem.

—Te acercas un maldito paso más y no voy a dudar en adornar su frente con un lindo pozo.

Me giré hacia Vincent y este estaba pálido por el miedo. Con su cuerpo trataba de cubrir a mi madre y me quedó claro que la amaba.

—Adrien, por favor no hagas nada —le pedí, sintiéndome débil por estar cerca de un arma—. Voy contigo, pero no hagas nada, por Dios.

—Violet, no te vayas con él —me suplicó Vincent—. Es un maldito demente.

—No, tú eres el demente, el demente que se inventó una porquería para separarnos —replicó

—Sí, él lo inventó, pero tú no has confiado en mí — le dije a Adrien—. Déjame ya.

—No, Violet, vas a venir conmigo.

Por más que le pedí que me dejara, él no me soltó y apuntó a todo aquel que quería evitar que me llevara, y eso incluyó a Vivian, a quien tuve que gritarle para que no hiciera nada.

—¿Por qué demonios haces esto, Adrien? —le pregunté llorando cuando él arrancó.

—Porque te amo, Violet, porque no te puedo perder y porque tú no perteneces a ese lugar.

—Vincent va a llamar a la policía, te acusará de secuestro.

—Pero tú no vas a decir nada —me ordenó mientras me apretaba una pierna.

La actitud de Adrien era errática y las manos le temblaban muchísimo. La desesperación era más que evidente en las miradas que me lanzaba y pude saber que esto no lo hacía por lo desesperado que se sentía.

—No tiene balas, Violet —me confesó, aunque dentro de mí sabía que era mentira—. Solo... Yo solo quería...

—No me digas nada, Adrien, por favor —pedí—. Creo que ya no es posible nada entre nosotros, no cuando te comportas de esta forma.

—No lo voy a permitir —dijo con calma—. Necesito sentirte, tenerte.

—Estás...

—Loco, sí, loco, porque me estoy muriendo de culpa, de dolor, de amor por ti —me interrumpió.

Los dos estábamos en un semáforo, lo cual él aprovechó para seguir ascendiendo por mi pierna. Mi pantalón de pijama era demasiado delgado y podía sentir el calor de sus caricias lascivas.

—Basta, por favor, Adrien, madura de una maldita vez, por favor.

—No te voy a dejar escapar de mí, Violet —me advirtió—. Vamos a arreglar nuestras diferencias, hablaremos, pero en casa, donde perteneces.

Volteé el rostro y me puse rígida. Realmente me sentía en peligro a su lado, por lo que no me resistí. Tendría que ver la manera de hacer que se calmara, que pensara mejor las cosas para que nada acabara en una tragedia.

—No puedo vivir sin ti, Violet —dijo de pronto.

—Claro que puedes —lo contradije—. Pudiste volver con Bianca sin ningún problema, le hiciste el amor.

—No la toqué. —Adrien volteó a verme y en sus ojos podía leer la verdad—. No pude tocarla porque te amo a ti, porque solo te deseo a ti.

—Basta ya, por favor —dije nerviosa y me salí del auto. Adrien no tardó demasiado en rodearlo y acorralarme—. Adrien, no, por favor...

—Violet —sollozó y dos lágrimas bajaron por sus mejillas—. Violet.

Adrien se inclinó hacia mí y nuestros labios se encontraron. Traté de resistir todo lo que pude, pero al final me dejé llevar y correspondí a su beso desenfrenado.

—Te amo, te amo —dijo mientras besaba mi cuello.

—Y yo te amo a ti —gimoteé—. Pero...

—Pero no podemos estar separados, Violet, no podemos, moriríamos.

—N-No, no digas...

—Soy adicto a ti, no veo otro camino que no seas tú...

—Pero Bianca...

—No, no la amo, y sé que iba a terminar de nuevo en tus brazos en cuanto te volviera a ver —contestó—. Por eso no bajé, por eso la envié a ella, porque iba a enloquecer.

Adrien no dejó que respondiera nada, pues volvió a besarme, volvió a adueñarse de mi piel, de mis pensamientos y todo mi cuerpo. Lo había extrañado y estaba quebrantando mi fuerza de voluntad; él sabía que no podíamos resistirnos el uno al otro, que éramos presas de una adicción que no podíamos vencer estando juntos.

—Te amo —susurró mientras nos besamos dentro del ascensor.

—Yo te amo a ti, papi —gemí.

—Violet, hija —gruñó—. Nunca te dejaré, no puedes ser suya de ninguna manera, no puedes, mi amor, no pienso renunciar a ti.

Al entrar a nuestra casa, los dos seguimos perdidos en aquellos besos. Estaba traicionándome a mí misma, pero no podía evitar amarlo con todo el corazón. En ese momento no me importaba el dolor o su traición, solo quería sentirlo contra mí. Adrien Leblanc era el amor de mi vida, era capaz de derrumbar mis barreras con tan solo un beso.

—Te necesitaba, te necesitaba con locura —jadeó mientras nos desvestíamos.

—Y yo, ¿por qué no me creíste? —le reproché.

—Me moría de celos, no puedo soportar que otro hombre se te acerque. No quiero, Violet, no quiero que él sea tu padre.

—Nadie, solo tú —musité.

Cerré los ojos y me entregué por completo al placer que él me daba con su lengua cuando me abrió de piernas en la cama. Me tenía tan abierta que era sorprendente, pero muy excitante.

—Adrien, mi amor —gemí—. Adrien...

—Nos necesitamos, Violet, somos dos enfermos —dijo mientras subía hasta mí para penetrarme—. Estamos enfermos de amor, de deseo, de todo, de todo, lo somos todo.

—Te amo —contesté y sentí cómo me corría con tan solo la penetración.

—Yo más, mi cielo.

Antes de que pudiera arrepentirme de mis actos, Adrien empezó a moverse de forma rítmica, causando que no perdiera la excitación.

La cama se movía como si fuese a destrozarme y nuestras manos se entrelazaban con fuerza. No sabía que nos deparaba el futuro, pero quería gozar este momento, lo ansiaba dentro de mí.

Definitivamente, los dos estábamos demasiado enfermos, pues no parábamos de llorar y besarnos por todos lados mientras yo lo cabalgaba sin pudor alguno.

—Sufrí demasiado ante la idea de no encontrarte —dijo entre lágrimas—. Iba a morirme si no aparecías.

No pude contestar nada, solo besarlo de forma frenética.

—Vámonos, olvidemos todo —me propuso sin casi despegar sus labios de los míos—. Formemos una familia.

—Adrien...

—Y te pediré perdón todos los días de mi vida, me arrodillaré ante ti —susurró—. No te merezco, pero me niego a vivir sin ti.

—No, no me mereces, pero te amo.

Los dos volvimos a besarnos y pronto nos sobrevino otro orgasmo que nos hizo gritar como locos.

—Te amo, hija.

—Te amo, papi.

—¡¿QUÉ DEMONIOS ES ESTO?!

El grito de Bianca hizo que Adrien y yo nos detuviéramos en seco. Ella tenía los ojos abiertos de par en par y nos miraba con el más absoluto horror.

—Bianca...

—¡¿Por qué te estás cogiendo a tu hija?! —lo interrumpió Bianca, que parecía querer vomitar—. No, no, no, no puede ser.

—¿Qué haces aquí, Bianca? —le recriminó Adrien mientras me hacía a un lado con suavidad.

Yo no podía reaccionar, el ardor en mi pecho y conmoción no me lo permitían.

—Estaba preocupada por ustedes y dijiste que nos veríamos, pero... ¡Pero son amantes!

—Te puedo explicar, Bianca —repuso él con calma y aquello terminó de hacerme entender que me había equivocado al acceder a esto.

—¿Desde cuándo? —preguntó Bianca con la voz temblorosa—. ¿Han hecho esto todo este tiempo?

—Sí —dijo Adrien—. Amo a Violet, la amo a ella. Yo no puedo estar más contigo.

Bianca se tapó la boca y negó con la cabeza una y otra vez. Yo no soportaba mirarla, pero, aun así, no dejé de estar atenta a ella, a su reacción hacia mí, pues me merecía sus gritos, sus golpes, algo violento.

Sin embargo, lo que hizo fue lo peor.

—Yo te quería, Violet, ¿cómo pudiste? —preguntó con suavidad, cosa que fue una estocada a mi corazón—. Es tu padre, mi hermano te ama, yo te veía como parte de la familia.

—Lo siento —dije con un hilo de voz—. Perdóname.

—Bianca, a ella no la metas —me defendió Adrien mientras se ponía el bóxer.

—¡Cállate, infeliz, asqueroso! —vociferó ella, al tiempo en que se quitaba el anillo de compromiso para lanzárselo—. No quiero volverlos a ver en mi vida, se van a la mierda. Son un par de enfermos, pero sobre todo tú, Adrien, te aprovechaste de una niña. Ahora entiendo a Mario, a su nana, a todo el mundo. Soy una estúpida a la que le vieron la cara, la más ciega.

—Bianca, no...

—Vete al infierno, Adrien —espetó ella—. No te quiero volver a ver. Eres un cerdo.

Bianca se fue sin que él pudiera hacer nada para detenerlo, momento que me sirvió para salir del shock y mirar con horror cómo Adrien se reía.

—Bueno, funcionó.

—¿Qué?

—Era la única manera de deshacernos de ella, de que se diera cuenta de lo nuestro y nos dejara en paz.

—¡¿Hiciste esto a propósito?!— grité.

—Tuve que hacerlo, tenía que terminar con ella.

Me quedé en silencio, desconociendo a aquel Adrien que tenía frente a mí. Él no me amaba, claro que no, era tan solo un hombre egoísta, posesivo y caprichoso, capaz de dañar a quien fuese para obtener lo que quería. ¿De verdad deseaba estar con un hombre así? Mi nana, Mario, Vincent, mi madre, todos tenían razón: Adrien Leblanc era un enfermo.

Para cuando me di cuenta, tenía a Adrien abrazándome, tratando de tranquilizarme.

—Todo va a estar bien, ya nadie va a impedir que estemos juntos —susurró como un lunático.

Yo me quedé quieta, aparentando tranquilidad. De nada me serviría intentar pelear, pues Adrien era más fuerte que yo y me lo impediría.

—Vamos a tener un bebé —dijo feliz—. ¿Cómo ha pasado? ¿Dejaste las pastillas?

—Sí.

—Tengo que cuidarte, debes comer algo.

—Tengo hambre —contesté—. Adrien, me siento muy mal por Bian...

—Shhh... Ella ya no nos importa. Ahora lo único que importa es que estamos los dos juntos.

—Bien —mentí.

—Ve a descansar, mi amor, te prepararé algo.

—Me gustaría bajar contigo. Solo deja que me vista.

—De acuerdo.

Adrien me ayudó a levantar mi ropa y comenzó a vestirme. Los besos que me daba solo me causaban aversión a pesar de amarlo con locura. Quería irme, tenía que irme; no podía pasarme la vida así, junto a un hombre que solo me destruiría.

Los dos bajamos tomados de la mano. Él sonreía feliz, victorioso por pensar que me tenía. Yo estaba muerta de miedo, pensando en la manera más fácil de escapar.

Al llegar abajo me senté en la sala, mientras que él iba hacia la cocina. No había tiempo que perder.

—¿Qué quieres comer, mi amor? —preguntó.

—Una pasta —contesté—. Por favor.

Adrien se movía por la cocina como un pez en el agua, y aproveché que estaba de espaldas para rodear el sofá y acercarme lentamente, sin que me viera. Mi corazón latía tan rápido que sentía que él iba a terminar por escucharlo.

Las llaves del penthouse estaban en la barra de la cocina, así que esta era mi oportunidad. Solo esperaba que no me escuchara, que no me viera.

Para mi desgracia, él se volteó cuando tomé las llaves. Para su desgracia, yo estaba a dos pasos de la puerta.

—¿Qué haces?

—Adiós, Adrien —me despedí antes de echar a correr.

—¡Violet!

Solté un grito muy fuerte cuando sentí su fuerza mover la puerta con desespero. Mis manos temblaban demasiado, pero en un arranque de fuerza pude cerrar y meter la llave para poner el seguro.

—Violet, mi amor, no, no me puedes hacer esto, no, no, por favor.

No sabía si había cerrado bien, pero pulsé el botón del ascensor y corrí por el pasillo hasta la zona de las escaleras, solo que en lugar de bajar, subí como si mi vida dependiera de ello. Adrien tenía que buscarme abajo, era ilógico que lo hiciera arriba.

—Dios mío, Dios mío —sollocé antes de abrir la puerta, que daba al exterior.

Y ahí estaba él, aquel chico al que había traicionado y el cual me miraba con dureza, cosa que lo hizo ver mucho más maduro. Pedirle ayuda era lo más estúpido del mundo, sin embargo, corrí hacia él y lo abracé con fuerza.

—Por favor —rogué—. Por favor...

—Acabas de romperle el corazón a mi hermana —dijo con tono frío y que me hizo presentir que él mismo me entregaría a Adrien.

—Sí, Mario, lo hice, y también te traicioné, no merezco nada de ti —contesté y él me observó sorprendido.

—¿Lo aceptas sin más?

—No te puedo mentir, ya no más —contesté—. No merezco que me ayudes.

—No, no lo mereces —concordó—. Pero saldremos de aquí, *mia cara*.

Aquel apodo hizo que me echara a llorar desconsolada.

—Te voy a sacar de ahí —me prometió—. Muy pronto vas a sanarte de él.

EPÍLOGO

♠Adrien♠

La puerta no cedió ni un poco por más que girara el picaporte.

Violet me había dejado encerrado para escapar de mí.

Una violenta ira comenzó a nacer dentro de mí, una más inhumana que la que había sentido hacía un rato, cuando la traje aquí. Aquella ira me estaba haciendo temer que todo acabara con una desgracia.

Pero no me detuve, seguí intentando salir. No había destapado todo con Bianca para dejar ir a Violet tan fácilmente. Por eso seguí intentando hasta que una especie de calma se apoderó de mi cerebro y me hizo pensar en cómo podía abrir la puerta.

Caminé hacia atrás lentamente, pensando en cuánta fuerza necesitaría utilizar para lograr abrir aquella puerta, o al menos hacerla tambalear. Si algo tenían estas puertas es que eran bastante seguras, incluso a prueba de balas.

Pese a todas esas cosas en contra, me decidí a correr, sin embargo, antes de que pudiera dar un solo paso, tuve un recuerdo: ¡Las llaves de repuesto!

Corrí como un loco, pero ya no hacia la puerta, sino a mi habitación. Encontré aquellas llaves en mi cajón, como si de un mensaje divino se tratara. En ese momento malinterpreté la facilidad con que encontré las llaves, pues al abrir la puerta y llegar al estacionamiento, ella ya no estaba.

La había perdido por culpa de mis acciones arrebatadas, por culpa de esta tentación que se había convertido en un amor enfermo.

—Todo esto fue mi culpa —susurré, mirando hacia la nada—. Todo esto fue mi culpa por amarte.